# 救世主の条件 上

中見利男

角川文庫
21098

目次

――見るべき面影はなく輝かしい風格も、好ましい容姿もない。彼は軽蔑され、
人々に見捨てられ多くの痛みを負い、病を知っている。

『イザヤ書第53章2～3』

# 第〇章　ロシア皇帝の秘宝

## 0

### ――一三一四年フランス・シテ島

ゆっくりと一人の男の足元に薪がくべられ続けていく。やがて苦悶の表情を浮かべながら男は叫んだ。

「見ていなさい！　教皇。あなたは、いつの日かテンプル騎士団の軍門に下ることになるだろう！」

見物人から「負け惜しみを言ってやがる」という罵声が飛んだが、男はそれでも呪文のように叫び続けた。

「ローマ教皇！　世界は金と軍事と権威の力があれば支配できる。確かに、あなたには、この三つの力が揃っている。しかしローマ教皇、あなたがたには第四の力がない。いつの日か、我々の第四の力を思い知るだろう！　同志よ！　無限の光が大地に封印される時、人の子らが復活する……」

男の名前はジャック・ド・モレー。栄華を極めたテンプル騎士団第二十三代総長であった。初代総長ユーグ・ド・パイヤンに並ぶ霊感と実力の持ち主にしてカリスマ。軍事力と宗教、そしてあらゆる人種の連合を目指すテンプル騎士団最後の総長、と人は後世、彼を位置づけた。

世の中ではテンプル騎士団が『バフォメット』と呼ばれる異教の神を崇めている男色集団、果てはキリストの像に唾を吐きかける儀式を執行したり、グノーシス主義と呼ばれる異端の教えに傾倒し、ローマ教皇の権威さえ中傷した罪で壊滅させられるのだ、などと揣摩臆測の声があがっている。だが、真相はこうだった。それは彼らが、ある秘密文書をギリシャのパトモス島から教皇に無断で入手したことが判明した際、ローマ教皇から至急に献上せよ、との命令が下された。だが彼らは、その命に従わなかったため、時の教皇クレメンス五世の逆鱗に触れたのである。その直後、ジャック・ド・モレー総長は火あぶりの刑に処せられることになり、テンプル騎士団にも解散命令が出された。

とりわけ、ジャック・ド・モレーに対して行われた最後の異端審問が両者の決裂を決定づけたといわれており記録によれば、ローマ教皇クレメンス五世は後ろ手に縛られたまま目の前に引き出された彼に次のような厳しい言葉を浴びせたという。

「その秘密文書には主の預言が詳細に記されていると聞く。そなたらが未来を知ってどうするというのだ。主の地上の代理人である余が未来を掌握するからこそ意味がある。余こそ、主の預言の見届け人であり、証人である。しかも、その文書とやらは異端文書かもしれぬ。だから引き渡すがよい！」

　これに対して総長は、こう答えている。

「我々が持つからこそ、この文書は重大な意味を持つのです。なぜなら猊下は主の預言の証人となり、見届けられるだけだが、我らは未来を知り、未来を良き方向に変えてみせるからです」

「何と。そなたらは主の預言に逆らうというのか⁉　やはり噂通り、グノーシス主義者に毒されたな。グノーシス主義だけは断固として許さぬからな！」

　ローマ教皇クレメンス五世は顔を赤くしながら両眼を細めた。

「そうではありません。主の預言に悪しき事が記されていれば、それを正しい道に変えてみせる。未来は良き方向に変えなければなりません。我らこそ主の預言の守護者であり番人です」

「未来を変えることなど誰が認めるというのだ。引き渡すがよい」

「たとえば、この文書には三百年後、世界はインド・ヨーロッパ語族の中英語が覇権を握り、英語で書かれた聖書が大量に出回るようになる。そしてそれが頂点に達したとき、世界は最後の審判の日を迎えるとあります」

「英語の聖書が出回る？　そのような異端の書は聖書などと呼ばぬわ」

　クレメンス五世のこめかみには血管が浮き上がっている。たしかに、この時代、ギリシャ語やラテン語の聖書が中心であって英語版聖書はバチカンによって異端の書と見なされていた。

「そこなのです。猊下は英語の時代など来ないとお考えであり、英語の聖書は異端の書と見なされておられる。今、猊下にこの秘密文書をお渡ししたなら、必ずや焼き尽くしてしまわれるでしょう。だからお渡しできないのです。異端は正統への始まり。だからこそ世界を英語が支配する時代に最後の審判が起こるという、この文書を我々は守り通さねばなりません。なぜなら、主は言語を司る権能をお持ちの方、やがて英語が覇権を握ることさえ見通されるお方なのです。したがって我々は主の預言を知り、未来を変えることで人類の滅亡を防ぐことができると考えております」

「なんだと⁉　やはり汝らはグノーシスに影響されて道を誤ったのだ。よいか、主の預言の実現を阻む者たちに、永遠に未来はない！　報いを受けるがよい！」

「悪しき未来は変えねばなりません。また変わることを望まれたからこそ、主は預言の書を残されたのではありませんか？」

「黙るがよい。二度と未来を口にできぬようにしてやろう」

このやり取りのあと、ジャック・ド・モレーは逮捕され、処刑場に引き出されたのであった。

やがて血液が沸騰を始める音が聞こえ、無表情になった第二十三代テンプル騎士団総長の全身は炎に包まれていった。壮絶な最期を見届けた観衆から、拍手が巻き起こった。それは極悪人の集団を率いていたリーダーが処刑された喜びと鮮やかな死に際に対する感動の入り交じったものであった。

しかし勘違いしてはならない。これはテンプル騎士団の終わりではなく、終わりのない始まりなのである。第四の力とはそういうものだ。

そのことに人々が気がつくのは、最後の総長ジャック・ド・モレーが語ったように英語が世界共通語となった時代であった。

## 1

**――一九四六年、広島**

その司教は異邦人の前でしばらくうつむいていたが、やがて意を決したような表情を浮かべると、静かに言葉を紡ぎ始めた。

「博士。広島の惨状についてお話しさせてください。昨年のあの日、この街は、まるで最後の審判が下されたかのように、これまで見たこともない光と闇に包まれました。そして赤ちゃんも幼い女の子も、男の子も、老人も、主婦も、銃を一度も構えたことのない民衆が、あっという間に黒焦げになって天に召されたのです」

ふと博士が顔を上げると、司教の背後でカメラを首から提げた一人の女の子がキラキラ輝く黒い瞳（ひとみ）をこちらに向けたまま、じっとその言葉に耳を傾けている。その女の子は、司教が面倒を見ている戦災孤児らしい。

博士は、女の子が気に入ったのか、笑いながら右手をあげてヒラヒラさせたあと、すぐに司教の方に向き直った。

司教は続けた。

「博士。あの人たちは一体、誰の犠牲になったのでしょうか。国家でしょうか？　それとも人類でしょうか？　そうではない。まぎれもなく悪意に満ちた日米両国の指導者の下した結論。そうです。開戦と原爆の投下に他なりません。そして私は、あの名もなき犠牲者が何を死ぬ間際に伝えたかったのだろうかと、問い続けました。しかし、その答えはすぐに出たのです」

西村司教は一度言葉を切ると、胸の前で十字を切った。そして再び、その口唇を開いた。

「そもそも私は原爆投下後の遺体を安置するという奉仕のために、この街に参りました。そして私は、来る日も来る日も炭のようになった彼らの腕や胴体を一つひとつ寄木細工のようにつなぎ合わせながら戸板の上に載せていきました。そんなある日のことでした。私は重大な事実に気がついたのです。それは……」

十分後、それまでじっと司教の話を聞いていた博士は、いきなりアクビを嚙み殺した。瞳の奥から透明な水晶があふれ出してきたかのような涙が滲んでいる。そして自分の背後にいる小柄な助手を振り返ると、英語でこんなことを言った。

「いいかね。滞在期間を延長してくれ。明日は東京に戻る。そのあとヤマナシの方から富士山を観てみたい」

助手はうなずくと、すぐにホテルの部屋を出て行った。

博士と呼ばれる男は、まったく司教の話に興味を示さない様子だったが、西村司教はそれでも続けた。

「私は今日、お目にかかれてよかった。博士、審判はヒロシマ、ナガサキで打ち止めにしましょう。これ以上、人類に『最後の審判』は必要ありません。核兵器は即刻撤廃すべきです。ぜひ世界の指導者に、この考えを伝えていただきたいのです」

すると博士は片方の眉を上げてこう言った。

「残念ながら、キリストによれば、間もなく人類は再び破滅の危機を迎える。おそらく、これから十数年後のことだろう。いいかね司教、神は決してサイコロを振らない。すべては神の計画通りに進んでいく。残念ながら人類は『最後の審判』を避けることはできんのだよ」

終戦後の日本を見て欲しいという西村司教の要請に応えて極秘来日した天才物理学者のアインシュタイン。博士は、事もなげにそう言うと、女の子が何度も何度もシャッターを押し続けているカメラの前で赤い舌を出してみせた。

それは未来の人類に対するアインシュタイン博士の嘲笑とも、挑発とも受け取れるポーズだった。屈辱のポーズを見せられた司教にわかったことは、この男はアメリカが原爆を投下したことを後悔するどころか、むしろ誇りにさえ思っているということだった。

そして、もう一つ。

これから先、人類には第二次世界大戦以上の暗黒の事態が待ち受けているということであった。つまり裏を返せば、核兵器は今後もなくなることなどない、とアインシュタインは断言したのである。

絶望の闇を見せられた司教の背後で、ただ一人、戦災孤児の女の子だけが挑むような視線を自分に向けていることに、この天才物理学者は気づいていなかった。

## 2

――一九六二年九月九日、ソビエト連邦クレムリン地下室

モザイクのように壁から浮き出した黒いバラの花びら。

そして小さな黒い棘(とげ)のようなものも貼りついていて、それが今にも落ちそうになっている。肉片。血痕(けっこん)。湿った空気。この部屋に咲いた黒バラの花園の下には出口を求めてさ迷った人の手形が、いくつもいくつも押しつけられている。

ロシア革命の遺物。

革命後、この部屋に送り込まれた帝政ロシアの貴族たちはタイル貼りの床を間近に見るために首を吹き飛ばされ、ある者はドレスをはぎ取られた裸体のまま無数の南京虫(なんきんむし)が這(は)いまわる棺桶(かんおけ)に閉じ込められ、発狂するまで出してもらえなかった。そして棺(ひつぎ)から出された途端、クレムリンから放り出され、乱暴された揚句、野たれ死ぬのを待つ。こうして自分

たちの時代が変わったことを嫌というほど思い知らされた彼ら、彼女たちは、赤い革命家を呪って死んでいったのである。言ってみれば、この牢獄は貴族が支配者でなくなったことを宣告される告知の部屋でもあった。

今では、反共活動家や共産主義の敵である宗教家が、ここに送り込まれ、自分が神だと信じ切っているローマ皇帝の末裔のような人間が自分たちに代わってクレムリンを支配していることを知ったあと、血の涙を流しながら、あの世にいる神の御許に旅立っていくのである。

「さあ、これからお前の知っている秘密を洗いざらい吐いてもらおう」

「どういうことだ。私はすべて閣下にお話ししたはずだ」

バチカンから来た大司教は驚いた表情でフルシチョフの部下の顔を見た。

初めてみる顔だったが、その胸にはＫＧＢのバッジが不気味に輝いている。

「さあて、始めよう。おい！」

拳銃を手にした三人の部下に大司教を木製の台の上に寝かせるようロシア語で指示を送るとＫＧＢの男は、レバノン杉でできた古めかしい棚の一番上の引き出しから注射針を取り出し、イタリア製のグラスの中に注いだ白い液体を吸い上げた。

「…………」

それが自白剤であることに気がついた大司教は、木製の寝台の上で両目をつぶると口の中で舌を丸めて、奥歯を歯茎から押し出した。やがてボロッと鈍い音がして、奥歯が舌の先にころがり落ちてきた。あとは舌を丸めて、それを飲み込むだけでよかった。

この青酸カリがあれば、すべての秘密を神の御許に持って行ける。

毒薬の入った奥歯を大司教が飲み込もうとした、そのときだった。部下の一人が黒い革手袋をはめた右手の親指で彼の喉仏を強烈に押し込んできたのだ。その途端、息が止まり、大司教は吐き気とともに思わず口を開いていた。同時に、奥歯がタイルの上に転がり出た。

「無駄なことをするな。それよりすぐに楽にさせてやる。すべてを吐き出せ。何もかも。お前らが神と崇める存在の秘密。そしてお前が、なぜ我が国に派遣されたのか。お前は一体どこに帰るつもりなのか、そしてなぜお前が閣下に例の策を持ちかけたのか。すべてを吐いてもらおう」

KGBの、その男が視線を振ると、部下の一人が革ベルトで縛りあげた大司教の腕の静脈に、手にしていた注射針をゆっくりと差し込んだ。

「やめろ！　私は、神の秘密をただ神にお返しするだけだ。やめろ！」

これまでの人生でこれほど暴れたことはないというほど大司教は全身で抵抗したが、しょせん無駄なことだった。KGBの部下の一人がマジシャンのような素早さで猿ぐつわをかませ終えていたのだ。

「哀れな奴だ」

しばらくすると、大司教のうめき声が地下室に響き始めた。

しかし、このとき大司教は自分に言い聞かせていた。

……こうして叫べるだけ叫ぶ姿を見せることで、彼らは自分の演技に騙されてくれるはずだ。

すでにフルシチョフには秘密の書簡を送らせることに成功している。それは「悪魔への挑戦状」と呼ばれているものだが、おそらく遅かれ早かれ、あの男は、あの挑戦状を手にするだろう。そしていよいよ地球上で人類最強の暗号の扉が開かれるのだ。主キリストの聖なる暗号の扉が……。

一方、KGBの男は、まるでエクスタシーの最中にいるかのように恍惚とした表情で大司教を見下ろしていたが、やがて「イワノフ」と部下の一人に呼びかけた。イワノフはうなずくと、手にしていた注射器をゆっくりと上に引き上げた。

白く細い右腕の静脈から注射針が抜かれ、止血はあっという間に終わった。動悸が激しくなっていくのを感じながらも大司教は、とにかく自分がすべてを語り尽くさぬよう、ひたすら神に祈りを捧げ続けた。

……ああ。神よ。あの書簡があの男のもとに手渡りますように……。神よ、どうか世界を、人類をお救いください。

「同志、大司教の様子が」

突然、イワノフが大司教の頬を叩き始めた。見れば大司教の体は激しい痙攣を起こし始めている。

「量が多かったのだろう。病院に運び込め。取り調べは、また改めてやろう」

ＫＧＢの男は大司教が白目を剝いたのを見届けると、アクビをかみ殺しながら地下室の扉を開き、何事もなかったかのように地下通路をゆっくりと歩き始めた。

「同志！」

ちょうど消火栓の置かれたあたりまできたとき、反対側から新兵器開発委員長のエフゲニー・ベリコフ博士が巨体を揺すりながら、こちらに歩いてくるのが見えた。

ベリコフは男の前で立ち止まると、何も言わずに金属製の箱を手渡した。黒くメッキが施されたその箱は、縦十センチ、横五センチ、高さは七センチ。ずしりと重い。

「できたんだな？」

普段からニコリともしないベリコフは、このときようやく微笑を浮かべてみせた。

「気をつけろ。二重に密閉されている」

「仰々しいな」

男は首を傾げた。だがエフゲニー・ベリコフ博士の両眼がギラリと異様な光を帯びた。

「人類史上最強の兵器だよ。何しろ見えない兵器なのだからな」

「見えない兵器。Ноль……ノリか」

男はロシア語でゼロをあらわす「ノリ」を何度も呟くと、やがてベリコフ博士と握手を交わし、再び通路を歩き出した。右手には見えない兵器「ノリ（０）」の入った金属製の箱。これを使ってすべてを終わらせなければならない。

未来のために。

男はふいに暗い微笑を浮かべると呟いた。

「さて、あそこに戻ろう」

男が言う「あそこ」には生体解剖の道具が一式揃っており、今頃はKGBを裏切った高官が裸のまま連行されてきているはずだった。

大司教の拷問の機会を逃した代わりに極上の愉しみが、そこには待っている。これからゆっくりと生きた体にメスを入れ、内臓を生きたまま一つひとつ取り出していく。そして腐った体が骨になるまで、自分もその臭いを満喫しながら死体と共に食事をするのである。

陶酔感に包まれた表情で足音一つ立てずに塔へと続く湿った廊下を歩いていく男。

その男は、KGBの同志から畏敬の念を込めて、こう呼ばれていた。

『救世主の塔』と。

## 3

ライトの明かりを頼りに、ほの暗い廊下を真っすぐ進んでいくと、そこには人を寄せつけない重苦しい空気が淀むように広がっていた。

モスクワの中心を流れるモスクワ川とネグリンナヤ川の合流点に面した天然の要害。

そこに築かれた十二世紀の城塞。クレムリンとはまさに、この城塞のことを指すのだ。
今や、総面積約二十八ヘクタール、城壁の総延長二・二五キロメートルのこの壮大な王城には、大クレムリン宮殿をはじめ、多面体を意味するグラノヴィタヤ宮殿、高級な住まいを意味するテレムノイ宮殿など豪華な宮殿群とアルハンゲリスキー大聖堂などの教会伽藍のある大聖堂広場まで整備されている。

さらに大小二十におよぶ塔が林立しており、かつては皇帝の、そして今はソ連共産党の権力の象徴として、その偉容を世界に誇っている。さらにそのうちの五つの塔の先端にはルビーガラスでできた直径三メートルもの巨大な赤い星が輝いている。

それは一九三七年のロシア革命二十周年を記念して、クレムリンの空に、高く掲げられたものだ。

その中にひときわ偉容を誇る塔があり、それは世界に誇るべき時計台として、急速に変化が進むソ連の、その激動の時を刻み続けていた。

赤い革命家たちは意外なことに、この塔を、神を否定する共産主義者には珍しく、救世主を意味するスパスカヤと呼んだ。なぜ、そこが『救世主の塔』と命名されたのか、またなぜロシア革命の象徴として赤い星の下に神の救いの象徴が聳え立っているのかは誰も知らされていない。

『救世主の塔』の地下に続く廊下を歩いてきたKGBのその男は、グリーンの制服のポケットに手を突っ込むと、鍵の束の中から黄金の鍵を一本取り出した。そして、素早く鍵を扉に差し込んだのち、鉄球形のノブを回し、カビの臭いが充満する資料室に足を踏み入れた。

長年、夢見てきたあれを、いよいよ手に入れるのだ。そのために、これまで上層部の信頼と部下からの尊敬を構築してきたのだ。

手にしたライトの中に浮かんでいるのは、無数に並ぶスターリンの論文集。

その隣には、なぜか英語版聖書が並んでいる。ソ連のクレムリンにある『救世主の塔』の地下に、まさか聖典が並んでいようとは……。

おそらく世界中の指導者や民衆には思いも寄らないことだが、もし国民が知ったなら、間違いなく暴動が起き、政権はひとたまりもあるまい。なにしろ宗教は麻薬だとして禁じてきた党が、これを容認しているのだから、民衆に対する立派な裏切りだ。明日にでもクーデターが起きてもおかしくはない。しかし、それでも、ここにこうした宗教書が保存されていることには立派な理由があった。

その昔、ロシア皇帝のもとに一人の国王から贈り物が届けられた。

時のロシア皇帝は、その贈り物を秘宝とし、この『救世主の塔』の地下室で極秘のうちに代々保管してきたのだ。

その秘宝とは何か？　一説によればイングランドに君臨したジェームズ一世が手に入れた、人類の未来を左右する聖典ではないか、という噂が飛び交ってはいたが、しかしＫＧＢの仲間でもそれを見た者はいない。

そしてロシア革命後、スターリンの掌中に堕ちたロシア皇帝の秘宝は共産主義国家にとって、あまりにも危険だという理由から、この『救世主の塔』の地下深くに封印されてしまったのだ。

ライトの中に浮かび上がったロマノフ王朝の古めかしい宝飾が施された青銅製の書棚。そこに並べられている膨大な書物の中に聖書や英露辞典まであるところを見ると、人類の未来を左右するといわれている秘宝は、どうやらキリスト教に関係したものらしい。

監視カメラに自分の姿が映っていることをチラと視線をやって確かめると、その男は白塗りのモルタルで覆われた壁の一角を、その手でクルリと回転させた。そして一瞬のうちに、その隙間に身を滑らせた。

「イワノフ。一ヶ月に一度、『救世主の塔』の地下を巡回監視せよ」

この大役を仰せつかるまで一年以上の時間をかけてきた甲斐があった。

ロシア皇帝の末端貴族の家に十二歳まで預けられてきたイワノフ。彼にとって、この日は長年、夢見てきた計画の、その幕開けを告げる人生でもっとも輝かしい、それでいて、もっとも危険な時間の始まりだった。

成功すればウォッカで、自己を革命した夜を祝おう。

そう誓ったイワノフは、深く重い闇に向かって足を踏み下ろし、長い階段を下りはじめた。

……いよいよだ。いよいよロシア皇帝の秘宝をこの手で奪い取るぞ!

# 4

闇の中の時間は止まっていた。たとえ大地や天が動こうとも、また未来の優秀な科学者が過去に戻れるマシーンを操作してもここにだけは立ち入れないだろう。

そこには、かつてローマ帝国の軍旗にも用いられていた巨大な竜が、今にも炎を吐き出しそうに大きな口を広げて、虚空を見上げている。

イワノフが懐中電灯の明かりを差し向けると、竜の眼に埋め込まれたサファイアが妖(あや)しく光り、命が吹き込まれたかのようにこちらを睨(にら)みつけてきた。

その奥には東ローマ帝国皇帝から受け継がれてきたおびただしい数の彫像が黒い森を作っている。

東ローマ帝国以来の伝統を受け継いできたロシアが皇帝崇拝の象徴とも思える皇帝ネロの彫像を飾っていることに違和感はない。なぜならキリスト教を弾圧しているソビエト連邦にとってネロこそ賞讃(しょうさん)すべき人物だったからである。

やがて、その足元をすり抜けた彼は、巨大な影の前で立ち止まった。

そこにゆらりと立っていたのは、巨大な木造船だった。

ライトを向けると流線形を帯びた曲線がなめらかに滑り落ち、やがて下へ行くと狭まっているのが見える。

帆をたたんだままソ連の独裁主義という名の黒い海の中に長い時間、身を任せてきたようにぼんやりと佇(たたず)んでいる。

これまでこの帆船の下からライトを照らし、木造船に侵入者がいないか、それとも異変がないかを調べるだけの任務を黙々とこなしてきたイワノフ。彼は、今、自分がその侵入者になることにためらいつつも、覚悟を決めたかのように深くうなずくと鉄梯子(ばしご)に手をかけた。鉄パイプの上に乗ると一段一段、足場を確かめながら甲板に向かって上昇を開始する。

それにしても、これほど全身の血が頭脳に向かって迸(ほとばし)っていくのを感じたのは、これが二度目だった。

一度目は目の前で貴族の血を引く父親がKGBの男たちにじわじわと焼き殺されていくのを見つめていたときだ。

「ロシア皇帝の秘宝のありかを教えろ」

五歳だったイワノフの耳に、男たちの低い声が突き刺さり、同時に胸の奥で何かが急速にしぼんでいったあの夜。

そして二度目は、今。

と、そのとき突然、後方で怒気をはらんだ男の声がした。

「そこまでだ！　イワノフ」

# 5

振り返ると、そこにKGBの制服をまとったベレンコ中尉が立っていた。

「誰だ？」

「驚かせてすまない。その梯子はやめておけ。腐っている。隣の縄梯子で上がるんだ」

イワノフの弟のベレンコ中尉はKGBの本部に詰め、空輸物資の運搬や落下傘でスパイを国境の向こうに送り込む任務を担当している。彼はすでに下見のために、ここに二度やって来ていた。だが、これまで船室に潜入できたのは一度だけだ。

そのときは木造船が改修中で、すべての電気系統が遮断されており、内部にやすやすと潜り込めた。ところが見張りの男が戻ってきたので、すぐに船から飛び降り、逃走したのだ。

そのときの収穫は見張りの話し声だった。そこからわかったことは、甲板といい船内といい赤外線がクモの巣のように張り巡らされており、少しでもそれに触れれば、船体に仕掛けられた自爆装置によって木っ端みじんに吹き飛ぶ罠が施されているということだ。そして二度目に暗視ゴーグルを手に船べりにやって来たベレンコは、すぐにあきらめた。なぜなら目に痛いほどの赤外線の束が縦横に走っていたからだ。

もし、今、何も知らない兄のイワノフが一歩でも甲板に足を踏み入れた途端、彼はクレムリンの地下で肉片と化していたはずだった。そのことを教えると、イワノフは笑ってみせた。

「お前で良かったよ。殺される、と思った相手が、一瞬にして命の恩人に変わるとはな」

「その逆もあるから、この国は怖い。そう言ったのは兄貴だろう。さあ、これを装塡してくれ」

鉄梯子を降りてきた兄に弟のベレンコは暗視ゴーグルを手渡すと、自ら先に立って古びた縄梯子につかまり、船の甲板を目指した。

「慌てるなよ！　ベレ」

「慌てなければ死ぬんだ」

「なぜだ？」

「この甲板の上に重量六十キロ以上の負荷がかかると五分で爆発する」

「…………」

兄のイワノフは耳を疑った。なぜなら弟の体重は五十八キロだったからだ。下着や制服、ベルトやピストル、そして暗視ゴーグルを入れれば軽く六十キロを超えてしまうだろう。

「兄貴はそこにいてくれ。見張りを頼む」

「馬鹿を言うな。お前だけ危険な目には遭わせない。六十キロ以上ということは、百十キロでも構わないということだな。俺も行く」

イワノフはゴーグルを装塡すると、するすると縄梯子を上り、船べりをつかんでジャンプした。その瞬間、カチリとどこかで歯車がかみ合う音がした。

「始まった！　カウントダウンだ。急ごう」

弟のベレンコは時計を確かめた。五分以内に戻らなければ、二人とも死ぬよりほかはない。まず五本ある赤いラインのうちの一本に身を滑らせる。

しかし、すぐに二人の動きは止まった。

一本目はクリアできたが、十センチ向こうにある二本目の赤外線が、それより低い位置に通っており、さらにその五センチほど上にもう一本通っている。さらにその上。四本目と五本目がクロスしながら待ち構えている。

見れば、あのとき以上に甲板という甲板に縦横無尽に赤外線が通っているではないか。まるで赤いラビリンスに迷い込んだようだ。

「どうする？」

イワノフは弟の顔を見た。するとベレンコは操舵室を指さした。

「あの中に電源があるんだ。あそこに行けば、赤い悪魔は消えるはずだ」

しかし二人は完全に赤外線に包囲されている。時計を見れば、すでに三十秒が過ぎた。残る時間は四分三十秒だ。両眼を細めて、思案していた兄の肩をポンと叩いたあと、弟はこう言って微笑した。

「兄貴。手伝ってくれ」

ベレンコはそう言うと、船べりから垂れ下がった縄梯子を上にたぐり寄せ始めた。

「どうする?」

「こいつを投げて、あのマストに掛けるんだ。急ごう」

「そんなことは不可能だ」とは、イワノフは言わない。

なぜなら危機に追い込まれるということは、それがチャンスだからだ。昔から兄弟は父親にそう仕込まれてきたのだ。

しかも兄弟が自由を取り戻すためにはアメリカと取引する材料が、なんとしても必要なのだ。だからこそ、例の皇帝の秘宝を手に入れて亡命を果たす。それこそが父を殺めたソ連共産党に復讐する唯一の手段なのだ。

「いくぞ」

ベレンコはイワノフとともに巻き上げた縄梯子の一番下の部分に手を掛けると、それを空中高く投げ込んだ。

フワリと浮いた縄梯子はマストの先をかすめると、外にはずれたまま斜めに揺れながら赤外線のジャングルに向かって落ちていった。

「あっ」

ベレンコは小さく叫ぶと凄まじい力で一気に縄梯子を手元まで引き寄せた。あやうく五本目の赤外線に触れるところだったが、縄の塊はうまくベレンコの腕の中に吸い込まれた。

「急げ!　もう一度だ」

兄のイワノフの声にうなずいたベレンコの両手を再び離れた黒く細い影。それは闇の中に弧を描くと、帆先を呑み込みながら落下していった。

「やったぞ」

二人の目の前でスルスルとマストを滑り落ちていった黒い影は、細く突き出した昇降用の梯子の一番上の段に引っかかり、やがて空気を鞭のように打ちつけながら、一直線につながった。

これで縄梯子でできたブリッジが赤外線の海の上に架かったのだ。ねじれてはいるが、決して渡れなくはない。

「俺から行く！」

イワノフは自分の方が軽いと言いながら、縄梯子の上に飛び乗った。そしてまるで猿のような素早さで梯子を伝っていくと、操舵室の窓からもぐり込んだ。その途端、ベレンコの前で赤いジャングルがスッと消えた。

腕時計を見ると、すでに二分が経過している。あと三分しか兄弟に残されていない。

「急げ！」

イワノフは懐中電灯のライトを頼りに甲板の一角から船倉に続く鉄製の階段を駆け下りていった。弟のベレンコもあとに続いたが、ふと踊り場のあたりに何か小さな突起物があることに気がついた。

「待て！　兄貴！」

ベレンコの言葉にイワノフが振り返った。

「そいつを踏むな！」

瞬時に石のように固めたイワノフの右の靴底。

そこに黒い突起物の先端が軽く触れている。

「危なかった。そいつは地雷だ。踏めば、二人ともミンチだ！」

イワノフは、ふうとため息をつくと、踊り場からジャンプした。

「兄貴。あと二分三十秒しかない」

「それで、どっちだ？」

「ここを真下に降りて、二つめの部屋からさらに奥に進むんだ」

闇の中をライトの光を追いかけるようにして二人は木造の船内を疾走した。

ドン、ドンと床を踏みしめるたびに埃(ほこり)が舞い、カビの臭いが鼻腔(びこう)を貫いてくる。

二十メートルほど船室の廊下を走っていくと、最初の部屋の扉が開いたままになっている。ムッと鼻をつくような死臭が漂ってきた。

以前、この部屋には、『救世主の塔』と呼ばれている男が死体とともに暮らしていた。

だが、もうここには、誰もいない。奴は合衆国に渡ったと聞く。

問題は二番目の部屋だ。ここに秘宝が眠っているといわれているのだ。

イワノフは真鍮(しんちゅう)でできたノブを右手で回し、それを押し開くと体当たりをするかのように飛び込んでいった。と、その途端、弾(はじ)かれたように後方に飛びすさった。

そこにも赤外線のラインが無数に闇を貫いている。その数およそ百本。

「どうする？」

「駄目だ。引き返そう」

「引き返す？　人生をか？　ここが駄目なら隣がある！」

イワノフはニヤリと笑うと、ベレンコの肩を叩いて、三番目の部屋の扉を開こうとしたが、鍵がかかっているのか、今度はなかなか開かない。

イワノフが両手でドアノブを握りしめて力いっぱいひねった途端、ボギッと鈍い音がしてノブが外れ、ドアに隙間が開いた。

ドアノブを廊下に投げ捨てたイワノフが三番目の部屋をのぞくと、そこも赤外線のラインで満ちあふれている。

「こっちもだ」

「駄目だ。兄貴。時間がない！」

「あきらめるな。ここのどちらかに秘宝は隠されている。最後のチャンスだ」

残る時間はあと二分。しかし、どうすればいいんだ。イワノフは両眼を閉じ、生まれて初めて目に見えない存在に希望の明かりを求めた。

……父よ！　祖先よ！　どうか、我々に力を与えてくれ！

そのときだった。

ベレンコが二番目の部屋を指さしながらイワノフの肩を揺すり、小さく叫んだのだ。

「消えたぞ！　赤外線がない！」

見れば、部屋を縦横に走っていた赤い悪魔の糸が、今はスッとかき消えている。

実は三番目のドアノブが電源の役割を果たしており、イワノフは気づかないうちにその電源のスイッチを強引に断ち切ってしまっていたのだ。

「行くぞ」

二人は父と祖先に感謝しながら、再び二番目の部屋に飛び込んでいった。

周囲を見渡すと、六人の船員用ベッドが両脇に並んでおり、下の段の手前のベッドにはTシャツや下着類が散乱している。

その隣にKGBの制服がきれいに折りたたまれている。その上に帽子。さらに丸められた紙が転がっている。

何か手掛かりがあるかと思ったイワノフは、それを拾い上げるとライトで照らし出した。すると、そこに無数の数字がびっしりと書き込まれていた。

さらに「星座」と書かれた星のマークが描かれている。もしかすると、秘宝に関連したメモかもしれない。いや、そういえば、かつてここで暗号解読をひたすらやらされている大司教がいたと聞いているが、あるいはその人物が書き残したメモではないか。

イワノフはとりあえずズボンのポケットにそれを押し込むと、ベッドの間をのぞき込んだ。

棚の奥の方に金属の箱が見える。

イワノフはそれに手を伸ばし、こちらに引き寄せたあと、左右に揺すってみた。

ビクともしない。

「兄貴、そっちじゃない。こっちだ」

ベレンコが反対側のベッドを指さした。

そこに無数の頭蓋骨（ずがいこつ）。黒い眼窩（がんか）がじっとこちらを見ている。

さらにイワノフの目に飛び込んできたのは、ドクロの森の中に突き立てられた十字架。

そこにイエスがうなだれている。

「これだ。この十字架だ！」

ベレンコが、その青銅の十字架を両手で持ち上げようとしたが、やはりビクともしない。

「ベレ。逆だ。上じゃない。下かもしれん」

「下？」

「そうだ。貸せ」

イワノフは両手で十字架をつかむと力いっぱい下に押しさげた。

すると彼らが立っている床がガクンと下に沈み始めたではないか。

まるでエレベーターのように沈み込んでいく床。

ちょうど二人の腰のベルトの高さの位置に来たときだった。

足元の床の左右にある段差の中にライトが灯（とも）り、四方の空間の中に世界中の宝石を詰め込んだのではないかと思われるほどのダイヤ、金、銀、銅、ヒスイ、エメラルドが輝きを放っていた。

「これが……これがロシア皇帝の秘宝か……」

ベレンコが宝石に手を伸ばしかけたときだった。

「やめろ！　ベレ。宝石の奥を見てみろ」

ベレンコが奥をのぞき込むと無数の矢がこちらを向いている。しかも宝石の中に十本近い赤外線が走っているではないか。もしベレンコが宝石を摑み出していたなら、赤外線が反応し、宝石の奥からこちらを狙っている無数の矢が二人を串刺しにしていただろう。

「それより上だ！　上を見ろ」

突然、イワノフが天井を指さした。

見上げると、そこに地球儀が吊り下がっている。どうやら床が下がると天井から降りてくる仕掛けになっていたらしい。

「あんなものはなかったぞ。兄貴」

「多分あれだ。こっちはダミーだ。秘宝はあっちだ」

イワノフはそう言うと、一気に床の上にジャンプをして、ベッドの上に駆け上った。そしてベッドの柵につかまりながら、もう一方の手で天井からぶら下がっている地球儀を揺すり始めた。

その途端、地球儀は、まるで果実が落ちるように落下して、待ち受けていたベレンコの両手にすっぽりと収まった。直径は五十センチほどだ。そのとき、ふと何かが指に触れた。

地球儀の表面にアルファベットの『A』が浮き彫りにされている。

口にくわえたライトの光に地球儀をかざしてみると、そこには『アストロノミア』の文字が赤道のあたりを中心に浮かび上がっている。

「アストロノミアってなんだ？」

「英語か？」

イワノフはベッドの縁(へり)につかまったまま、弟を見下ろしている。

「そのようだ」

イワノフはベッドから飛び降りると、ささやくようにこう言った。

「おそらく天文学のことだ」

「天文学？」

「古代ギリシャ語だ」

ベレンコは念のため、地球儀を裏返してみた。そのとき地球儀の中で何かが弾んだような気がした。もしかすると、この地球儀の中に秘宝が隠されているのかもしれない。見れば、イギリスの位置に文字が浮かび上がっている。

……これは……。

ベレンコは顔を上げた。

「兄貴。ジェームズ一世の名前と日付だ。イギリスの位置に刻んである」

「おそらく、国王から贈られたものだ。そいつで間違いない」

「しかし、なぜ地球儀がロシア皇帝の秘宝なんだ？」

「とにかく時間がない」

「割るんだ！　割ってみろ！」

イワノフが強い口調で命じると、ベレンコは地球儀に向けて肘を振り落とした。その瞬間、地球が真っ二つに割れて中から一冊の古文書があらわれた。表紙には金箔の張られた文字が見える。

「とりあえず、そいつを運び出そう。念のため、表紙の写真を撮っておこう。証拠になる」

ベレンコはうなずくとポケットから取り出したＫＧＢの小型カメラを取り出して、ともかく表紙を写真に収めた。

「大丈夫だ！」

そう言うとベレンコは古文書を脇に抱えたまま猛獣のような素早さで部屋を飛び出していった。

イワノフの頭の中の時計。おそらく残り時間は一分しかない。

それから四十秒近く息を止めたまま二人は全力で走り続けた。

やがて階段を駆け上ったイワノフとベレンコは甲板の上に出ると、船べりから下を見下ろした。

「行くぞ！」

イワノフは叫ぶと、思いきり甲板を蹴(け)り上げ、闇の中にジャンプした。両膝(りょうひざ)と頭頂に激しい衝撃を受けながら地面に降り立つ。

だが、ベレンコが飛んでこない。

「ベレ！　どうした？」

「兄貴。駄目だ！　赤外線に囲まれちまった」

「なんだと？」

そうだった。切ったはずの電源のバックアップシステムが、たった今、作動したのだ。

時計を見ると、あと十五秒しかない。

「兄貴。こいつを受け取ってくれ」

ベレンコの声とともに天から落ちてきた一冊の本。

それは音もなくイワノフの両腕の中に収まった。

「ベレ！　飛ぶんだ！」

「駄目だ。手遅れだ！」

悲痛な叫びがした。

「ベレ！　ベレ！」

イワノフは魂の限り叫び声をあげながら船を見上げた。

あと十秒。心の中でもう一人の冷静な自分がカウントダウンを始めている。

「兄貴、逃げてくれ！」

兄は弟の言葉に唇を嚙みしめながら船体から離れるため身を翻した。

あと五秒、四秒、三秒。

そのときだった。空中に弧を描いて拳銃とホルダー、暗視ゴーグル、さらにKGBの制服、そして左右の靴がバラバラと地面に降り注いできたのだ。

二秒、一秒。ゼロ！　だが反応はない。

「やったぞ！　六十キロ切ったんだ！」

弟の叫び声がした。

余計なものを脱ぎ取ったベレンコは、爆破リミットの体重を六十キロ以下にしたらしい。

「これから電源を切りに行く！」

ベレンコは縄梯子の橋を渡り、かろうじて操舵室のバックアップシステムをオフにしてみせたようだ。やがてゆっくりと縄梯子が船体に垂らされてきた。

「兄貴！　やったな」

「ああ、これでロシア皇帝の秘宝は俺たちのものだ！」

大きなため息とともにイワノフは弟に声を投げた。

「ベレ！　父さんの教えは間違ってなかった。自分を捨て去れば、チャンスはやってくる。そういうことだろう」

「その通りだ」

地面に裸のまま降り立ったベレンコは、すぐさまKGBの制服に身を包むと、イワノフからロシア皇帝の秘宝を受け取り握手を交わし、いつものように地下室の通気口に潜り込んだ。

一九一七年にレーニンの命を受けたフェリックス・ジェルジンスキーが反革命やテロを防止するためにチェーカーという秘密警察の本部を設置して以来、ソ連の国家保安機関の聖地となったルビヤンカにあるKGB本部。クレムリンの『救世主の塔』から、そこまでつながっている秘密の地下通路に出るためには、このダクトの中を通るのがもっとも安全だった。

一方、弟のベレンコが無事に秘宝とともに姿を消した、そのダクトを見上げていたイワノフは、それまでロシア皇帝の秘宝を封印してきた木造船に右手で敬礼すると、侵入してきたときと同じように出口に向かって身を翻した。

これから寝室に戻ってウォッカをゆっくりと味わうのだ。

自分自身の革命が成功した、この日を祝うために。

そう、亡命という悲願が現実へと姿を変えた、この日を祝うために。

# 第一章　悪魔への挑戦状

## 1

――一九六二年十月十三日午後一時、ワシントンD.C.

「これか……悪魔から届いた挑戦状は……」

ホワイトハウスの裏口にある二階建てのポーチ。

ゆるやかな風を浴びながらロバート・ケネディは、兄から手渡されたフルシチョフの手紙を開いた。そこにはタイプで打ち込まれた文字が等間隔でびっしりと並んでいる。

「聖書だな……。それも『ヨハネの黙示録』……」

眉間の皺を一層深くしながら呟いたロバートの言葉にうなずくと、ジョン・F・ケネディはポーチの奥にある書斎を指さしながら言った。

「残念ながら『悪魔から届いた挑戦状』じゃない。正確には『悪魔への挑戦状』となっている」

「悪魔への挑戦状？　兄さんが悪魔ってことかい？　冗談じゃない！」

「ミスター・フルシチョフ。あなたこそ悪魔そのものではないか。そう書き送ってやろうかと思ったが、どうやら事はそんなにたやすくないようだ。ともかくあっちで話そう」

書斎の中央にある楕円形をした大きなテーブルに着くなりケネディは顔を歪めた。学生時代にフットボールの練習中に痛めた背骨が激しく疼いたのだ。

「大丈夫ですか、大統領」

ロバートは改まった口調で訊いた。ケネディが大統領に就任して以来、砕けた口調はできるだけプライベートのときだけにしている。

「ジョンでいい。それより、どう思う？」

ケネディは右手の甲でフルシチョフ書簡の別添文書をコンコンと乱暴に叩きながら、マホガニー製のテーブルのむこうにいる弟のロバートを見た。実は三日前にもＡＩを名乗る人物から妙なメッセージが届いたばかりだ。それに続いて今度はソ連のトップから怪文書が届くとは、笑えないジョークだ。

司法長官のロバート・ケネディは両肘をテーブルについたまま両手を顔の前で組み、両方の親指を下唇の下に押し当てている。難関を目の前にしたときのいつもの癖だった。テーブルの上には例の書簡が置かれており、そこには次のような文字が並んでいた。


『Here is wisdom. Let him who has understanding calculate the number of the beast, for it is the number of a man: His number is 666.』

それは『新約聖書』の「ヨハネの黙示録」に記されている一節である。

『ここに知恵が必要である。賢い人は、獣の数字にどのような意味があるかを考えるがよい。数字は人間を指している。そして、数字は666である』

666とは人類を破滅に追い込む悪魔のことである。

ヨハネとはイエス・キリストの弟子だったとも、まったく縁もゆかりもない他人だったともいわれているが、ともかく神は聖人ヨハネを通じて、この世の終わりを預言してみせたのだ。だが、この666が誰を指しているのかは今のところわかっていない。つまり人類史上最強の暗号が『新約聖書』の中に封印されているのである。

さらにフルシチョフ書簡には、この一節のあとに、次のような挑発的な文章が添えられていた。


『親愛なるケネディ大統領閣下。

この666の正体をワシントン時間十月二十八日午前九時ジャストに西側のマスメディアに向けて公式に発表せよ。さもなくば私は西側の人口を削減する。なぜならソビエト連邦は、すでに合衆国国民はもちろん、資本主義諸国すべての民衆の生殺与奪の権を掌中にしている。なお666とは共産主義および私自身などとする詭弁(きべん)はご免こうむる。

ニキータ・フルシチョフ』

　これがフルシチョフからの挑戦状であった。つまり彼はアメリカ国民をはじめ、資本主義諸国の国民すべてを人質に取っており、６６６の秘密を発表しなければ大量殺戮を犯すと言っているのだ。

「問題点が三つ考えられるね」

　ロバートは腕組みをしながら兄を見た。

「一つめ。なぜフルシチョフが『ヨハネの黙示録』の暗号に対してこんなに自信満々なのか。

　二つめ。なぜこの時期にこういう愚かな書簡を送りつけてきたのか。

　三つめ。なぜ六六六の正体を西側のメディアを使って公表させようとするのか。

　その心理的要因について、だ。兄さん、どう思う？」

　ケネディ大統領は椅子を一度バックさせると、そのままテーブルの上に両足を載せ、頭の後ろに両手を組みながら、

「その前にフルシチョフを精神鑑定にかける必要がありそうだな。どうやら彼はキリストが象徴的に使った六六六を暗号だと信じ込んでいるようだ。ただし、もし否定的見解を述べるとするなら、それはこうだろうな。

　一つめ。なぜフルシチョフが「ヨハネの黙示録」の暗号に対して自信満々なのか？　そ

れはハッタリだからだ。彼はこれまで人類、いや正確に言うなら聖書を信ずるカトリックの信徒たちが解いたことのない、いや解こうとも考えたことのない六六六を暗号だと言い出すことで、我々を心理的に混乱させようとしただけだ。本人は何も解答を得ていない。二つめ。この時期に、このような愚かな書簡を出したのはなぜなのか。これもいわばハッタリだ。我々を心理的に動揺させるため。これに尽きる。三つめ。西側のメディアに六六六の正体をなぜ発表させようとするのか。これもハッタリにハクをつけるためだ。我々を心理的に追いつめようということだ。フルシチョフ独特のブラフさ。つまり、いずれも老人のハッタリだ」

「では肯定的見解とは？」

ロバートが鋭い視線を投げかけてくるのを足の裏で受け止めるようにケネディ大統領は、左足のかかとで右足のシューズのつま先を軽く叩いてみせた。

「それも三つある。一つめ。フルシチョフは何らかの要因で『ヨハネの黙示録』の秘密を知った。だからゲームを仕掛けてきた」

「ゲーム？　六六六の暗号ゲームとは狂気の沙汰だな……。で、二つめは？」

「六六六の暗号解読結果が正解だったと確信するに足る重要な根拠があった」

「重要な根拠？」

「そうだ。そして三つめ。西側のマスメディアに六六六の正体を公表させることによってソ連は何らかの権益を得る」

「六六六の暗号で権益を得る!?」

「そうだ。いいか。こう考えていくとわかるだろう。つまり六六六の正体とは、共産主義、あるいはソビエト連邦を利するものなんだ」

「まさか！　無神論者やキリスト全否定の連中を利する、だって!?」

　ロバート・ケネディは、思わず組んでいた両手をテーブルの上に載せ、覆いかぶさるように身を乗り出した。

「なぜ神は悪魔ソビエトを、いや共産主義を祝福するのだ。兄さん、カトリックにとって悪魔とは宗教を認めない共産主義および共産主義国家のことではないのか」

「これは神学論争ではない。今、目の前にあるフルシチョフ書簡という現実に基づいた分析だ。アメリカを含む西側諸国に六六六の正体を公表しろと彼が迫ってくるからには、六六六がソ連ではなくアメリカ、いや西側諸国だという確信を得ているからだ」

「とすれば、六六六は西側諸国に生まれ、西側諸国全体に不利益を与える人物、あるいは集団ということなのか？」

　ロバートは眉（まゆ）を上げながら、納得がいかないという風に両手を左右に開いてみせた。しかしケネディは即座に言葉を継いだ。

「としか考えられんだろう。それを解く鍵（かぎ）は、書簡の最後にある西側陣営の生殺与奪の権を握っているという件だ。フルシチョフの言う生殺与奪の権とは、おそらく核ミサイルのことだろう」

「では、すでにソ連はキューバに核ミサイルを配備し終えているということですか？」

「この書簡を肯定的にとらえたらそうなるだろう。ボビィ」

ケネディはこの日、初めて弟のロバート・ケネディをニックネームで呼んだ。それが意味するところを瞬時に察知したロバートは、プライベートのときの砕けた口調に戻っていた。こんなとき大事なことは、自然体を取り戻すことだ。

「兄さん。六六六の暗号などという妄言につき合わされるのはご免だが、核ミサイルの話なら別だ。U2をキューバへ飛ばそう。偵察飛行を明日には実行させた方がいい。多少天候が悪くても急がせるよ」

実をいうと、キューバ西端部にミサイル基地が建設されつつある、という情報は、すでにCIAを通じてケネディ兄弟のもとにもたらされていたのだ。だが、ケネディ大統領の持ち前の楽天家ぶりがアメリカの動きをことさら鈍くしていたのである。

もちろんケネディにも、それなりの理由があった。

というのもアメリカとキューバの関係が悪化し、仮に戦争が起きた場合、ソ連のフルシチョフがキューバのカストロ議長を殉死者に仕立てあげ、その揚句、共産主義と資本主義の劇的な対立を地球規模に拡大させるのではないか。

そんな恐れが、ケネディの脳裏をつねに支配していたのである。そうなるとまちがいなく地球戦争、すなわち第三次世界大戦が勃発する。

その号砲は壁一つで仕切られている脆くも危うい西ベルリンで鳴り響くことになるだろ

う。もちろん、それだけは防がなければならない。

ケネディはため息をつくと、気分を変えるように努めて明るい口調で、

「ただし、もし本当にキューバに核ミサイルが持ち込まれていたり、基地が完成していたりすれば話は別だ。暗号の一件をフルシチョフの妄言だと笑い飛ばしている場合じゃなくなるだろう。国家安全保障の問題と六六六の暗号解読は直結する。この挑戦状にもあるように彼が六六六の正体に納得して矛を収めるというならば危機は去るかもしれん」

「とすれば、我々がどこまでフルシチョフの挑発に乗って、神の暗号という闇の世界に漕ぎ出せるかですね。……クルーをどうしますか？」

「五人だ」

ケネディは右手を広げると、まるで古代ローマの皇帝が戦士の士気を鼓舞するかのように断言してみせた。

「五人？」

「そう。私と君、エドワード、ソレンセン。そしてコーエン。この五人がクルーだ」

エドワードはケネディ兄弟の末の弟で、ソレンセンは懐刀とも呼ぶべき大統領特別顧問であった。彼は一九六一年に行われたケネディ大統領就任の際の「国が諸君に何をしてくれるかではなく、諸君が国のために何ができるかを問おう」という名演説を起草したスピーチライターでもある。そして最後に名前の挙がったコーエンは、CIAのイスラエル担当顧問。ともに機密の守れる男たちだ。

「CIAの位置づけは？」

ロバートは今一つ信頼していない諜報機関の名前を口にした。

「スカウティング担当だ。フルシチョフは念の入ったことに、この書簡をCIA経由で送ってきた。連中はとっくに内容を盗み見ている。何かがアメリカ大統領とソ連首相のあいだで起きていることは、とうに察知している。だからスカウティングを担当してもらう」

ケネディの言うスカウティングとは、情報収集のことである。

「具体的には？」

「フルシチョフが、なぜ『ヨハネの黙示録』の六六六の暗号を持ち出したのか、それを探らせる。共産主義者がクリスチャン以上にキリスト教に詳しいのなら、明日にでも世界平和はなるだろう。しかしフルシチョフは『ヨハネの黙示録』を媒介にしてアメリカに混乱をもたらそうとしている。彼がただのハッタリ屋なのか、キリスト教の信者予備軍なのか。CIAに調査させてみよう」

「それとコーエン以外のブレーンが一人ほしいところですね。キリスト教に詳しい学者か誰か」

「私の知り合いにワシントン駐在のバチカン大使がいる。枢機卿の候補でローマ教皇の信任も厚い人物だ」

「しかし、それではバチカンに情報が筒抜けに……」とロバート。

「いや、それは逆だ。カトリックの総本山が六六六の暗号に対して、どのような見解を持っているのか知ることは決してマイナスではない。むしろバチカンを巻き込んでおけば、いずれ調停という形でもメリットをもたらしてくれるのではないかな」

「わかりました」

ロバートがうなずいたそのときだった。

書斎のドアがノックされ、眼鏡の似合うソレンセンが顔をのぞかせた。グレーのスーツにワイン色のネクタイ。髪の毛にポマードをたっぷり塗りつけているらしく、いつも銀色に輝いている。年齢はケネディよりも十一歳年下だが、ずい分、老けて見えるし、物腰も老人のようだ。ネブラスカ州に生まれ、一九四五年にリンカン高校を卒業し、ネブラスカ大学を卒業後、ケネディと行動を共にしており、現在はケネディ大統領特別顧問である。

「ご兄弟、神学論争はおすみですか？」

いささか皮肉っぽい微笑を浮かべながらソファに腰をおろそうとするソレンセンに、ブルックスブラザーズの濃紺のスーツに身を包んだケネディは笑いながら言った。

「いや、これからだ。ソ連にどうすればキリスト教を導入できるか話し合っていたところだよ」

「ソレンセン。君のアイデアが、ぜひ聞きたいところだね」

軽い調子で追従したロバート・ケネディに向かってソレンセンは身を乗り出した。

「それなら簡単です。共産主義を叩き壊すことですよ。そうすれば大統領は救世主になれますぞ。ですが、例のフルシチョフの手紙に、もし答えが出せなければ共産主義ではなく、資本主義とキリスト教が崩壊するかもしれません。それほどの大問題が六六六のゲームには存在していると私は思いますな。いやミサイル・ゲームどころじゃない。西側諸国のアイデンティティを巡る実に危険なゲームだ」

「心配するなよ、ソレンセン。もしキューバに中距離弾道ミサイルが見つからなければ、こいつもただのジョークで終わりだよ」

フルシチョフ書簡を左手で弾いたケネディの言葉にソレンセンは首を振った。

「大統領。このゲームはすでに我々だけの問題ではなくなっているんですぞ」

「どういう意味だ？」

兄弟は声を揃えてソレンセンを見た。

「一人のジャーナリストにあてて同じ文面の手紙をフルシチョフは送りつけていたのです」

ケネディ大統領は両眼を見開いた。

「さっき、そのジャーナリストから私あてに電話があったのです。まちがいありません。ひどく興奮した口調で大統領は、六六六の挑戦状に挑むのですか、無視するのですか？明日までに記者会見するよう、ねじ込んできましたぞ」

「ジャーナリストって誰だ一体？」

再び声を揃えた兄弟に向かってソレンセンは、短く呟くように答えた。

「ミセス・オルブライトです」

その途端、大統領と司法長官は同時に天を仰いでいた。

彼女はワシントン郊外にある「ワシントン・クロニクル」という小さな新聞社を営む今年で七十七歳のジャーナリストである。しかも息子のような年齢のケネディに、記者会見の場でいつも最前列の中央に陣取って鋭い質問を投げつけてくる天敵のような女性だった。

ソレンセンは、「彼女が手を挙げても指名しないようにしてください」とケネディ大統領に、いつも忠告しているのだが、なぜか本番になると最後の一人か、二人目に彼女を指名してしまうのだ。

なぜ指名するのかと問うソレンセンに、ケネディはいつも困惑した表情で、「わからない。どういうわけか彼女と目が合うと指名しているのだ」と答えるばかりであった。そのせいでケネディの側近たちは彼女のことを魔女と呼んでいた。

「よりによって悪魔の挑戦状が魔女の手に渡っていようとは……」

ケネディは両肩をすくませながら弟を見た。だが、ロバートは司法長官の厳しい顔に戻っていた。

「大統領。これは本気です。フルシチョフは内部攪乱(かくらん)を我が国に仕掛けてきた。とすれば、ミサイルの件もすでに実戦配備が進んでいる可能性がある。明日は、なんとしてもU2を飛ばしましょう。それにソレンセン」

「わかっていますよ。マスコミ対策でしょう」

「そのとおりだ」

ロバートはうなずいた。

「一歩間違えばホワイトハウスは世界中からピエロにされてしまう。なんとしても、そのミセス・オルブライトに箝口令（かんこうれい）を敷くんだ。一切記事にさせるな」

「しかし彼女は言論弾圧だと騒ぎ立てるでしょう」

「国家機密に関わる重大事だ。政府に協力しろと説得するんだ」とロバート。

「それは無駄だろう」

割って入ったのは、当のケネディ本人であった。

「彼女は今、政府の核実験に反対する運動を起こしている。政府に協力することはないだろう」

「じゃあ、どうすると……」

ロバートは困惑した表情で兄を見た。

それを受けてケネディは自虐気味に吐き捨てた。

「まったくフルシチョフといい、オルブライトといい、スケジュールを切って迫ればケネディは白旗を揚げるとでも思っているのかね」

ソレンセンもお手上げだという表情で首を振ってみせた。

「大統領の敵は、いずれにしても赤い旗がお好きなようですな。赤い旗に五十一個の白い星のマーク。このロゴが入った『ワシントン・クロニクル』の発行部数はたかだか五千部です。しかし、本家の赤い旗のほうはミサイルのおまけつきですから、こっちの記者会見をどうするかです」

「ソレンセン、大統領の声明を発表するかな。内容はどうするかだが」とロバート。

「そうですな。国家非常事態宣言をするか、当面黙殺するかのどちらかです。仮にキューバ問題の声明に関する記者会見を行うと、当然そこにオルブライト女史が出席してくるでしょう。そして大統領に対する魔女の誘惑が始まるのです。特に今回は六六六の問題とリンクさせてくるでしょうな。たしかに大統領が指名しなければすむ話ですが……のちのち面倒くさいことになりやしないかと……」

　ソレンセンは気まずそうにテーブルを右手の人差し指でコンコンと叩き始めた。しばらくしてケネディが口を開いた。

「もしオルブライトのリクエストに応えて挑戦状の記者会見を開くとどうなる？」

「彼女を指名しません。そのうえでフルシチョフが奇妙な手紙をよこしてきたが、そろそろ引退が迫っているのではないか。それをアメリカは憂慮していると、ミサイルのことを省いて語ればすむ話です」

「それだと、キリストの暗号を媒介にして冗談ではすまされないことが米ソ間で起こっていると、いずれオルブライトが叫び声を上げるだろう。それにあっちの方も大変だ」

　ケネディがあっちの方と言うのはこういうことだ。実はこの女性記者には、もう一つお決まりの質問があった。それはケネディの記者会見が終了を告げられると同時にいつも立ち上がった彼女の口から、かなり甲高い声で発せられるものだ。

「大統領。ちょっと待って、大統領。ケネディ家にはルーズベルト大統領から託された神を冒瀆(ぼうとく)する内容のニュートンのメモがあるんですって。カトリックのあなたがそんなものを所持しているというんなら、これはトンデモないスキャンダルよ。公開すべきだわ！　公開しなさいよ。公開できない理由は何なのさ」

それに対してケネディは、いつも肩をすくめながら「確かに父はルーズベルト大統領が海軍勤務だったときに、そのニュートンのメモを預かるように言われたようだ。今も、それを私が所有しているのは事実だが、神を冒瀆する内容のメモなど存在しない」と答えてきた。

しかしニューディール政策で未(いま)だに国民的人気のあるルーズベルトでも、かつてソ連との融和策で批判されたことがあるが、それと今回の一件を絡められてルーズベルト同様、ケネディはソ連に弱腰で当たるだろう、などと騒がれては元も子もない。

「然(しか)り、としか言いようがありませんな」

ソレンセンがため息をついたとき、ケネディはさらに難問を思い出したのか、両眼を見開いた。

「いや、それだけじゃない。あの男がいた！」

実はオルブライト女史に加えてケネディが苦手にしていたジャーナリストが、もう一人いた。ノーマン・カズンズがそうだ。

オルブライトは花火のように賑(にぎ)やかに打ち上げてくるだけだが、一方の彼は物静かな哲学者のように、それでいて筋が通っていなければテコでも納得しない鋼のような意志の持ち主で、ソレンセンは陰で彼のことをホワイトハウスの「岩」（ペトロ）と呼んでいた。

コロンビア大学を卒業後、一九三四年に『ニューヨーク・イブニング・ポスト』（現在のニューヨーク・ポスト）に就職後、一九四二年から四七年まで弱小だった『サタデー・レビュー』という評論誌の編集長を務め、今では六十五万部を超える大評論誌に育て上げている。

しかも、彼は一九四九年に訪れた広島戦災児育成所の原爆孤児に強い衝撃を受けて以来、アメリカ人に呼びかけて、あの子たちを精神的な養子と考えて、年額二十ドルの養育費を日本に贈ろう、という精神養子運動を始めたのだ。また原爆でケロイドの傷を負った若い女性をニューヨーク市に連れていきマウントサイナイ病院での治療を実行した人物である。このとき彼は、原爆乙女と名付けられた広島の女性たちをアメリカに招くと、なんと人気テレビ番組内で原爆を投下したB－29エノラゲイ号の副機長ロバート・A・ルイスと対面させ、視聴者から五万ドルもの寄付金を集めた知恵者であり、人道家であった。その五万ドルが彼女たちの治療費に充てられたのだった。

このノーマン・カズンズがときどき、ふらりとケネディの記者会見に現れては「高らかな理想と現実のギャップに苦しむ大統領にお伺いする。核兵器はいつ全面廃止するのか？」と問い続けてくるのだ。

答えに窮したケネディが、「その日は遠くない。今しばらく見守っていただこう」とやんわりと答えると必ず次に「原爆投下に関する禁断の写真が大統領執務室にあると聞く。それを、ぜひ公開して欲しい」と畳みかけてくるのだ。

　ケネディ自身、そんな写真のことは知らなかったが、どうやらトルーマン大統領以来、執務室の金庫に、その類の写真が保管されているという噂だけは聞き及んでいた。

　しかし一度、ソレンセンに探させてみたが、見つからなかったため、「調査したが見つからない。引き続き調べてみる」と答えるなど、不毛ともいえるやり取りが延々と続いていたのである。「ない」と言っても「あるだろう」と詰められては、もはや悪魔の証明の領域である。しかも、アメリカとソ連の間で何かが始まっているという話を、この二人以外の核兵器反対論者が聞きつけたなら、さらに騒ぎ立てるに違いない。

「大統領。ノーマン・カズンズのニックネームをペトロからホワイトハウスの悪魔に変更しましょうか。オルブライト女史が魔女なら、彼は悪魔かもしれませんぞ」

　ソレンセンは笑えないジョークを口にしてみせた。まさに前門の虎、後門の狼だった。

「ともかく大統領、どうやってオルブライト女史とノーマン・カズンズの追及を逃れるかですな」

　ソレンセンの言葉にうなずいたケネディは片方の目をつぶりながら、

「そうだ。ダミーニュースを流そう。今、良いアイデアを思いついたんだ」

　そう言うと、大統領はデスクの右端の引き出しからファイルを取り出すと、

「こいつをそろそろバラ撒いてやろうと思うんだ。親父がルーズベルト大統領から預かっ

た例のあれさ」

「なるほど。あれですか……」

　ソレンセンは思わず指を鳴らしていた。

「そうだ。うるさいからそろそろ公開してやろうと思っていたんだ。記事にしてもらえれば、いずれ高値がつくだろう。こいつを会見の打ち切り前に記者たちにバラ撒く。そうすれば翌日の新聞は、あれの記事で持ち切りだ。六六六の件は誰にも知られずに済むというものさ」

「わかりました。ダミーニュースで連中を黙らせましょう。おっ、そうだ、そうだ」

　ソレンセンは黒いファイルを手にすると、何かを思いついたように指をパチンと鳴らしてみせた。

「もう一つダミーニュースを流しませんか。国民の目をそらすのです。『ワシントン・ポスト』『ニューヨーク・タイムズ』などの主要紙に懸賞金広告を出すのです」

「懸賞金広告？」

「そう、例えば悪魔の正体、六六六の謎を解いた者には百万ドルの賞金を出すとか……」

「誰が？」

　ケネディが背を伸ばしながら腕を組むのと逆に、ソレンセンは両手をデスクの上につきながら、

「大統領というわけにはいきませんから、さしずめ『聖書の謎を解く愛国者協会』とでも

しましょうか」

「応募は？」

「どこかの空き事務所を借りて、その期間に面会方式で謎解きをやらせる。もしかするとグッドアイデアが持ち込まれる可能性もありますよ」

「なるほど。オルブライトより先にこちらが先手を打って国民の前に六六六の謎を投げかけるわけだな」

「左様です。アメリカ国民が我々クルーのアシスタントになるわけです。こうすれば、わざわざオルブライトのために記者会見などせずにすむ。彼女には『ワシントン・クロニクル』以外の新聞をよく見ておけと言えばすむことです。一石二鳥です」

「待てよ、待てよ！　そうだ。ソレンセン。そのなんとか協会の会長にエドワードをあてようじゃないか」とロバート。

「弟さんを？」

「そうだ。エドワードが会長なら政府も公認だという印象を与えることができる。あとになってオルブライトが政府による偽装工作だのなんだのと騒いだって開き直ればすむ。違うかい、兄さん」

「なるほどな。国民を混乱に陥れたくなかったと謝罪をすればいいわけだな。OKだ」

ケネディ大統領は片手で小さくガッツポーズをすると、

「ともかく例の二人の件はソレンセンに任せよう。それとフルシチョフとのゲームはキューバにミサイルが発見されたときから正式にスタートさせよう。無駄な時間を過ごしたくないからな。仮にチームが動くときには聖ヨハネをコードネームにしよう。聖ヨハネの祈りは六時からとすれば、六時にここに集合だ。いいね」

そう言うと大統領は重い腰をあげた。

## 2

――十月十四日、日曜日早朝

予定どおり快晴の空のかなたに向け、U2が吸い込まれるように飛び立っていた。

この日、雲のないキューバの西部上空を高々度の位置から蹂躙(じゅうりん)したU2のパイロット、ルドルフ・アンダーソンは一度、南の空を舞ったのち、息をひそめるようにしながら北側へ。さらに貫くような勢いで西へと飛行を続け、キューバの秘密を鷲(わし)づかみにすることに成功した。

撮影された膨大なフィルムは、その夜、現像に回され、さっそくCIAの写真解析専門班らによって分析された。

彼らはすでに八月二十九日に入手していた写真を今回のそれと比較しながら精密に分析。その結果、キューバのサンクリストバル地方におぼろげな陰影を発見したのである。あわてた写真解析専門班が、さらにその影を拡大したところ、キューバの西端部にソ連中距離ミサイル基地が建設されつつあることが判明したのだ。

その情報は十月十五日の午後八時から十時までのあいだにCIA高官にもたらされ、CIAから国務省、国防総省(ペンタゴン)の諜報部門に回り、結局ホワイトハウス公邸にいたケネディ大統領のもとにたどり着いたのは、十月十六日火曜日の午前十時前であった。

「そうなんだ。ボビィ。例の六六六のニュースだ。私も全紙に目を通したが、なかった。何も書いてないいんだ。パズルやクイズコーナーも丹念に見てみたが出ていない。そう、どこにも……。あっ、あとでかけ直すよ。今、バンディが来た」

ケネディが「ワシントン・クロニクル」紙を片手に受話器をおろすと国家安全保障担当大統領補佐官の切れ者マクジョージ・バンディは挨拶もそこそこに重々しい声で切り出した。

「ありました。大統領……」

マサチューセッツ州ボストン出身のこの政治学者は、一九六一年からケネディ政権に参画した男である。銀色のフレームの眼鏡が少し曇っているのをケネディは見逃さなかった。

「ミセス・オルブライトの署名記事か?」

「似たようなものです」

「ミサイルか?」

バンディは、深刻な表情を一層険しくしながらうなずいた。

「……キューバだな」

「そうです。まちがいありません」

　ケネディは「ワシントン・クロニクル」をベッドの上にほうり投げた。

「クソッ、赤い悪魔め！　本気だったのか！」

　短く吐き捨てるように罵ると、バンディの広い額の下で、よく光る目を見つめたまま大統領は言い放った。

「バンディ。今日、これからすぐに会議を開く。一時間後の午前十一時だ。それから四十五分後の午前十一時四十五分から二回目の会議をやる。副大統領、国務省、国防総省、CIAの主要メンバーを呼んでおいてくれ」

「CIAのマコーン長官がワシントンに来着するのは、明日ですが……」

「誰でもいい。No.2でいい。大事なのは写真解析の専門家だ。すぐに集めてくれ」

　小走りに寝室を出ていったバンディの肩幅の広い後ろ姿を見送ると、ケネディはすぐに参謀のソレンセンを電話で呼び出した。

「大変なことになった。U2の結果が出たのだ」

「あったのですか？」

「ああ、見つかった。だから一時間後の午前十一時と午前十一時四十五分に会議を招集した。一回目はU2の結果について、二回目は今後の対応についての閣僚会議だ。名称は国家安全保障会議執行委員会（Executive Committee of the National Security Council）、略称エクスコム。わかりやすくいえば秘密会議だ。君も参加してくれ。それとすぐに大統領声明を検討してほしい。もちろん記者会見用だ。詳しくは執務室で話そう」

ケネディが電話を切ると、すぐに待っていたかのようにベルが鳴り響いた。

受話器の向こうから司法長官ロバート・ケネディの緊迫した声がした。

「兄さん、見つかったそうですね。たった今、バンディから連絡がありました」

「そうなんだ。悪魔は本気だったようだ。暗号の件もブラフなんかじゃない。なんらかの作戦がすでに展開されているんだ。ともかく閣議のあと、午後一時に聖ヨハネの祈りを捧(ささ)げよう。写真の解析に続いて、こっちの解読だ。予定をあけておいてくれ」

電話を切るとケネディは転がり落ちるようにしてベッドを出た。

やがて背中の痛みに顔をしかめながら、大統領は足元にからみついた「ワシントン・クロニクル」をはがすようにして寝室をあとにした。

## 3

――十月十六日午前十一時、大統領執務室

ポトマック川の北岸に位置したワシントンD．C．。

その正式名称はワシントン・コロンビア特別区でD．C．とはDistrict of Columbiaの略称である。当初、アメリカ合衆国の首都は、トーマス・ジェファーソンらの構想では南部に置かれることになっていた。しかしニューヨークなどの各都市を押しのけて、ようやく一七九〇年に現在のワシントンD.C.に首都移転が決定。その後は連邦議会などの機能が集中する文字通りの合衆国の心臓部として鼓動を刻み始めるのである。

そのシンボルの一つ、ホワイトハウス。

コンペによって採用された、その設計図はアイルランド生まれのフリーメーソンの建築家ジェームズ・ホーバンのものであった。その着工は一七九二年にさかのぼり、八年後の一八〇〇年に完成するが、このころは現在のような外観ではなかった。

初代大統領ジョージ・ワシントンのもとで立案されたこのホワイトハウスの最初の入居者になったのは第二代大統領ジョン・アダムズだった。

その真向かいには「ラ・ファイエット公園」が広がっているが、これは独立戦争の際にアメリカ側に参加したフランスのフリーメーソン、ラ・ファイエット将軍の名を取ったものである。

その歴史と伝統あるホワイトハウスの執務室に入った第三十五代大統領J・F・Kが背中の痛みをこらえながら椅子に腰をおろした瞬間、執務室のドアがノックされ、CIAの次官マーシャル・カーターをはじめ、数人のスタッフが深いため息をつきながら入ってきた。

応接ソファに腰をおろすなり、カーターは極めて悲観的な表情でケネディを見ると、いきなりこう切り出した。

「大統領。これが証拠写真です」

側近からは畏敬の念をもって将軍と呼ばれているカーター。その彼がファイルから取り出したのは、五枚の高度偵察写真であった。そこには、ほとんど目に見えない引っかき傷のようなものが三ヶ所矢印でクローズアップされていた。

「よく見えないな……」

顔から血の気が失せつつあるケネディの反応を確認するかのように将軍は一度顔をあげると、再び写真を指さしながら続けた。

「一番上のものがモータープールです。工事用車両などがここに集まってくるのです。その下にある傷のようなものが、クレーン車です。さらに左隣のこれ」

将軍は、ケネディとソレンセンの近づいてくる顔を、さらに引き寄せるようにわざと自分の頭を引き上げてエアポケットを作り、そこに二人の顔を誘導すると、一段と声をひそめた。

「これがミサイル運搬車。よく見てください。これにはミサイルが積まれている」

「これが？」

ケネディは写真を取り上げると、天井から降り注ぐ照明の光をあててミサイルを凝視した。

「これがミサイルか……。まるでフットボール競技場のなかのフットボールくらいだな……」

ケネディは絶句したまま、ひたすら天井を見上げている。

「大統領」

カーター将軍は、再び重い口を開いた。

「現在のCIAの分析ではソ連のMRBM、すなわち準中距離弾道ミサイルは千百海里先の目標に命中します」

ケネディはミサイルの写真からCIA№2の濁った両眼に視線を移した。

「仮にこれが本物だったらどうなる？」

「ワシントン、ダラス、ケープカナベラル、セントルイス、そしてその範囲にある戦略空軍全基地、および主要全都市がミサイルの射程に入ります」

「ミサイルの数は？　一発二発じゃないだろう」

「おそらく十六基から二十四基。そうだなマーチン」

カーター将軍は隣に控えているCIA写真解析専門班主任のマーチンを見た。

彼はうなずくと、かすれた声で、

「あるいはそれ以上かもしれません」

「ということです、大統領」

「これが全部発射されるとどうなる？」

「大統領。そのご質問に答えるのは、CIAではなくペンタゴンの仕事です。しかし私の立場からいえることは、たとえアメリカが先制空爆をしたとしてもソ連が黙ってはいないでしょう。そうなれば先ほどあげた主要都市ばかりか、おそらく地球上の大都市という大都市が、ほぼ壊滅状態に陥るでしょう」

「なんと、核戦争か……」

ソレンセンはただ首を振るばかりだった。そのソレンセンをチラと見たのち、将軍はやや声音をあげるようにしながらこう言った。

「いや、一つだけ救いがあります」

「救い？」

ケネディは将軍の眼を見すえた。

「ええ。正確にいえば、この写真にはまだ核弾頭が貯蔵されているような場所が見つかっていません。すでにキューバのどこかに貯蔵されているか、近々運び入れられるか。おそらく後者でしょう。しかしどっちにしてもそれは時間の問題です。そうだな、マーチン」

「はい。我々の偵察と、この十月十四日と前回の八月二十九日の写真を比較検討して明らかになったことがあります。それは、この一ヶ月ちょっとの短い期間に、ソ連から戦闘用ミサイルがきわめて迅速に運び入れられています。おそらく九月中旬にキューバに到着したそれらは、現在ほとんど組み立てられ完成を見ているはずです」

そこで一度、マーチンは言葉を切ると、あえて力を込めた。

「二週間を待たずして、あるいは核ミサイル発射基地がキューバに出現しているかもしれません。ともかく実戦配備前に証拠を握ることができたことが不幸中の幸いでした。大統領」

ケネディは沈痛な面持ちで将軍とマーチンのもたらす一語一語にうなずいた。

……だからフルシチョフは十月二十八日午前九時ジャストというタイムリミットを設定したのだ。奴は本気だ……。

ケネディは胸中に鉛を飲んだような重い気持ちになったが、それでも将軍と写真解析専門班のスタッフ三名に謝辞を述べることを忘れなかった。

「君たちは素晴らしい仕事をしてくれた。大統領として感謝の念に堪えない。ここから先は政治の仕事に引き継がれるだろう。だが、君たちには次の仕事が待っている。それはもっと多くの写真を撮り、より精密な解析を行うことだ」

そして一度、言葉を切ると身を乗り出しながら続けた。

「とにかくもっと多くの写真が必要だ。我々は確証を握らねばならない。世界中の人々を最高に納得させる確証を入手しなければならない。キューバ全体にわたって起きていることをつきとめねばならない。そのためにはキューバ全土に毎日偵察飛行を行うんだ。いいね、カーター次官」

「わかりました」

「それと、これは全員に言いたい。他のあらゆる仕事をやめ、これから起こる危険とあらゆる行動計画を敏速に、しかも徹底的に検討してくれ。今、必要なのは行動だ。いいね」

その場にいた全員がうなずいた。

この瞬間からケネディのミッションが始まったのである。

そう、ソ連とキューバに核ミサイルを撃たせず、同時に約二千年間謎とされてきたキリストの暗号を解いてみせるという絶対不可能なミッションが……。

## 4

**——同日午前十一時四十五分、ホワイトハウス閣議室**

この日、初めてのエクスコム会議が開かれ、政府首脳が一堂に会した。

大統領側近の顔ぶれは、ジョンソン副大統領をはじめ、ロバート・ケネディ司法長官、ディロン財務長官、ホワイトハウスからは大統領補佐官のバンディと大統領特別顧問のソレンセン。

さらに日本の外務省にあたる国務省からはラスク長官、ボール次官、マーチン中南米担当次官補、アレクシス・ジョンソン次官代理、トンプソン顧問。そして国防総省、いわゆるペンタゴンからはマクナマラ長官、ギルパトリック次官、ニッツ次官補、テイラー統参議長。そしてCIAからはカーター次官。

いずれもケネディ大統領が指名した人物であったが、まるで核ミサイルが発射されてしまったかのように議論は百出した。

「空爆以外、手はありません」

「そうだ。ミサイル基地が実戦的にならないうちに」

「いや、まず政治的にソ連に圧力をかけることだ。その上でミサイルを撤去させることだ」

ペンタゴンが強硬路線を主張するのに対し、国務省側は外交交渉路線を主張した。これに対して、ＣＩＡのカーター次官は言った。

「限定空爆ではなく核貯蔵場所を含む航空基地も叩いてしまいましょう。キューバ人が数千人単位で死ぬことになりますが、核戦争回避のためです。仕方ありません」

「それはキューバ侵攻を意味している」とロバート。

「当然です」

カーターは冷たい表情でうなずいた。

だがロバートは首を少し傾けると、

「早計だな。まずキューバに警告を出して、そののち海上封鎖をすみやかに行うべきだ」

だが即座に異論が出た。

「国連から査察チームをキューバに派遣させよう」

「いや、カストロと直接交渉の道だってあるんじゃないか」

「しかし、それならアメリカは奴になんらかの政治的譲歩を迫られることになる」

「構わん。核戦争を回避できるなら、それも選択肢の一つだ」

参加者たちは過剰なまでに興奮していたが、それもやむを得ないことだった。

アメリカが初めて直面する直接的な国家へのダメージ。それが眼前に迫っているのだ。

こうした中、彼らを制するようにペンタゴンのマクナマラ長官の声が響いた。

「待ってくれ。カストロと政治交渉を行うということは、ソ連に対する譲歩をも念頭に置かなければならん。まず限定空爆でミサイル基地を叩きのめしたあとで交渉に持ち込むのが得策だろう」

いつの間にか空爆主張者たちが空爆派とも呼ぶべきグループを形成しつつあった。しかし彼らの議論が出尽くしたのを待ってケネディは手元のメモに視線を落としたのちにこう切り出した。

「わかった。諸君のアイデアを分けると対策はおよそ三つだ。一つは空爆、二つめはキューバ、あるいはソ連への直接的政治交渉。三つめは海上封鎖。これらは分離独立したものでも段階的に取られる措置でもない。政府の決断によって生まれる連鎖的な選択肢だ。うまくいけばキューバ限定の局地戦となり、悪くすれば米ソの全面核戦争に突入することもあるだろう。ともかく今後はこれらのアイデアが実行に移された場合、いかなるリスクが生じるかすみやかに検討してほしい」

ケネディはメモをテーブルの上に置くと周囲をゆっくりと見渡したのち、さらに続けた。

「ここにいる全員にお願いしたい。まず、すべての事実を発表し、アメリカの態度を明らかにするまでは絶対に機密を守ってほしい。キューバに何があるのか全員が脳裏に収めた情報を舌に載せて宙に撒き散らすことのないよう気を引き締めてほしい。なぜなら、少しでも事前に情報が洩れると、こちらの態勢が整わぬうちに急ピッチでソ連に作業をさせてしまうことになるだろう。そうなればアメリカ国民を恐怖のどん底に陥れることになる。だからソ連やキューバには無関心を装ってくれ。ただしアイゼンハワー前大統領には説明をしておくつもりだ。またソレンセンとも協議をしなければならないが、折を見て国民の前で発表することも選択肢の一つとして考えている」

「大統領」

突然、手をあげたのは強硬派の一人、ペンタゴンのマクナマラ長官であった。

「重要なことはキューバにミサイルがあったという事実ではなく、国家非常事態であるという宣言であり、それにともなう予備役の召集を一刻も早く国民の前に公にすることではありませんか？」

つまり戦争突入のための準備態勢を整えることに全力を注ぐべきだというのだ。

ケネディは両眉をあげ、軽くうなずくと、すぐに、こう切り返した。

「たしかにそのとおりだ。だが問題は時期だ。それを誤るとキューバとその黒幕ソ連に足元を見すかされることになるだろう。そうでなくともフルシチョフは私に……」

『悪魔の挑戦状』を送りつけてきていると言いかけて、ケネディは思わず胸中深く、それを飲み込んだ。その様子を見ていたロバートとソレンセンは両眼を見開き、うつむいていたCIA次官カーターの視線がこちらに向けられた。その様子を視野に入れながらケネディは、しどろもどろになりながら、

「……フルシチョフは私に、いや私と同様、いや、ある意味で私以上に老獪な人物だ。彼

は喜んでこう言うだろう。アメリカはなんら確証のないままキューバ侵攻を決定した、と。そして世界に向かって騒ぎ立てるだろう。そうなれば国際世論は、ミサイル危機はアメリカの情報操作によって煽られたものだと受け止めるかもしれない。そのためには誰にも否定できない確証を世界に向けて突きつける必要がある。それまでは全員秘密を保持してほしい」

「大統領」

国務省のラスク長官が手をあげた。

「何だね」

「同盟国との事前協議はどうします？　対ソ戦を念頭に置いておく必要があると思いますが」

「いや、やめておこう。同盟国との協議もギリギリまで控えてほしい。こちらがそれを始めたことをソ連が知れば彼らは中国に対して同じ動きを取るだろう。あるいは西ベルリンに対しても侵攻を開始するきっかけととらえるかもしれない。そうなると第三次世界大戦モードに突入する」

「いいですか。大統領」

今度は司法長官のロバート・ケネディだった。彼は咳払いすると重々しい口調でこう言った。

「今、大統領がまとめられた三つの選択肢以外にアメリカには対策が残されていないか、私自身の立場から検討したいと思いますが、どうでしょう」

「第四の道か？」

ケネディは念を押した。

「そうです。第四の道」

ロバートはそう言うとウインクをしてみせた。第四の道とは、フルシチョフの挑戦状に解答を出すという方法である。しかも、こうしてロバート自身が独自のシンクタンクになることを事前に宣言しておけば、今後二人がどれほど密談を重ねようが別に怪しまれることはない。というのも、これまでのシステムでいけば、たとえ司法長官であっても、FBIのフーバー長官の頭越しに大統領と会うことさえできなかったのだ。それほどフーバーは絶大な力を持っているのだが、そのタブーを初めて破ったのがロバートであった。だが、連中は今でもそれを面白く思っていないことは確かである。つまり第四の道とは、それを緩和するための優れた提案だった。

やがてケネディは親指を立てると、

「OKだ、司法長官。それとソレンセン！」

「はい」

「君も力を貸してくれ」

「わかりました」

ソレンセンは、意図はわかっています、とばかりに、これも軽くウインクをしながら、うなずいてみせた。

「いいだろう。とにかく今日、この時間から我々はアメリカを、いや全人類を救うための救世主になることが要求された。ただちに行動を開始する！」

ケネディはノートを閉じると勢いよく立ち上がった。

## 5

さすがに疲れていた。

自信たっぷりに檄（げき）を飛ばしてみせたが、ケネディもしょせん人の子である。これから一体どうなるか、たとえば三日後、いや明日、この国が一体、どうなってしまうのか。それを考えると気が狂いそうだった。

はたして空爆すべきか、それとも警告レベルのオペレーションにとどめるべきか。ソ連はどう出るだろう。もしキューバから核が撃ち込まれたなら、当然報復することになる。そうなれば、世界中の空を数万発の核やミサイルが飛び交う地獄絵図が瞬時に展開される。おそらく北半球は、地球上からごっそりと失われてしまうだろう。

……どうすればいいんだ。私は……。

神に祈ることさえ忘れ、世界中の憂鬱（ゆううつ）を一身に集めてしまったかのように苦しそうな表情でケネディは頭を抱えていた。

突然、ドアが三度ノックされた。

「大統領。ちょっといいかな」

執務室に入ってきたのは、ロバートだった。

ソファに腰を下ろすと彼は、ケネディが目の前に座るのを待って、こう切り出した。

「兄さん。グッドニュースだ。昨日、我々を支持するCIAのあるグループ、名前はUACという特別部隊なんだが、そのうちのリーダーから司法長官室に連絡が入ったんだ」

「ほう」

ケネディは、身を乗り出した。

「実はソ連から亡命を望んでいる兄弟がいるらしい」

「我が国にか？」

「そうだ」

ロバートはうなずくと、ロシア皇帝の時代に貴族だった人物が、革命後、地方の農村部に逃亡し、そこで細々と生き延びてきたのだと語ってみせた。

「そのロシア貴族の血を宿した子孫がどうやらロシア皇帝の秘宝を国外に持ち出そうとしているんだ。それと弟の方が、そのとき入手したメモを極秘ルートでソ連のアメリカ大使館に持ち込んできた」

「メモとロシア皇帝の秘宝？」

「メモの方から話そう。今朝、コピーと一葉の写真が届いたんだ」

ロバートはＣＩＡの極秘ファイルの中から一枚のコピーを取り出し、それを写真とともにデスクに滑らせた。それを手に取ったケネディは、思わず口笛を吹いた。そこには地獄への扉を開くダイヤルの数字や星座という文字が並んでいる。●図Ａ
「どうやら秘宝があるといわれる場所に侵入した際に、こいつを手に入れたらしい。その証明として持ち込んできた。しかも、その場所は世界中のスパイを投入しても、侵入が無理な場所だそうだ」

うなずいたケネディ大統領は首を傾けながらロバートを見た。

「ボビィ。ここにある星座0というのは、どういう意味だろう。星座35の次に星座0だ。しかも何も書かれていない」

「そこだ。私もよくわからない。ＣＩＡが数字を抜き出してきたんだ。これ以外にも相当な数の星座と乱数が記されていたらしいが、とりあえず、今、ＣＩＡのコンピュータ解析班が解読を試みている。おそらく、もうすぐ結果が出てくるだろう。それで兄さん、問題はロシア皇帝の秘宝の方なんだ」

「財宝なのか？」

「いや、その写真がそうだ」

ケネディが写真を凝視すると、金色の文字で『聖典アストロノミア』と書かれた表紙らしきものが写っている。

「正確に言えば、地球儀の中に入っていた古文書だ」

星座35　1 1 2 1 3 1 1 2 3 2 4 2 3 3
7 3 8 3 9 3 6 9 5 9 5 1 0 6 1 0
7 1 0 8 4 9 4
8 7 7 7 6 6 5 7 4 7 5 1 3 1 4 2
3 2 3 3 3 4 4 4 1 4 2 4 2 6 5 9
6 9 7 9 9 9 7 1 0 8 1 0 9 1 0 1
0 1 0 1 1 1 0

星座0　・

図A

「何のことだ？」

「イングランドのジェームズ一世がロシア皇帝に贈った文書のことらしい」

「それが我が国と何の関係があるんだ？　どういう文書か知らんが、紙の束が秘宝とはずい分と大げさだな」

ロバートは兄の言葉に首を小さく振るとこう言った。

「今まで黙っていたが、内密にＣＩＡの極秘ファイルを司法省でコツコツ調べさせていたんだ。資金源や不正を暴くためにね」

ＣＩＡ解体論者のロバートは、片目をつぶってみせた。そして、こう続けた。

「そのとき『Ｇファイル№６６６』というファイルにぶち当たった。アメリカ建国に関わる伝承をすべて集めたものだ。その中にローマ皇帝テオドシウス以前のキリスト教の秘密を、すべて調査した資料が保存されていたんだ」

テオドシウスは西暦三八〇年にキリスト教を国教化した皇帝で、以来、それまで覇権を競っていたカトリックと知恵を重視するグノーシス派との争いに終止符が打たれ、三位一体を重視するカトリックの教えが正典となった。つまりキリストは正式に人間から神へと昇格したのである。

それ以前は、キリストは人間であり、偉大な預言者であったとするグノーシス派が多数を占めていたのだが、こののち彼らが所有していた貴重な資料はバチカンの弾圧によって失われてしまう。

だがCIAは、この失われた秘密をイスラエルのモサドや秘密結社の協力を元に収集し、ダーク・データとして再構成したらしい。それに『Gファイル№666』というタイトルをつけ、長年、ラングレーの本部にある地下金庫の中に保存していたというのだ。

「昨日、あらためてそれを調べてみると、あるページにキリストの預言書がロシアに持ち込まれた、と書かれていた」

「キリストの預言書……。聖書に収められていない文書だな」

「そうだ。しかもロシアだけじゃない。アメリカにも持ち込まれていたんだ」

ケネディは思わず身を乗り出した。神の預言書があれば未来を手に入れられるではないか。

ロバートは兄の視線に同意しながら続けた。

「まずアメリカの状況を説明しておくよ。どうやらキリストの預言書は木造の帆船でイギリスから十七世紀から十八世紀にかけてアメリカ大陸に持ち込まれたらしい。その後、船ごと大地の中に埋められたというんだ」

「船ごと？　まさにアーク。契約の箱だな」

ロバートの説明によると、その船は今も合衆国の大地の中に眠っているというのである。

しかしアメリカ建国時に、この秘宝を掘り出した初代大統領のワシントンは、キリストの預言書の内容の凄まじさに驚いてこれを再度、船ごと封印したという。

「それが今も合衆国の大地の中に眠っているらしい」

「ということは、その封印された文書の中に六六六の秘密が記されていたんだな」

ロバートはうなずいた。

「で、アークの埋まっていた場所は？」

「ラジオ横丁のあたりだね」

『ラジオ横丁』とはハドソン川に沿った商業地区で電機部品街や倉庫が軒を連ねているあたりだ。政府の情報ではディヴィット・ロックフェラー肝いりでワールド・トレードセンターの建設計画が進んでいる土地である。

一度、ワールド・トレードセンターの設計予定図と、そのデザイン案を目にしたことのあるケネディは、アメリカの象徴とも言うべき壮麗なビルディングがあそこに建設されると思うと、胸が躍るような気持ちになったことをふと思い出した。

いずれ『ラジオ横丁』は合衆国の繁栄と資本主義の象徴となるだろう。

その地下に人類の未来を記録した神の預言書と、それを収めた契約の箱ならぬアークが埋まっていたとは、また皮肉なことだった。

「掘り出すか？」

「兄さん。それも考えてみたが、無理だ。商業施設をすべて壊すか、黙って地下を掘り進めるかだが、上は商店と倉庫街だ、すぐにバレる」

「木造船だから地中を爆破もできないわけだな」

「そうだ。ただ一説によると、ワシントン大統領は別の場所に石板の形でコピーを残したともいわれているんだが、そこがどこなのかわかっていないんだ。それと、まだ裏を取ったわけではないが、どうもワシントン大統領が目にした預言書の表紙にも、やはり『聖典アストロノミア』と記されていたらしい」

「『聖典アストロノミア』？」

「天文学のことだ」

「天文学か……。たしかに未来と宇宙は永遠の謎だな」

「兄さん、問題はここからだ」

ロバートは『Gファイル№666』に目を落とした。

「アメリカに渡る前に作成された『聖典アストロノミア』には、原典が存在していたらしい。どうやら、その原典を元にしてイングランド国王のジェームズ一世が『聖典アストロノミア』を作成したようだ。その原典とは、テンプル騎士団がパトモス島で入手したものだ。名前は『ヨハネの黙示録Ⅱ……。黙示録Ⅱ』」

「ヨハネの黙示録Ⅱ……。黙示録に続編が？」

うなずいたロバートは手元の資料を見ながら聖書秘典の調査文書について静かな口調で語り始めた。

# 6

## ――西暦一三〇五年、パトモス島

ギリシャのエーゲ海に浮かぶこの島にキリストの使徒ヨハネが流刑に処せられたのは西暦九五年のことである。

パトモス島の中心にあるホラと呼ばれる街とスカラという港の間の斜面に、その洞窟(どうくつ)はあった。

ヨハネは、この洞窟(どうくつ)でイエス・キリストから受けた啓示を執筆したのだ。

それがのちに「ヨハネの黙示録」と呼ばれた神の預言書である。

ヨハネは、神から視(み)せられた人類の破滅と新しい時代の到来を、まるで彩色画の絵を描くかのように丹念に、かつ詳細に、そこに書き綴(つづ)っていった。

それは凄惨(せいさん)な修羅場を体験した人類が、やがて花咲き乱れる永遠の楽園を手に入れる様を描いた宗教画の趣漂う精密な文章であった。

ただ、この文章には、弾圧から逃れるため、かなりの部分に暗号が仕掛けられていた。だから一読したところでは、だれにもその描いている意味は理解できないようになっていた。そのため奇怪な預言書としてローマ教皇庁でさえ、『新約聖書』に加えることをためらったほどである。

しかし啓示を執筆しているヨハネが流罪の身であったことを考えれば、これも止むを得ない措置であっただろう。なにしろ反キリストであるローマ皇帝の意向を受けた軍人が、つねにヨハネの行動を監視していたのである。

厳しい監視の目を免れるために利用したこの洞窟は、ヨハネにとって神と対話のできる、まさに天然の教会であった。

そう。誰にも知られることのない秘密の教会。

その秘密の教会の中に、まるで鉱山師のような男たちがやってきたのは西暦一三〇五年のことだった。

ある日の早朝、わずか十二人で、このパトモス島に乗り込んできた男たちは、突然、洞窟の中を掘り進めていったのである。そして十二日後が過ぎた早朝、朝靄(あさもや)が漂い始めた洞窟に男の叫び声が響き渡った。

「あったぞ！」

男の声に集まってきた仲間たちは、ランプの明かりを次々に照らして洞窟の奥の一角に掘られた穴の中をのぞき込んだ。

石で組まれた四角い空洞の中に油紙で厳重に封印が施された肌色の大甕(おおかめ)がひとつ。

まるで眠るようにひっそりと置かれている。

封印を破ると十二本の巻物が隙間なく並んでおり、そのうちの六本を覆うように黄土色に変色した古紙が置かれていた。そこにギリシャ語で文字が書かれている。

男は古紙を手に取ると、仲間たちが照らすランプの明かりの中で、その文字を読み上げた。

『我は黙示録の秘密をここに書き留め、六六六の正体を封印する。——年を経たあの蛇、つまり竜を取り押さえ、千年の間、縛っておき、底なしの淵に投げ入れ、鍵をかけ、その上に封印を施して、千年が終わるまで、もうそれ以上、諸国の民を惑わさないようにしたのである。そして無限の光が大地に封印される時、人の子らが復活する。

——イエス十二使徒ヨハネ』

男が読み上げると、仲間の一人が涙を流し始めた。

すすり泣きが、やがて号泣に変わるまで、さほど時は必要ではなかった。

「無限の光が……やはり伝説は本当だったのだ……！」

男は感涙にむせびながら叫ぶように言った。すると、騎士団の制服を着た仲間の男たちは、次々に頬を伝う涙を右腕で拭いながらうなずき合った。

『無限の光が大地に封印される時、人の子らが復活する』

古くからギリシャのパトモス島に伝わっている伝承に基づいて発掘作業を開始した男たちにとって、この文書を入手すれば世界を掌中に入れたも同然であった。なぜなら今後、この文書を解読することで、自分たちが六六六にも、あるいは、それを打ち破る救世主のいずれにもなることができるからだ。

つまり、六六六の預言の真相を記した、この秘密文書は、彼らに神の玉座を与えたに等しいのである。

「これで世界は我々のものとなった！」

リーダーの男が歓喜の声をあげると、彼らは互いに手を取り合って泣き声とも笑い声ともつかぬ喚声を上げ始めた。

やがて笑顔を取り戻した男たちは、大甕を太陽の輝く洞窟の外に運び出すと軍旗を取り出した。それを大甕の上に広げると、誰にも見られないよう、すっかり覆い尽くしてしまった。

もはや、この騎士団の軍旗の中に六六六が息を殺して潜んでいることなど、誰にもわからない。

「戻ろう」

男たちは掘鑿器具を肩に担ぐと、再びスカラの港に停泊させている船に向かって歩き始めた。その足取りは来たときよりも軽い。

ふと大甕を荷車で運んでいる男が荷台を振り返った。

そこには彼らの紋章を描いた軍旗が陽光を受けて純白に輝いている。その下に「ヨハネの黙示録」の続編『ヨハネの黙示録Ⅱ』が隠されているのだ。

「着いたぞ！」

しばらくするとリーダーの男が後方をふり返り、港に停泊している船を指さした。

航海を共に担ってきた無数の船員が甲板から手を振っているのが見える。

「あったぞ！　成功だ！」

リーダーの男の声に船員たちも歓声を上げ始めた。やがてヨハネの秘密文書を載せ終えると、一艘の船が、パトモス島をゆっくりと離れていった。

盗掘者まがいの、この謎の騎士団はローマ教皇から畏敬の念を込めて、こう呼ばれていた。

『テンプル騎士団』

ジャック・ド・モレーを総長とする、この男たちは、フランスのレンヌ・ル・シャトーに、この秘密文書を運び入れる予定だった。そのあと間違いなく『テンプル騎士団』は未来を支配する王者となるだろう。ただし、彼らは、この時ローマ教皇によって、やがて崩壊させられる、という悲劇的な未来が待っていることまでは見透かせてはいなかった。

# 7

ロバートはヨハネの黙示録Ⅱの発掘譚を語り終えると、こう補足した。

「この結果、テンプル騎士団はローマ教皇庁に滅ぼされてしまった。だが彼らは決して無策だったわけじゃない。バチカンからの弾圧を予測していたのだろう。原典を別な場所に運び入れていたんだ。それが薔薇十字団を通じて、やがて秘儀学者のロバート・フラッドのもとにもたらされた。そして彼は原典をもとに『聖典アストロノミア』と名付けた本を作ったらしい。それが三冊だけ製本され、二冊がイングランド国王からロシアとアメリカに贈られたというのだ」

「なぜロシアとアメリカなんだ？」

「わからない。このCIAファイルには何も書かれていないんだ。もしかするとキリストの預言の中に両国に関する重要な未来が秘められていたのかもしれないし、単なるジェームズ一世とロバート・フラッドの気まぐれだったかもしれない」

「気まぐれか……。だが、そうすると三冊の『聖典アストロノミア』のうち残る一冊はイギリスにあるわけだな」

「いや、イギリスにはすでにない。というのもCIAがMI6に働きかけたところ、どうやらピューリタン革命のときオランダに流れたらしい。そのあとはメディチ家に流出したともいう」

「すると今のところ『聖典アストロノミア』が確認できるのはソ連だけか……。しかし、なぜテンプル騎士団が手に入れた『黙示録続編』をロバート・フラッドは『聖典アストロノミア』にバージョン変更したのだろうか？」とケネディ。

しかしロバートは首を傾けながら、

「それもわからない。ただ彼は欽定訳聖書の実質的な編纂者だ。もしかすると、欽定訳聖書と『聖典アストロノミア』は関係しているのかもしれない。それは今後の検討材料だが、どっちにしても二人の兄弟はロシア皇帝の秘宝、つまり『聖典アストロノミア』の奪取に成功しているようだ。どうする？」

「ほしいな。喉（のど）から手が出ているのが見えるだろう。それにニュートン・メモにはダークスターが書かれていた。どっちも星座だ。何か関係があるのかもしれん。で、亡命希望者はどうしたいと？」

ロバートは額に皺（しわ）を集めながら、

「亡命計画を練ってほしいと言ってきている」

「なるほど」

「で、兄さん、そいつを私に一任してもらいたいんだ。なんとかうまくやってみせる」

ロバートは光に満ちた両眼でケネディを見た。

しばらく目をつぶって両腕を組んでいた大統領はやがて大きくうなずいた。

「いいだろう。六六六の正体がわかるのなら、なんでも実行しよう。『ヨハネの黙示録』の続編なら、ぜひ読んでみたい。ただし、この写真とメモの件は、CIAだけにしてくれ。繊細な問題だ。シークレットにしておこう。出すときはタイミングを見る」

「わかった。とにかくフルシチョフにキリストの暗号の真実を突きつけて、十月二十八日までに核ミサイルを撤去させよう。核戦争を止めるとすればそれしかないと思うよ」

ロバートはそう言うと腰を上げ、足早に執務室をあとにした。

# 第二章　六六六の謎を追え

## 1

――十月十六日午前九時、ワシントンCIA情報分析研究所

「なんだこりゃ⁉」

CIA情報分析官のマイクは「ワシントン・ポスト」の片隅に掲載された写真を見て思わず声を上げていた。タイトルは『ケネディ大統領の月への挑戦は不可能とニュートンが宣告⁉』。●図1
記事にはこうあった。

『ケネディ大統領の父ジョセフ・パトリック・ケネディが、ニューディール政策の父ルーズベルト大統領から若き頃に託された、というニュートン自筆のメモが、このたび大統領によって公開された。これまで一部では、神を冒瀆（ぼうとく）するメモがカトリック教徒のケネディ家によって、密（ひそ）かに所有されてきたこと自体、一大スキャンダルであると噂されていた。

だがメモの内容は、アイザック・ニュートン自筆の黒い星座（ダークスター）と、『不可能』と殴り書きに

した単なる彼のメモであったことがこのたび判明した。

　このメモについてニューヨーク大学教授のホワイト・ジョセフ・ジュニア博士は「おそらくニュートンは天文学か何かに関する法則の解明に挑んでいたのだろう。しかし、さすがの彼も思考途中で匙を投げたのではないか。言ってみれば、大変、歴史的価値のあるニュートンの敗北宣言である。今後は、このメモにどれだけの価値がつくか、興味はこれからサザビーズの舞台に移るだろう」と語っている。またニュートン研究家の一人、ヨセフ・ハイデルバーグ氏は「月へ行こうというケネディ大統領の挑戦に対して、ニュートンは不可能と断言したに違いない」と苦笑を交えてジョークを飛ばしてみせた。

　いずれにしてもケネディ家に伝わっていたニュートン・メモはケネディ大統領の月へのチャレンジが『不可能』だ、というお墨付きだったのかもしれない。

リチャード・トーマス』

　マイクは、その記事から目を離すと隣のデスクにいる堂島研輔を見やった。

「どう思う？」

「ケネディのことか？　それともニュートンのことか？」と堂島はコーヒーカップの手を止めてマイクを見た。

「ケネディだ」とマイクは新聞を堂島研輔に差し出しながら、首をポキポキと鳴らしてみせた。

「何故、大統領は、今頃歴史的なメモを公開して見せたと思う？」

00RTC

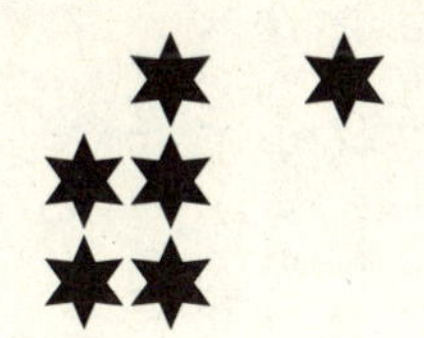

000 impossible!

図1

「答えは簡単さ。この件で続いていたオルブライト記者の執拗な追及に終止符を打つため。あるいは何かから目をそらすために流したダミーニュースか、どちらかだろう」

「なるほど。では、ニュートンについては?」

堂島研輔はコーヒーカップから口唇を離すとニヤリと笑ってみせた。

「リンゴはいつも木から落ちてくれるとは限らなかったんだろう。だから『不可能』だと何に対してかわからんが敗北宣言をしてみせた」

「では、ルーズベルト大統領は?」とマイクは畳み掛けて来る。

「はぁ? ルーズベルト?」

運びかけたカップの手を止めて堂島が眉根に皺を寄せたときだった。

「ルーズベルト大統領は、なぜニュートン・メモをケネディの親父に託したんだろうな」

「簡単だ。大統領選に出馬するにあたって金が必要だったんだ。だからケネディの親父に高値で売りつけたんだろう」と堂島。

「選挙資金か? なるほど。じゃあケンスケ。次にニューディール政策の生みの親ルーズベルト大統領はニュートン・メモをどこで手に入れたのかだ」

「さあな。ニュートン家のゴミ箱でも漁ってきたんだろうよ」

こう言って薄い笑い声を上げると堂島は続けた。

「聞くところによると男色趣味のあった経済学者のケインズが、かつてニュートン文書をオークションで落札したらしい。その一部がニューディール政策の父フランクリン・ルーズベルト大統領に渡ったたってところだろう。それがどういうわけかケネディ家にたどり着いたっていうことさ」

ジョン・メイナード・ケインズはルーズベルト大統領のニューディール政策のブレーンであり、司令塔だった人物で、二人にはニュートンの歴史的価値のある文書をやり取りするだけの親密な交流があった。

一方、ケネディ大統領の父親ジョセフ・パトリック・ケネディはルーズベルトの、いわばパトロンであった。ルーズベルトが選挙資金の担保代わりにその文書を手渡していたとしても何の不思議もない。つまり、これはケネディ追い落としの材料としてオルブライト記者が、単に騒ぎ立てていたに過ぎなかったことを証明するものだったというわけだ。だからこそ今後は、ニュートンのこのメモにどれほどの価値が付くのか大衆の興味はそちらにシフトするだろう、と堂島は分析してみせた。

「なるほど、そういうことか」

マイクがうなずいたときだった。

突然、電話が鳴り響き、受話器に飛びついたマイクの声が裏返った。

「大統領執務室へ⁉　僕がですか？」

「イエッサー」と返事をしたマイクに堂島研輔が笑いながら、

「ほら。ケネディはＣＩＡを盗聴してるっていう噂は本当だったろう。しっかり絞られてくるか、それともこの新聞を持って行って、直接聞いてみたらどうだ？」

「なんて？」

マイクはデスクの前の黒いファイルを手にすると立ち上がりながら聞いた。

「親父がいくらでニュートンのメモを買ったのか？」

堂島がコーヒーカップをもう一度、口に運ぶのを見てマイクは笑いながら、

「聞かなくても大統領から切り出してくれるんじゃないか。俺は今回の発表の目的はニュートン・メモを高値で売るための工作だったと思うね。多分！」

「なるほど、親子揃って商売上手だな。ケネディ家は」

堂島研輔がそう言うと、今度は彼のデスクの電話が鳴り響いた。

「私も……　大統領執務室へ……ですか」

どうやらケネディ大統領がＣＩＡを盗聴しているという噂は本当なのかもしれない。堂島研輔とマイクはデスク周辺に視線を走らせ、同時に右手をデスクの下に這わせ始めていた。

## 2

——十月十六日午後一時、ホワイトハウス大統領書斎

『聖ヨハネの祈り』は、キャプテンのいないまま始まった。

この日、議長を務めたのは弟のロバート・ケネディであった。

参加者はソレンセン、そして急遽呼び出された末弟のエドワード・ケネディ、コーエン博士の三人だけだった。

　事情を何も知らされていないエドワードと、ミサイル問題が頭から離れないままのソレンセン、そしてまるで鷹の目のような厳しい目つきのコーエンに向かってロバートはこう切り出した。

「今や核戦争を回避する第四の道は六六六の謎を解明し、その答えをフルシチョフに突きつけてやることだ。これ以外、我々には残されていない。なぜなら第一の道。つまり限定的にしろ、空爆はキューバに戦争の火種を生み落とす。その瞬間から世界は文字どおり、火薬庫と化すだろう。そして第二の道。キューバに対する政治交渉は、軍事的空白を黙殺したまま、虚しい時の流れを生み出すだろう。奴らはいつか核ミサイルを完成させる。さらに第三の道。海上封鎖は、米ソ両国に不信感を生み、次の危機を違った形で成長させることになる。とすれば、我々ができること、いや最後に残されたことは、フルシチョフが核ミサイルのボタンを押す前に、暗号ゲームですべてを終了させてしまう。それ以外に手はないと考えている。おそらく大統領も同じ見解だろう」

「ボビィ。しかし、この第四の道にも問題があるね」

　そう言うとエドワードは、左手で顎を撫でながら、まだ童顔の頬に微笑を浮かべてみせた。

「そう。問題がある。テディの言うとおりだ」

ロバートはエドワードをニックネームで呼び、少し声をひそめながら、

「なぜ共産主義者が先に六六六の謎を知り、神を信じているはずの我々が二千年ものあいだ正解を知らされずに無駄な時間を過ごしてきたかということだ」

「理屈っぽいが正解だね」

エドワードは両手をテーブルの前で広げながら、苦い表情で兄の言葉にうなずいてみせた。

「だがテディ。当然、手は打ってある。なぜフルシチョフが六六六の解答を得たか。数日前に密かに調査に乗り出した。そしてソ連に亡命希望者があらわれた。もちろん我が国へ、だ。その希望者がおそらく、その理由を明らかにしてくれるだろう」

そのとき、それまで沈黙していたコーエン博士が口を開いた。

「司法長官、大丈夫です。ソ連がたどりついた六六六の秘密に我々がたどりつけないわけはないと思いますね。たとえばユダヤ教に伝わるカバラなども、その手掛かりになるはずです。というのも……」

当時、ユダヤ人だったイエスが学んだのは、モーセ五書と呼ばれる『創世記』『出エジプト記』『レビ記』『民数記』『申命記』、つまり『旧約聖書』だったと説明したあとで、さらに興味深いことをコーエンは口にした。

「いいですか？『ヨハネの黙示録』に出てくるHere is wisdom.のHere isは、ここにある、ですが、じゃあ、何があるというのか、といえば、それはwisdomです。この

wisdom は知恵、知識以外に古代エジプト、バビロニアに流れる哲学的な教訓を意味しているのです。当然、この文化はユダヤ人にも受け継がれています。とすれば、当然イエスにもユダヤの秘伝カバラの知識があったはずです。私は、このカバラの見地から六六六にアプローチしてみましょう」

コーエンはそう言うと、力強くうなずいてみせた。

このコーエンが言うカバラとは、アブラハムが大祭司メルキゼデクから伝授された、あるいはモーセが神から与えられた知識のうち、律法に記せなかった秘伝を口伝で伝えたものだと言われている。つまりヘブライ語で「伝承」を意味するユダヤ教の神秘主義思想である。

コーエンは続けた。

「カバラでは世界の創造は神の聖なる性質が十段階にわたって流出し、それがたどりつく最後の段階で物質世界が完成するとされているんです。その過程は生命の樹であらわされます」

すると彼は立ち上がり、ホワイトボードに97ページのような生命の樹を筆記ペンでさらさらと描き記した。●図2

「図の中にある三本の柱は左から①峻厳(しゅんげん)の柱、②均衡の柱、③慈悲の柱と呼びます。いいですか、上から四つのブロックを順に、①至高世界（太陽の栄光）・アツィルト、②創造世界（月の栄光）・ブリアー、③形成世界（星の栄光）・イェツィラー、④活動世界・アッシャーと言って四つの世界を経験しながら最後のマルクトという王国にたどりつくのです。そして①～⑩までの十個の光球を『セフィラ』と呼ぶんですね。それを結ぶこの二十二のラインを『小径』、つまり『パス』というのです」

ロバート、エドワード、ソレンセンには当然こうした知識はあった。だが専門家の意見を頭を白紙にして聞く態度がなければ危機対応はできない。自己満足こそが油断を生む大敵であることを彼らはよく知っていた。その三人が喰い入るように見つめる中、さらにコーエンは続けた。

「セフィラはすべての人間や国家に必要とされている神の属性をあらわしています。知恵や慈悲などがそれですね。そしてこの①～⑩までの光球と背後にあるダート、つまり隠された古の知識という光球によって宇宙の一切の真理が暗示されているといわれているのです」

ヘブライ大学教授を経たコーエンはユダヤ人であったが、今はアメリカ国籍を取得している。ＣＩＡでイスラエル問題を担当しているが、中東の宗教問題の専門家でもある。そもそもケネディが大統領選に出馬する以前から彼を支持しており、その温和な性格から人当たりもよく、現ケネディ政権にとっては頼もしいブレーンだった。

「これと六六六がどう結びつくかだね」

一通り説明を終えても、まだ意味をよく呑み込めていないエドワードに向かってコーエンは、さらに噛んで含めるようにこう言った。

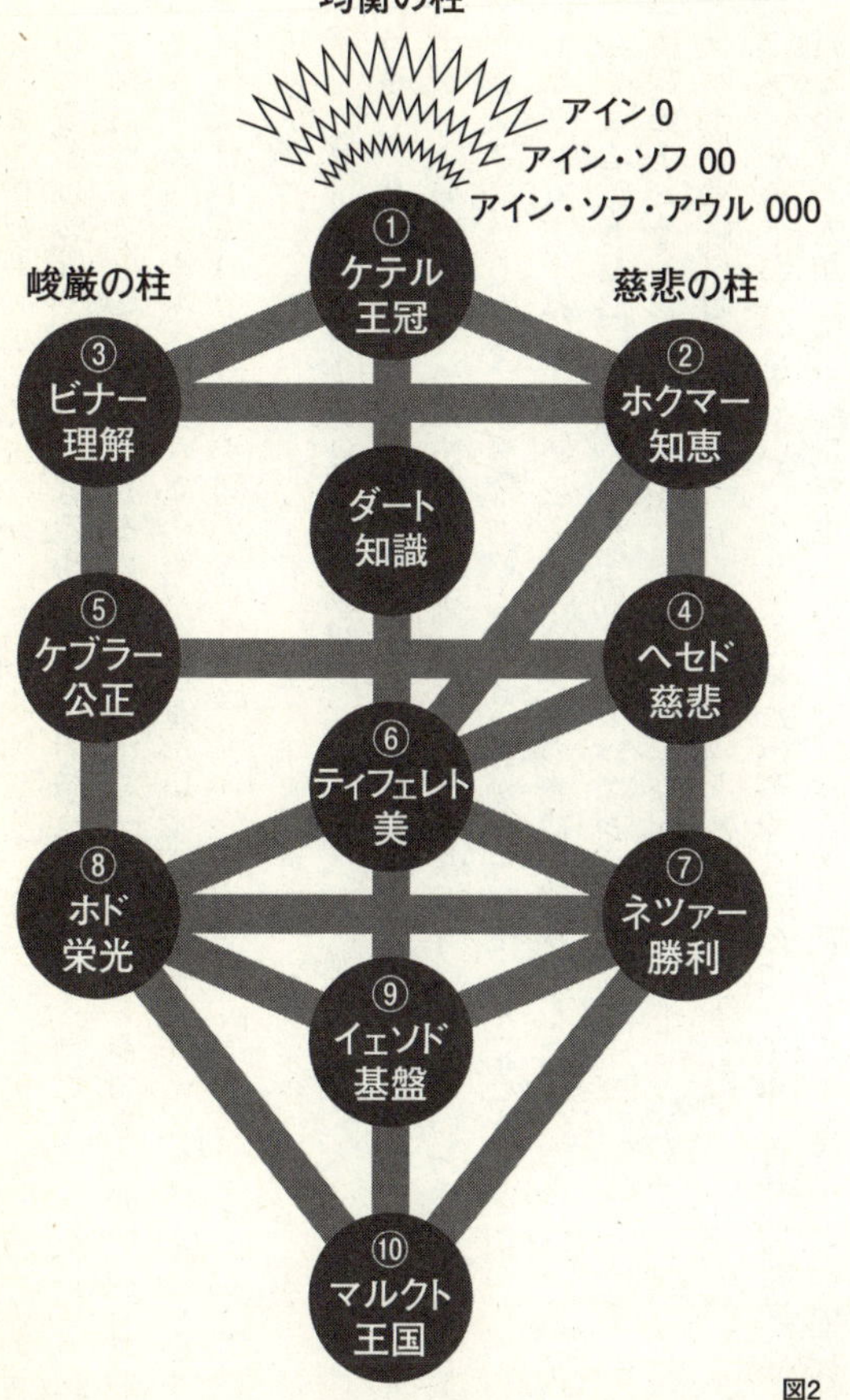
均衡の柱
アイン 0
アイン・ソフ 00
アイン・ソフ・アウル 000
峻厳の柱
慈悲の柱
①
ケテル
王冠
③
ビナー
理解
②
ホクマー
知恵
ダート
知識
⑤
ケブラー
公正
④
ヘセド
慈悲
⑥
ティフェレト
美
⑧
ホド
栄光
⑦
ネツァー
勝利
⑨
イェソド
基盤
⑩
マルクト
王国

図2

「もう少し詳しくお話ししましょうか。生命の樹は光球を樹木の葉にたとえてセフィロートの樹とも呼ばれているんですが、この図の本質を一言で言えば、神の世界と人の世界をいかにすればつなぐことができるか、という思想に基づいたものです。一説によれば、これを解読することで、国の興亡や人間の運命すら予言することができるといわれています。もしかすると、キリストは、このカバラに基づいて六六六を封印しているかもしれません。できればCIAの全面協力を仰ぎましょう」

「CIA?」

突然、エドワードは素頓狂な声をあげた。

「は?　アメリカの諜報機関なら神の秘密も盗聴できるというのかい?」

エドワードはCIAのなかにケネディに非協力的な保守の保守、いわゆる国家主義的なスタッフと、かろうじて現政権に協力的な二派が存在していることを皮肉った。

しかしロバートは口を慎めといわんばかりの表情で切り返した。

「少なくともKGBよりは神の声を聞くことはできるはずだ」

「盗聴で?　それともヒューミントで?」

ロバートは再び切り返した。

「ああ、そのどちらでもない。少しでも神に近づくことのできる軍事衛星でだ」

「なるほど、人類が軍事衛星を生み出すまでは六六六の謎を解くことはできないと神が定めたのなら、CIAでもやれるわけか。では、なんで神は二千年後でなければ解けないようなクイズをわざわざローマ帝国の時代に出したのかな？　兄さん、タイミングがちょっと早すぎない？」

「とにかく、ジョークは後だ。六六六の秘密についてCIAに調査させるとコーエン博士は言っているんだ。彼らに謎を解けとは命じていない」

「いいじゃない。どうせなら、やらせてみたら？　情報を加工して一秒後に六六六はソ連です、というのは、目に見えるけどね」

エドワードは皮肉っぽく言うと、両腕を組んだまま黙り込んだ。核戦争の危機を前にしてジョークでも飛ばさなければ頭が変になりそうだった。

ロバートも深いため息をついたままだ。

どうもフルシチョフに先手、先手を打たれていることが腹立たしくもある。ましてエドワードが言ったことは、そのままロバート自身がCIAに言ってやりたいことでもある。もとはと言えば、彼らの一部がキューバ侵攻を焦るがあまり、カストロ政権を反米に傾けさせたという側面が今回のミサイル問題につながっているのだ。そのCIAに力を借りることを、もっともためらったのはロバート自身だ。なにしろノースウッズ作戦の一件もある。

ロバートが思い出すのも腹立たしいノースウッズ作戦とは、アメリカ統合参謀本部が起案したもので、アメリカ国民のキューバ感情を悪化させるためにマイアミ周辺で共産主義者を装ったアメリカ人の工作員にわざとテロを行わせる偽計作戦である。しかも、当時の国防長官のライマン・レムニッツァーが署名をして認めてしまった禁断の、いわば悪魔の作戦だった。当然、ケネディはこの計画を却下し、署名したレムニッツァーを更迭したが、あろうことか、そこにはCIAもからんでいたため、もちろんノースウッズ作戦は握り潰した。この国には戦争を始めたくてウズウズしている連中がいることだけが鮮明になった実に忌まわしい一件である。その騒動があっただけに、実際のところ、ロバートはCIAの幹部全員、キリストの御許に旅立たせて諜報機関史上初の快挙となる神へのヒューミントでもさせてやりたいぐらいだった。

そのときだった。

女性秘書からメモを預かり、何やらヒソヒソ話をしていたソレンセンがおもむろに口唇を開いた。

「兄弟ゲンカは終わったようですな。では、伝言です。コーエン博士。CIA本部にお帰りいただきたいと、堂島博士からメッセージです」

「なるほど。例のプロジェクトの件だな。申し訳ない。私のビジョンは、とにかくカバラでアプローチすることとです」

そう言うとコーエンは慌てて席を立ち、一度立ち止まったあと頭を振りながら書斎を出て行った。どうやら立ちくらみがしたようだ。

全員が「大丈夫か?」と声を投げかけ、ソレンセンが博士に付き添いながら退室したあと、両手を広げながら戻ってきた。

「コーエン博士は大丈夫だそうです。あんまり睡眠が取れてないようで。それと、エドワード坊ちゃん。大統領からの御命令をお伝えします。あなたに二日後の十八日から『ヨハネの黙示録研究学会』の会長にご就任いただきます」

「何だって？」

エドワードは思わず両眼を見開いた。

「ヨハネの研究学会？」

「ノー。『ヨハネの黙示録研究学会』が正式名称です。まず百万ドルの懸賞金広告を打っていただき、翌日の十九日からフルシチョフが期限を切ってきた二十八日までの間、ワシントン郊外のパブリックビルの二階に借りたオフィスで賞金稼ぎから持ち込まれるアイデアの一つひとつに耳を傾けていただきます。いわゆるヒューミントというやつでして。こうして持ち込まれる民間からの解答のなかに重大なヒントが隠されていないか自らご判断をいただきます」

「なるほど一人ＣＩＡか。それはいい。テディならやれるさ」

ロバートは手を打った。

「そのとおりです。広告の原案は私が本日中に固めます」

エドワードは憮然とした表情で、

「なんで、僕なんだ？　ソレンセン」

「あなたが大統領の弟さんだからですよ」

「じゃあロバート兄さんでもいいはずだ」

「大事なことは暇を持て余しているということだ。なあソレンセン」

ロバートはウインクしてみせた。

「それは、どうか知りませんが……」

そのときドアの向こうから声がした。

「そういうことだ。頼んだぞ、テディ」

周囲を警戒させぬよう半開きにしておいたドアから、いつのまにか滑り込むようにして入ってきたのはケネディ大統領だった。

ケネディはミサイル問題を怪しまれぬために、この日予定されていた宇宙飛行士ウォルター・シラーとその家族をホワイトハウスでもてなしていたのである。とくにホワイトハウスの裏庭で飼っている子馬を見せたときが、もっとも宇宙飛行士の目にやすらぎが戻った瞬間であった。娘のキャロラインが世話をしているもので、つややかな白い毛並みが自慢だった。

いずれにしても、このイベントでマスコミの目はカリブ海から宇宙に逸らすことができた。

ただ、その宇宙には神がいる。その神が唯一、人類に出したクイズ。それこそがキリストの暗号六六六だ。

どうしてもそのことが脳裏から離れないケネディは、足早に、ここに駆けつけたというわけだった。

議長席に腰をおろすなり、ケネディは左側に座っているエドワードを見た。

「エドワード。私はさっきウォルター・シラーに次のように尋ねた。宇宙飛行士がもっとも乗り越えねばならない困難とは何か？　するとウォルター・シラーはこう言った。『孤独、つまり自分が行かねばならぬ先に人間が待っていないという孤独感に耐えることです』と……。

そして彼はこう続けた。『しかも目標を持たないまま訓練を続けなければならないことです』と。つまり人間には目標が必要なんだ。核戦争が起これば人類からは、この二つがなくなる。だからやらねばならないことをやろう。それが人間倫理の基礎だと信じている。個人的な不利益があろうとも障害や危険や圧力があろうとも。人類に課せられた謎に困難があっても挑戦しようという目標を持った人間を待ってほしい。おそらく君の前にやって来るのはアメリカ人だけだろう。しかし知恵ある者は、この謎を解けという神の言葉こそ重要だ。知恵ある者とはアメリカ人のことを指している。これこそアメリカ合衆国に対する、神の希望の言葉だと私は信じている」

ケネディ大統領の言葉が終わるのを待つかのように再び女性秘書の一人がメモを持ってあらわれた。大統領がうなずくのを見て、彼女はスーツ姿の紳士と聖職者の衣服に身を包んだ、二人の司教を書斎に招じ入れた。

やがてケネディは立ち上がると、二、三歩、スーツ姿の人物に近づいて握手をしながら一同を見回した。

「紹介しよう。バチカンのローマ教皇大使ラーギ大司教だ。私は親愛の情を込めてラーギ卿と呼んでいる。いずれ枢機卿になる方だ。そして、こちらにいるのが双子の弟さんのヨハネ司教」

その瞬間、エドワードが口笛を吹くマネをした。まるで複写したのではないかと思われるほど、そっくりなのである。ケネディも思わず笑いながら続けた。

「そしてこちらはパウロ司祭だ。今日は、我々に六六六に対するバチカンの見解と、その解釈について講義してもらうことになっている」

イタリア人のラーギ卿は鼻の上にちょんと載っかった丸い眼鏡を左手で押し込むようにしたあと、アタッシェケースを床に下ろした。そしてゆっくりと顔をあげると、高くよく透る声で弟のヨハネとアシスタントのパウロを紹介した。その後、二言三言、ヨハネ司教とささやき合っていたが、やがて大統領書斎から二人が出て行くのを見届けたラーギ卿はこう切り出した。

「すべては大統領閣下からお伺いしました。しかしバチカンは政治的介入はしません。ただ聖書に関するご質問であれば、個人的見解を述べるのはやぶさかではありません。それ以外の協力はできかねます。それでよろしければ、若干のお話をさせていただきますが、よろしいでしょうか」

ラーギ卿の冷たい言葉に、それまで充満していた熱気は潮が引くように、さっと書斎から消えていった。

……それならばバチカンは米ソの戦いに高みの見物を決め込んだのと同じではないか。

エドワードは思わず反論しようとしたが、目の前のロバートの刺すような視線の前でかろうじて言葉を飲み込んだ。

その様子をチラと見やりながらケネディは口を切った。

「構わない。世界にはそれぞれの価値観がある。それに今、カトリック信者のアメリカ大統領が聖書の解釈をめぐって悩んでいるなどとローマ教皇に知れたなら、私は破門になるだろう。どうかラーギ卿、このことはご内密に願いたい。そして遠慮なく始めてもらいたい。神の秘密の話をね」

ケネディの言葉に座の空気は少しやわらいだ。それまでこわばっていたワシントン駐在のローマ教皇大使の表情にも、微笑が浮かび、くつろいだような姿勢で参加者の顔を見回し始めた。そしてしばらくすると、やや甲高い声で語り始めた。

「すでにご存じのとおり六六六とは、『新約聖書』『ヨハネの黙示録』に出てくる数字です。ヨハネという方は様々な説がありますが、イエス様の弟子の一人です。しかし個人的には十二使徒とは違うと考えています。それはさておき、このヨハネが一体誰なのかは、今のところ確定できていません。さて、このヨハネがイエス様によって視せられた幻影のことを文書にまとめたのが黙示録です。わかりやすくいえば神の秘密のご計画です。この黙示録のなかでイエス様は、悪魔の所業を行う人物を暗号化されたという説があります。そして、もしこの六六六が暗号だとすれば、この六六六の暗号こそが地球史上最強、かつ最高度の機密を誇る暗号なのです」

ラーギ卿はそう言うと『新約聖書』「ヨハネの黙示録」の一節を暗誦してみせた。

『第二の獣は、獣の像に息を吹き込むことを許されて、獣の像がものを言うことさえできるようにし、獣の像を拝もうとしない者があれば、皆殺しにさせた。また、小さな者にも大きな者にも、富める者にも貧しい者にも、自由な身分の者にも奴隷にも、すべての者にその右手か額に刻印を押させた。そこで、この刻印のある者でなければ、物を買うことも、売ることもできないようになった。この刻印とはあの獣の名、あるいはその名の数字である。ここに知恵が必要である。賢い人は、獣の数字にどのような意味があるかを考えるがよい。数字は人間を指している。そして、数字は六百六十六である』

「ラーギ卿」

そのときエドワードが手を挙げた。

「第二の獣というからには、第一の獣がいるわけだよね」

砕けた物言いに、いささかムッとした表情を浮かべた駐米大使は、それでもうなずいてみせた。

「第一の獣は海から上ってくる獣です。そして第二の獣は地中から上ってくるわけですが、この二匹の獣に権威を授けたのは、いずれも一匹の偉大な竜なのです」

「ということは、人類の最後は、この三匹の怪物が招き寄せるということか……」

エドワードは独り言のようにこう言うと、ケネディの顔をチラと見た。

ケネディもうなずいている。

「ラーギ卿」

エドワードはさらに訊いた。

「そもそも、この竜というのは何だろうね」

「先日、ケネディ大統領閣下がニュートン・メモを公開されましたので、つい思い出したのですが、一説によれば、かつてニュートンはこの偉大な竜こそがキリスト教を迫害したローマ皇帝、ひいてはローマ帝国だという説を唱えていました。というのもローマ帝国の軍旗に竜が使われていたからですが、もっともニュートンは異端ですので、どこまで正しいかわかりません」

「まあ今はニュートンが異端かどうかより、問題は竜だ。竜がローマ帝国だとすれば、第一の獣も第二の獣もローマ帝国の後継者だというわけ？」とエドワード。

「そうですね。そういうことになります。もっとも、のちにローマ帝国はキリスト教を国教とし、カトリックを正統と認めるのですから実際は、それ以前の古代ローマ帝国ということになりましょうか」

「じゃあ第二の獣」

エドワードはさらに口を切った。

「つまり六六六は古代ローマ帝国の継承者で民衆を管理する人物、ということだね。違いますか？」

ラーギ卿は大きくうなずくと、竜の系譜は世界の大国にも受け継がれていると語った。

「大国に？」

全員が思わず声を揃えていた。

「その通りです」

ラーギ卿は続けた。

「そもそもキリスト教を弾圧した古代ローマ帝国は、やがて東西に分かれ、西ローマ帝国と東ローマ帝国に分割されました。そして西ローマ帝国皇帝への戴冠によってローマ教皇は、その権威を確立しました。西ローマ帝国とは、現在のヨーロッパ、あるいはその植民地から独立した合衆国も含まれるかもしれません。一方、東ローマ帝国は現在のトルコにあったコンスタンチノープルのロシア正教会によって、その権威を確立したんですが、その東ローマ帝国の後継国家としてロシア帝国が完成しました」

つまりロシアは古代ローマ帝国の血脈を受けた国家であり、一方のアメリカもヨーロッパもローマ帝国の権威を授かった国家だというのである。

「ところがニュートンの古代ローマ帝国、イコール竜説によらなくても、ロシア自体がもともと竜の国だったんです」とラーギ卿。

「なんだって？」

エドワードが両眼を見開いた。

「イスラム教で守護神とされてきた『ジラント』という竜伝説がありますが、それがモンゴル人によるキプチャク・ハン国からカザン・ハン国の統治を受ける間にロシアにも流入したのです」

そもそも『ジラント』とは三つ以上の首があり、火と毒を吐く竜で、首を切り倒しても復活するといわれている怪物だ。

そのときロバートが顎を撫でながら口唇を開いた。

「なるほど、考えてみればソ連もまた竜から権威を授かった国だったわけか」

ロバートがうなずくのを見てラーギ卿は、さらに冷静な口調でこう言った。

「しかし現在のところ六六六に関するバチカンの解答はありません。ありませんが、先ほど述べたように、個人から自由を奪い、束縛し、すべてを管理して獣の像を拝むようにさせるという記述から、キリスト教などの信仰の自由を奪う共産主義、あるいは独裁者こそが六六六ではないか、という定義が今や既定の事実となっておるようです」

ラーギ卿の言葉は静まり返った書斎を流れるように通り過ぎると、参加者の手元に置かれているメモの上で、少しずつ形を変えながら各人の癖のある文字に生まれ変わっていった。

「ならばキリスト教を弾圧している共産主義で、なおかつ竜の国ソ連が六六六に他ならないね」

エドワードの言葉にロバートがうなずいてみせた。だがそうであれば、なぜフルシチョフはケネディに対して、この六六六の正体を暴いてみせろ、などと自らを苦境に追い込むことを仕掛けてきたのかがわからない。

が、ともかくも今、大事なことは六六六の正体を暴くことだ。ラーギ卿の説明によれば、六六六は反キリストということ以外、今のところ誰も何もわかっていないのである。

たとえば、ある人物の名前を暗号化したものなのか、人間の集団の数を指しているのか、またその解読にあたってもヘブライ語を駆使して解くべきか、英語なのか。それとも、それ以外の解読法を用いるべきなのか？　少なくとも人類はキリストの暗号の前に、これまで二千年間呆然とたたずんできたのだ。

「参考までに申し上げますと、歴史上、神の暗号解読に挑んだ知恵者たちが到達した結論はおおよそ次の三つです」

ローマ教皇大使は、そこで言葉を切ると左肩を沈めてアタッシェケースをテーブルの上に置き、留め金を外した。そして、タイプで打たれた書類を取り出すと、大統領から順番に一枚一枚参加者に手渡し始めた。やがて全員の手にそれが渡ると、再び甲高い声で説明を始めた。

「まず有名な解読法はゲマトリアと呼ばれているものです。これは本来、ヘブライ語の文字が持っている特定の数字に置き換えてみる方法で、たとえばヘブライ語でןרנסקר（ネロ・カエサル）と書くと一文字ずつが持っている数字はן=二〇〇、ו=六〇、ר=一〇〇、נ=五〇、ס=六、ק=二〇〇、ר=五〇となり、これらを合計すると六六六になるのです。したがって一説には、六六六はローマ皇帝ネロではないかと考えられています」

「なるほどネロか……」

ロバートの呟き声に参加者たち全員がうなずいた。キリスト教を弾圧したネロなら十分に考えられる話だった。さらにラーギ卿。

「またアメリカの聖書研究家は六を基礎にして、アルファベットを六の倍数に置き換えていくと、そこにある言葉が浮かびあがると主張しています。これはAを六として、次にBを十二、さらにCを十八とするもので、そこに書いてあるように、この法則でいけばX＝一四四、Y＝一五〇、Z＝一五六となりますね。この数字を彼が機械の獣と考えている『コンピュータ』という単語にあてはめてみたのです。するとCOMPUTERは、

C ＝ 18
O ＝ 90
M ＝ 78
P ＝ 96
U ＝ 126
T ＝ 120
E ＝ 30
R ＝ 108

となって、この数字を合計すると六六六になるのです」

つまり六六六の正体はコンピュータだと考えられるというのである。

「コンピュータが悪魔ねぇ……。今のコンピュータに、そんな力があるとは思えないね。

あれは、あくまで高速計算機の域を出ないだろうに」

くすりと笑い声をあげたエドワードに構わずラーギ卿は解説を続ける。

「ローマ教皇の方針で今後とも私共は、たとえば外交文書などもコンピュータに支配されることはありません。なぜなら、教皇様は将来、万国が使用するコンピュータを使わない方がむしろ暗号面で安全が確保できると仰っています。しかも主イエス・キリストは暗号に関してはコンピュータではなく人間の頭で考えるように言われております。またネロの次に世界史上類例のない独裁者であったドイツのヒトラーを六六六と見る解釈もありますが、いずれにしても決定打となる解読法ではありません。以上が大まかな六六六の正体です」

「いいですか、大使」

手をあげたのはエドワードだった。

「何か？」

「今、おうかがいした話をまとめると六六六は、皇帝ネロ、あるいはドイツの独裁者ヒトラー、そしてコンピュータという風に、おおよそ三つに絞られると思うんだけど、どうにも腑に落ちない点があるんですよ」

「と言いますと」

ラーギ卿は丸い眼鏡の奥のよく光る瞳をエドワードの口元に向けた。

「『ヨハネの黙示録』は獣、つまり六六六が登場したのち、神の国が天から舞い降りてくるという記述につながると思うんだけど、仮にネロやヒトラーが六六六とすれば、今の我々はすでに神の国にいてもおかしくはない。ところが不幸なことに、核戦争が今にも始まろうかという現状を考えた場合、現在のアメリカが神の国だとはとうてい考えられない。つまりそういう意味からすれば、ネロもヒトラーも真の六六六ではなかったのではないかと思うんだけど……」

「神の時間と人の時間は一致しているとは思われませんから、今のアメリカが神の国ではないとされるのは、むしろ政治的な要因でしょう。神の視点からすれば、すでに神の国を与えたにも拘わらず人間のほうでそれを理解せず、いつまでも危険なミサイル・ゲームをしているのかもしれません」

「とするとコンピュータという説はどうなんだろうね。というのも神は、六六六は人間を指していると言ってるんだ。だったらコンピュータは違うでしょう？」

エドワードの反論に今度はラーギ卿は深くうなずいた。

「たとえば、こう考えてみてはどうでしょう。六六六とは、そのコンピュータを使う人間のことを指しているのかもしれません。それだと軍事関係者や諜報機関、あるいは科学者ということになるでしょうね」

「しかし、それにしてもコンピュータが誕生するまで二千年近くもあるのに、なぜ神はそんなに早くから人類にコンピュータの登場を警告する必要があったんですかねぇ」

エドワードの鋭い質問にもラーギ卿は顔色を変えなかった。

「六六六＝コンピュータ説は、あくまで仮説にしかすぎません。それよりも神はその時代、その時代につねに獣のような独裁者が登場する危険性について警鐘を鳴らしたのかもしれません。ネロにしてもヒトラーにしても、あくまでその経過をたどるミニ六六六か、あるいは予兆的人物で、本物の六六六はこれから登場する。そういう考え方もあるでしょう。つまりは六六六の正体を知っているのは主イエス・キリスト様のみ。人類にはとうてい解けぬ謎なのかもしれません」

……そんな悠長な！

ラーギ卿以外の参加者は皆、一様に同じ言葉を心の中で吐き捨てたが、考えてみれば当然だった。

目の前のカトリック信者は何も知らされていないのだから。

「しかしだ」

ケネディはその場の空気を取り成すように言葉を投げかけた。

「かの人物はその秘密を何らかの手段で知ったわけだ。であるならば、神を戴く、この合衆国の我々が解けないはずはない。みんな絶望する必要はない」

しばらく沈黙が流れた。それを打ち破ったのはロバートだった。

「大使。いいですか、一つお伺いしたい」

「どうぞ」

「なぜ六六六なのでしょう。四四四でも七七七でも構わないと思うのですが、なぜ神は六六六を選んだのでしょう。数字に特別な意味があるのでしょうか」

「ＹＨＷＨ」

ラーギ卿は突然、アルファベットを口にした。

「これは『旧約聖書』に登場するイスラエルの神の名前です。ヤーウェまたはヤハウェとも呼ばれています。聖書には六千五百回以上出てくる言葉ですが、このＹＨＷＨ四文字が神の名をあらわすことから、神聖四文字と呼んでいます。したがってキリスト教の見地から四は、神聖なるものをあらわすのです。それに対して、これはそもそもテンプル騎士団崩壊の日をあらわしているのですが、十三日の金曜日に象徴されますように、西洋においては十三が不吉な数であることは今さら申し上げることはありません。このように数字にはそれぞれ意味があると考えられています。仮に六を不吉の象徴数字とすれば、それが三回連続してあらわれるわけですから、文字どおり人類に対して、大いなる災いをもたらす者という意味が隠されているのかもしれません。しかし残念なことに詳しいことについては何もわかっていません」

ふーっとため息をついたのはソレンセンだった。

「つまりあれですな、大使。我々には手掛かりさえないということですな。ヒントさえも」

「そういうことになるかもしれません」

ラーギ卿は眉をあげ、やや声を落としてソレンセンを見つめた。

ケネディの参謀である彼は、眉間に皺を集めると、大統領のほうを向いた。

「どうでしょう、大統領。今、大使がおっしゃったように六六六の正体は皇帝ネロ、ヒトラーを上回る独裁者にして、コンピュータを操り、人類の管理を図る悪魔のような人物。だが彼は、いずれ救世主によって打ち倒されるべき人物。このように定義して早速、指導してみては」

指導とは、もちろんフルシチョフへの返電を暗示したものだ。キリストの暗号が今や国家機密になっている以上、米ソの間で行われている禁断のゲームのことを、今、ラーギ卿に知られるのはまずい。

「つまり、あれか」

ケネディは組んでいた両手をテーブルの上に置いて拳を固めながら言った。

「条件を並べて、それを以て指導する」

「そうです。誰かを特定するのではなく、悪魔の条件を提示してやるのです」

「それがいい」

手をあげたのはエドワードだった。

「悪魔は獣の像を拝むよう強制するというわけだから、その悪魔の条件のなかに人類の管理を図り、信仰の自由さえ奪う共産主義者と入れておこう。こちらから馬鹿正直に答えるのではなく、政治を仕掛けてやるんだ」

「エドワード」

あわてて声をあげたのはロバートだった。案の定、共産主義のところでラーギ卿の眼が光った。

だが、すぐにケネディがその場を収めにかかった。

「ラーギ卿、すまない。自由主義に関して、ちょっとしたブリーフィングをマスコミにしなければならなくてね。それでスピーチライターのソレンセンにも加わってもらっているところで」

ケネディはロバートの方をチラと見た。するとロバートが小さくうなずいたのを見て、口唇を開いた。

「バチカンは『ヨハネの黙示録』の秘密をすでに入手しているのかどうかが知りたい」

「黙示録の秘密？」

「テンプル騎士団に関わる重要な文書だ」

ケネディは両手をテーブルの上で握りしめながら、深くうなずいた。

「テンプル騎士団とは異端としてバチカンが、かつて処断した組織のことですね。今の私の立場では、なんとも言えません」

「持っているのか？　それとも？」

「大統領。ラテラノ条約のことはご存じだと思いますが、再度確認しなければなりませんか？」

そう言うとラーギ卿は、ふいにアタッシェケースをテーブルの上に置くと、素早く立ちあがった。

「ここから先は合衆国政府の問題ですから、私はこれで失礼します。何かあればいつでもお呼びください。お力になれることでしたら個人的に動きましょう」

ラーギ卿は黙礼すると何事もなかったかのように書斎から出て行こうとした。どうやらバチカンはラテラノ条約を盾に政治的問題に関わりたくないのだろう。

しかしラーギ卿の言葉が完全に秘密文書の入手を否定したものではないことに希望を見出したケネディは、これ以上、引き留めるのも得策ではないと判断し、丁寧に礼を言うと、ラーギ卿を見送るために席を立った。

やがてラーギ卿を送り出したケネディは両手を広げ、肩をすくめながら席に戻ると微笑した。

「知識が増すほど我々の無知が明らかになるな。あまり得ることはなかったが、それでもヒントにはなったな」

その言葉にロバートもうなずいた。

「さっきのエドワードの意見に、実は私も賛成なんだ。たしかにフルシチョフ個人とするなら悪意を抱かせるだけだが、そのような悪魔を輩出する可能性があるのは共産主義ではないかと警告を発するのは、決して無駄な作業ではないと思うな」

「久しぶりにご兄弟の見解が一致したところで大統領、いかがでしょう」

ソレンセンの言葉にうなずくとケネディは、やや黙考したのち口を開いた。

「わかった。まず悪魔の条件を突きつけてやろうではないか。そして、参ったと、その場で言わせるのだ。クレムリンの方から。そのために、これから来るCIAとすり合わせておこう」

「C・I・A？」

ロバートが声をあげたそのとき、ドアが三度ノックされた。

やがてバッグを手にしたCIA次官のカーターが二人のスタッフとともに滑り込むように入ってきた。

### 3

合衆国が誇る諜報機関CIA。その№2はローマ教皇大使がそれまで座っていたシートにどさりと腰をおろすと、開口一番こう言った。

「先ほどまでここに座っていた男の属している組織が、悪魔フルシチョフを元気づけてしまったわけか。彼の体温を直接感じている私は、もはやガス室でゆっくりと殺されかけているような妙な気分ですな」

銀のフレームの奥で鋭い眼光を煌めかせているカーターは、バリバリのプロテスタントだという噂だったが、それにしてもカトリックを冒瀆するにもほどがある。

「どういうことだ、将軍！」

ロバートは司法長官の目でCIA次官を睨みつけた。

だが、冷静なCIAの№2は七三に分けたグレーの毛髪をていねいに左手で撫でつけたあと、周囲を睥睨しながら、その調査結果を語り始めた。

「事情をご説明します。一九六一年十月十三日、つまり昨年、KGBはモスクワ近郊のカトリック教会を一斉摘発しています。いわゆる宗教弾圧です。このとき一人の大司教が逮捕され、二人の司教が殺されています」

そこで一度、言葉を切るとカーターは後方に控えていたスタッフに声をかけた。すると、黒いスーツに身を包んだ痩せた金髪の男と一人の研究者らしきアジア人が黙礼をしたあと、その隣に腰をおろした。

しばらくするとカーターは、二人を紹介もせずに再び口を開いた。

「話を続けます、大統領。その大司教は逮捕される前日の一九六一年十月十二日に、モスクワからバチカンに緊急連絡を入れています。CIAは、この盗聴テープを入手することに成功しました」

「本当か？」

全員の目が同時に大きく開いた。

カーターの隣のスーツの男は、手に持っていた黒いバッグをテーブルの上に置くと、そこから黒いカセットトレコーダーを取り出し、セットした。

全員の視線が一点に集中する。

スタッフがスタートボタンを押すと同時に、高性能録音機が動き始めた。

やや雑音が多く、聞き取りにくかったが、やがて男の声が流れるように聞こえてきた。

『……聖なる暗号の謎が解けたのです……大変な事実が……隠されて……どういうことだね、落ち着いて話しなさい……六六六の解き方は……アルファベット……10の10倍、それを解く鍵は『聖典アストロノミア』……聞き取りにくい……なんと言った？……『聖典アストロノミア』……10の10倍、10×10……とにかく書簡をお送りします……教皇様にお伝えください……それとアメリカに……ケネディ大統領にこのことをお伝えください……』

ケネディとロバートが同時に唇を動かした。

「……『聖典アストロノミア』⁉」

二人が視線を合わせていると、突然、バチリと音がして会話が切れた。通信状態がひじょうに悪いようだ。

「カーター将軍」

口を開いたのはロバートだった。

「CIAがバチカンを盗聴していることに対して、ここでは何も言うまい。とにかくこの会話が何を意味しているのか説明してほしい」

問いつめるような、その言葉に片眉をあげると、カーターは気だるい表情でこれまでの調査結果を語り始めた。

「これは推測を交えた話ですが、我々がバチカンを盗聴しているように、おそらくKGBはこの時点でソ連国内にある教会を盗聴していたのでしょう。そして『合衆国のケネディ大統領にも伝えてほしい』という会話の内容がKGBに行動を起こさせたのではないかと判断されますが、ともかくも翌日、この大司教はKGBによって逮捕されています」

「なるほど」

ケネディは深い皺を眉間に刻みながらうなずいた。

「その秘密がフルシチョフにもたらされたというわけか」

「そのとおりです。そしてもう一つ問題が……。これはむしろ国務省に属する問題かもしれませんが……」と断ったうえでカーターは声を押し殺すようにしてこんなことを言った。

「KGBはこれまでもっとも凶悪で残酷だといわれる男を一九六二年九月下旬、我が国に潜入させています。しかも恐るべき兵器『ノリ』を携えているといわれています。ノリとは、すなわちロシア語のゼロ。つまり目に見えない兵器という意味です」

「なんだと？」

声を上げたのはロバート・ケネディ司法長官だった。

「その男の名前は？」

「わかりません。今のところコードネームで呼ばれていることしか……」

ケネディの両眼を見つめていたカーターは、大統領が促すのを確認したあとで、まるで丸太を断ち切るような口調でこう言った。

「その工作員のコードネームは『救世主の塔』です」

「救世主の塔……」

ケネディは呟いた。

ソ連から来たKGBのテロリストが救世主とは、一体どういうことだろうか。だが、それよりも、もっと気にしなければならないことがある。

「さっきのノリについて、もっと詳しいことは？」

「大統領。まだです。その兵器が彼の肉体を指しているのか、それともそのような兵器の開発にソ連が成功したのか。今、両面で我々が全力を挙げて追跡しています。もちろん行方も。しかしです。さらに不幸なことにKGBの別働隊がそれ以前から合衆国に侵入しているという情報もあります」

それまで不機嫌そうな顔で黙っていたエドワードが声をあげた。

「救世主の塔なら味方だな。ところで将軍、いいかな」

「何か」

「なぜ大司教が、この聖なる暗号の解答をケネディ大統領に伝えるよう依頼したのか。その理由が知りたい。それについてCIAの見解は？」

「ありません。なぜなら大司教が何を見出したのか、その判断がつかないからです」

ややも硬直しかけた空気を割るようにロバートが呟いた。

「エドワードの言うとおり、仮に六六六の正体がアメリカに不利な人物ならば、フルシチョフは自信満々に謎を解けと迫るのもわかる。だが、解読した本人がアメリカ大統領に伝えてほしいというのだから、これは逆にソ連に関する何かを発見したと考えたほうがよさそうだな」

「待ってください。それでは、なぜフルシチョフがわざわざ我々に六六六の謎を解けと自信満々に迫っているのかがわかりませんぞ」

これはソレンセンだった。

ふと何かに打たれたように顔を上げたロバートは、ＣＩＡの№２の方を見ながら、

「そうだ。将軍。例のメモは？」

「あれですか？」

うなずくとカーターはテーブルの上にコピーを人数分、それぞれの方向に滑らせていった。そこにはソ連の亡命希望者から極秘入手したという無数の数字が書き込まれている。

やはり、こちらのメモでも星座35と書かれた数字のあとに星座0が位置している。しかもそこだけ数字が記されていない。ブランクになっているのだ。初めてメモを見たメンバーの顔にも怪訝(けげん)な表情が浮かび上がっている。●図Ａ

「ここにある数字はクレムリンの亡命希望者から入手したメモの一部を抜き出したものです。それ以外のものも含めて我々は対ＫＧＢ用の暗号解読ソフト『ダレイオス』で、これらの数字をスクリーニングしてみました。担当は、ここにいる堂島研輔博士です」

黒髪を丁寧に整えた長身のいかにもエリートっぽい三十代半ばほどの男が、軽く会釈す

星座35　1 1 2 1 3 1 1 2 3 2 4 2 3 3
7 3 8 3 9 3 6 9 5 9 5 1 0 6 1 0
7 1 0 8 4 9 4
8 7 7 7 6 6 5 7 4 7 5 1 3 1 4 2
3 2 3 3 3 4 4 4 1 4 2 4 2 6 5 9
6 9 7 9 9 9 7 1 0 8 1 0 9 1 0 1
0 1 0 1 1 1 0

星座0　・

図A

ると、いきなりこう切り出した。

「残念ながら、『ダレイオス』を使ったコンピュータ解析では意味のある言葉は浮かび上がってきませんでした」

「つまり解読できなかったわけだ」

エドワードの言葉に堂島は首を振った。

「いえ、できなかったのではありません。中止したのです。なぜならこれらは、あくまでキーになる数字を羅列したに過ぎないからです。問題は別のところにあります」

「言ってくれ」

ロバートの言葉にうなずいた堂島研輔は、再び口唇の上に鋭い言葉を乗せ始めた。

「これらの数字は、あくまでコード・ブックを解読するためのキーナンバーです。問題は、コード・ブックの方に存在します。これがないと、ケネディ家のキーを入手した我々がケネディ家の扉に差し込まない限り、絶対、中に入れないのと同じ原理です。つまり不可能なのです」

この言葉にエドワードは皮肉たっぷりにこう反応してみせた。

「そうかな。CIAはキーがなくともケネディ家に侵入できるだろう。だから六六六という暗号にも容易に侵入できるのではないかな?」

すると堂島は皮肉っぽく口唇を曲げてみせた。

「二千年もの間、侵入できなかったものに一日や二日でできると思えますか? それにキリストが六六六を知恵によって解けと指示されている以上、コンピュータが解読できるとは思いません。ただし、その乱数表を見ていくと、お気づきいただけると思いますが、星座35は92の数字で構成されています。よく見ると、0の前に来る数字は、いつも1です。すると、これは10という単位が一つのブロックではないかと考えられます。そうすると星座53の数字は1から10あるいは1から11の数字を交互に書き留めたものではないか、という推測が可能です。とすれば、この二つの数字は、ある言葉のブロックの位置を示しているということがわかります。いいですか、ケネディ家の皆さん」

堂島研輔はケネディ王国と呼ばれつつあるホワイトハウスの現状を皮肉ると、さらに続けた。

「これを換字式暗号と言いますが、たとえばポリュビオス暗号がそれに類似します」

堂島の言うポリュビオス暗号とは、紀元前二世紀頃の古代ギリシャの政治家、軍人、歴史家、ポリュビオスが発明した換字式暗号で座標を利用したものだ。

具体的には、129ページの図3のように、五×五＝二十五の正方形をしたマス目のなかにアルファベットを記入する。ただし、この場合、二十六文字のアルファベットを収納するため、たとえばiとjを同じ枠に入れるなどして収まりをよくするのである。

仮にAMERICAを暗号化すると、Aは1と1の交差点にあるので、11、Mは3と2の交差点にあるため、32という具合に、すべて置き換えていく。すると1132154224131１がアメリカを意味する暗号になる。

ただし、これでは一つの文字を二つの数字で暗号交換するため、結果として暗号文全体のボリュームが二倍になり、複雑化するという点がある。だが、これも、1・132・1・54・224・13・1・1のように工夫して表記することでシャッフルがかかり、逆に解読を困難にするというメリットに変えることができる。●図3

こうしたことを述べたあと、堂島研輔は続けた。

「もしこれが換字式暗号であれば、問題はどれだけのマス目の中にどんな言葉のブロックが入るか、ということです。あるいはコード・ブックを入手すれば、糸口は見つかるでしょう。ただし星座35だけでは断定できません。というのも、その次に来るのが星座36ではなく、星座0となっています。しかも星座0にはブランクがある。これは書き忘れたか、あるいは位置を間違えたか。ただし、よく見れば、ドット（点）らしきものがありますが、これも意図的なものか、単なる汚れなのか、ミスなのかわかりません。いずれにしても、おそらく第三者をフェイクするために、あえてこの位置に星座0を挿入したのでしょう」

堂島の答えは、皆を納得させたようだが、ケネディはどうも違うような気がしてならなかった。それならば、星座0のあとは二ケタで区切ることのできないデタラメな数字を奇数個書いておいた方がフェイクになるだろう。むしろ、そんな余裕もなくて、ただひたすら星座35に関わる何かの数字をメモしたのではないだろうか。誰が見ようが見まいが、そんなことは全然、意識することなく、とにかくある数字をここに殴り書きにしていった。

その結果、星座0にはどうにも理解できない数字が書かれていたので、あえてここをブラ

| ↗ | 1 | 2 | 3 | 4 | 5 |
|---|---|---|---|---|---|
| 1 | a | f | l | q | v |
| 2 | b | g | m | r | w |
| 3 | c | h | n | s | x |
| 4 | d | i・j | o | t | y |
| 5 | e | k | p | u | z |

図3

ンクにした。いや、むしろ何も書かれていなかったのか、いずれにしてもメモを記した当人はフェイクしようなどと思ってはいなかったのではないだろうか。ケネディは堂島の方を見つめたが、それを指摘する声は上がらなかった。そのかわりにエドワードが違う観点からこう訊いた。

「テープに録音されていたアルファベットと10の10倍、10×10という言葉に対してCIAの見解は？」

するとこ今度はカーターが答えてみせた。

「ありません。というのも、我々もいろいろと試してみましたが、いずれも失敗しました。しかもソ連から送られてきた、この乱数表と大司教のそれが、同じ文脈にあるかどうかわからないのです。というのも、さきほど堂島博士が言われた通り、キーワードだけでは暗号は解けません。同時にこうした問題すべてが、これから大統領と討議すべき事項に属していますからね」

官僚的な答弁だったが、それがCIAなのだ。

「しかしヒントにはなるな……」

エドワードは手元のメモを見つめながら独り言のように呟いている。

そして『問題はコード・ブック』とメモに書き添えた。

それまで沈黙を守っていたケネディが、ややかすれた声でCIAの高官を見た。

「バチカンは、この大司教の解読結果を把握したのだろうか、書簡か何かで」

だがカーターは反論を試みるかのように不敵な微笑を浮かべながらケネディを見た。

「先ほどのローマ教皇大使は何と言っておられましたか？」

「何も言わなかったよ。これまでの仮説を述べただけだ」

「バチカンは何か隠していますね。間違いありません」とカーター。

「どうして断定できるのだ」

ロバートはやや挑戦的な表情でCIAの№2を見た。するとカーターは不敵な微笑を浮かべたまま低い声で言った。

「では申し上げます。先ほどのテープの中で大司教の電話の相手をしていたのが、当時バチカンの情報省にいたラーギ卿ご本人だからですよ」

「本当か⁉」

全員が声をあげていた。

「私が、ここに座ることはガス室に入れられたのと同じだ、と先ほど申し上げた意味がおわかりいただけたはずです。なぜなら彼はまさに今、アメリカ大統領の反応を直接知る立場に立っていたからですよ。つまり皆さんの目の前で、彼は究極のヒューミントに成功していたわけです」

ケネディは思わず天井を仰いだ。しかし、すぐに気持ちを切り替えると、カーターを真っすぐに見た。

「ともかく事情はよくわかった。それで今後のCIAのアドバイスを聞きたい。まさか盗聴テープだけを持参したのではあるまい？」

カーター将軍はうなずいた。

「もちろんです、大統領。つまり六六六の正体を暴くための方策は三つ。一つは大統領をはじめ、ここにおられる皆さんで解読を試みること。その際、アルファベット、10の10倍、10×10という言葉がヒントになるかもしれません」

「『聖典アストロノミア』とかいう言葉は？」

何も知らないエドワードが次官を真っすぐに見ながら訊いた。

「ああ、それですか。簡単にいえば天文学のことです。六六六に関して、あまり深い意味があるとは思えません」

どうやらカーターもＣＩＡスタッフからロシア皇帝の秘宝『聖典アストロノミア』について、まだ報告を受けていないようだった。

「それより問題は10×10。つまりキーワードです。解決法があるとすれば、モスクワに飛んで投獄されている大司教から解答を得ること。ただし生きていればの話ですが……。そしてもう一つはラーギ卿に自白剤を飲ませるか、彼を拷問にでもかけることです。これしかありません」

「冗談は結構だ。生きているのか、その大司教は？」

ロバートの言葉にカーターはうなずいた。

「存命だと考えられます。なぜならＣＩＡはソ連ルートから二人の司教の死亡と一人の枢機卿がシベリアに抑留されていることを把握しています。もし大司教が亡くなっていれば、そのことも十分把握できるポジションに我々はいるということだけ申し上げておきます」

「しかし会うにしても口実がいる。突然、会わせろ、では怪しまれるし、拒絶もされるだろう。いや、もしかすると、もう殺されたかもしれん」

「司法長官。彼はアメリカ人なのです」

「本当か」

ケネディ三兄弟が同時に声をあげた。

「そうです。彼のホーリーネームはユダ大司教。裏切り者の名前とは、ずい分大胆ですが、それもそのはずプロテスタントの我が国の出身です」

「それなら話は別だ。合衆国政府はバチカンと連携して信教の自由を保障し、人道人権的見地からソ連に釈放を求めることができる」

「ボビィ！　グッドアイデアだ」

エドワードが瞳を輝かせた。そしてこう続けた。

「こうすればどうだろう。さっきの六六六の仮説を大統領が書簡にしたためる。その書簡を持った密使をモスクワに派遣する。そのうえでアメリカ人の大司教を解放せよと迫るんだ」

「つまり密使はフルシチョフと、その大司教の二人に面会する。そして大司教本人から密かに六六六の秘密を聞き出す。こういうことだな。テディ」

ロバートの言葉にエドワードはうなずいた。

「そのとおり」

「できれば大司教を、まず合衆国に送還させたいところですな。そうすれば今後、フルシチョフとの交渉が有利に進むかもしれませんぞ」

ソレンセンの意見に全員が同調するのを見てケネディは腕組みをしたまま、

「わかった。その手でいこう。だが聖ヨハネの祈りは続けなければならない。フルシチョフに対して我々自身の手で完全に解き明かしてみせることが重要なのだ。これはゲームであり、知恵の戦争だからだ。だから我々は空爆よりも、暗号解読で解決をもたらす暗号解読派を形成していると思ってくれ。それとカーター。密使にふさわしい人選を頼む」

「もう終えています」

「誰だ⁉」

全員の視線がCIAの高官に集まった。

「CIAが判断する密使の適任者とは……ワシントン・クロニクル社主のミセス・オルブライトです」

「なんだって⁉」

ケネディは思わず口笛を吹くマネをした。

## 4

カーターはしばらく両眼を閉じ、テーブルのうえで組んだ両手の親指をくるくると回転させていたが、やがて静かに口唇を開くと、その根拠を明らかにしてみせた。

「理由は簡単です。彼女はユダ大司教の母親なのです」

「………」

書斎が静まり返った。

カーターは沈黙を破ると、手にしていたメモを読み上げていった。

「ユダ大司教のユダは、先ほども申しあげたように、もちろんホーリーネームです。本名はジェームズ・マッグレガー・オルブライト、つまりオルブライト大司教です。一九二二年十二月二十五日生まれ。一方、母親のオルブライト女史の方は、大司教が四歳のときに離婚しており、父親はヨーロッパに旅立ったまま行方不明になっています。これはいずれ調べれば明らかになるはずです。以来、彼女は女手一つで大司教を育てあげ、ハーバード大学の宗教学科を卒業後、バチカン情報部に入省しています。その後は、ブラジルの教会を手始めに中南米を渡り歩いたあと、失礼、宣教の旅をされたあと、一九五九年からモスクワ郊外に設立されたカトリック教会の大司教として派遣されています。もっともこれは、バチカンの対ソ連宗教政策、および諜報(ちょうほう)活動の一環と我々は見なしています。その後、K

GBに逮捕され、現在も幽閉されたままであることはすでにお話ししたとおりです。しかし、我々はソ連に潜入させている工作員を通じて幽閉されている大司教のメッセージを受け取ることに成功しております」

カーターは言葉を切ってケネディとロバートの反応をうかがっていたが、二人が両腕を組んで微動だにしないことにホッとしたのか、静かな口調でこう続けた。

「その工作員が次のように大司教からのメッセージを伝えてきたのです」

カーターは別のファイルを手に取ると、それを冷静に読み上げた。

「『母親に直接会いたい』。大司教はそう言っているというのです」

カーターは一度、咳払い（せきばらい）をすると続けた。

「実は、この件について大統領のご意見をお伺いしたいのです。息子の解放を母親がソ連の首相に直訴することは、むしろ美談でもありましょう。密使にする必要があるかどうかは一考の余地がありますが……」

「CIAはこの難局を利用して、むしろ政治ショーに仕立てあげろと？」

ソレンセンが万年筆を両手でまさぐりながらカーターを見た。

「そうです。もはやミサイルの存在が明確になっている以上、六六六の暗号解読などに意味はありますまい。それより政治的解決を図るほうが先決ではありませんか」

「それはどうかな、将軍。フルシチョフがあくまで六六六の暗号勝負を挑んできている以上、逃げるわけにもいかないのではないかな」

　ロバートは反論した。だがカーターは首を振る。

「いいえ。お言葉ですが、司法長官。聖なる暗号を解読したならば、フルシチョフがキューバのミサイルを撤去するという確証を得ることはできません。おそらく無理です。なぜならソ連の軍事戦略を変更することなど、フルシチョフ一個人にはできない話だからです。ソ連の共産主義とはそういうものです。よしんば六六六の暗号を我々が解いたからといって、それが核ミサイルの前で何の意味を持つでしょうか。むしろ今、この時点で我々がフルシチョフの仕掛けてきたゲームに乗ること自体が危険ではありませんか。これは彼がアメリカ政府首脳に仕掛けた時間稼ぎであることは明白。つまり、フェイクなのです。こうして我々が聖なる暗号に対して、神経をすり減らしているあいだに、彼は積木にとりつかれた赤ちゃんのようにキューバでミサイルを着々と組み立てているのですよ。しかも……」

　一呼吸置くと、カーターは重要な事実をさらりと口にしてみせた。

「先ほど申し上げたKGBのテロリスト、『救世主の塔』はオルブライト女史の写真を大司教から奪い取ったあとに我が国に不法侵入しているのです。あるいは彼女が奴のターゲットなのかもしれません。逆に、彼女を密かにソ連に送り込んで合衆国から消し去っておけば奴は手が下せません」

　カーターの言葉が終わると同時に全員が一斉に大統領のほうを見た。どのような判断を下すつもりだろうかという視線である。それをうなずいて受け止めると、ケネディは言った。

「わかった。こうしよう。オルブライト女史を特使に任命しよう。いわゆるポリティカル・アポインティー（民間人の登用）でいく。やり方はすべて私に任せてもらおう。それとあくまでフルシチョフの挑戦を私は受けて立つ。決して逃げはしない。悪魔の条件を書き連ねるのではなく、私は悪魔そのものを特定し、場合によっては、その正体を全世界にアピールしてもよい。そのためには、ここにいる全員が聖ヨハネの祈りを続けることを望む。誰一人として欠けることのないように」

「一つ質問があります」

先ほどの堂島研輔が挙手をした。隣でマイクが小声で「止めろ」とささやいたが、それに構わず博士は続けた。

「ニュートンのメモにケネディ大統領のお父上はいくら払ったのですか？」

「あの文書のことかね」

ケネディは思わず微笑を浮かべた。

「おそらくタダだった、と思う。なぜか、そのとき父は風邪をひいていてね。くしゃみをしたあとにルーズベルト氏が差し出した鼻紙のうちの一枚があれだったのだ。皆さんが指摘するように、あれは単なるニュートンのいたずら書きだ。それとも君の得意なダレイオスとやらでニュートン文書をスキャンしてみるかね。どれほどの価値があるものなのか」

「いえ、ニュートンが『不可能』だと言っているのですから、ご遠慮申し上げます。ただし、あそこにも星座00、星座000とダークスターが描かれた図がありましたね。それとクレムリンから送られてきたメモが関係しているのかと思ったもんですから。それより、父上の鼻紙が新聞紙面を飾ったのですからケネディ家にとっては、今や百万ドルの価値が出たのではありませんか。しかも記者たちはアメリカとソ連の暗号ゲームにまったく気づいてない。一石二鳥のベストダミーニュースでしたね」

「その通り。君も、私の父の鼻紙の秘密は他言無用だ。それとニュートン・メモとクレムリン・メモの共通性の指摘は良いアドバイスだ。それについては私も偶然の一致か、とも思ったんだが……。もし両者に関係があれば、事態は打開できるかもしれない。ミスターケンスケ。君に調査を依頼する。いいね」

「I understand, president.（わかりました、大統領）」

堂島研輔はうなずいてみせた。

結局、この日の決定事項は次のようなものになった。

①フルシチョフにあてて悪魔の条件をしたためたケネディ書簡を書き上げ、反応を待つ。
②フルシチョフが二十八日までにアメリカの解答を得たと確信すればキューバのミサイルを撤去する旨を文書にするよう要求する。
③現在、クレムリンに投獄されているユダ大司教の解放を迫る。
④特使として「ワシントン・クロニクル」のオルブライト女史を候補の一人とするが、適任がいなければ政府から派遣する。

ただ問題は、オルブライトが政府に協力するかどうかという点にあった。しかし、大司教は自分の息子なのだから、いやでも引き受けるに違いないと、カーター将軍が念を押すように言い、一同も納得した様子だった。

ＣＩＡとしては、なんとしてでもオルブライト女史をモスクワに派遣したがっているように見えたが、それについては誰も疑義をはさまなかった。

そして最後にロバート・ケネディが手を挙げて発言を求めた。

「大統領、特使の送迎に関しては、すべて私に任せてもらいたいんだ」

その途端、カーターの表情が曇ったが、司法長官として国際法上、何らかの問題が発生したときのことを考えたケネディ大統領は首肯した。

「いいだろう。大きな失敗を恐れない者だけが偉大なことを成し遂げられるんだ。ともかく彼女の安全確保に万全を期してもらいたい」

## 5

「兄さん」

大統領執務室に戻ろうとしたケネディを呼び止めたのはロバートだった。

「ちょっといいかい？」

ケネディが再び腰を下ろすとロバートはせわしげな口調で切り出した。

「オルブライト女史を派遣した場合のリスクを考えると、この作戦はあり得ない。しかし実は、それ以上にハイリターンがあるとすれば実行する価値はある」

「どういうことだ？」

「カーター将軍は言わなかったが、ユダ大司教はバチカンに入省する前にCIAの工作員として活動していた時期があるらしい。まだ確認が取れたわけではないけどね。それだけじゃない。おまけに父親は欧州で行方不明になったというのは間違っている。実は、かつて彼は、アインシュタイン博士の米国亡命を手助けするために欧州に渡ったらしいんだ。ところが彼は今、合衆国で生活している」

「まさか」

「しかもNASAにいる」

「なんだって？　NASAに……？」

「そう。アポロ計画の顧問団のリーダーがその人なんだ」

「ディビッド博士か……」

「そうさ。で、兄さん。これから方程式を解こう。まず、①ソ連から亡命したい人間がいる。そして②彼らは『聖典アストロノミア』を手に入れたと言っている。そして③アメリカ人のユダ、いやオルブライト大司教がソ連に人質に取られている。さらに、④その大司教の母親が例のオルブライト女史だ。加えて⑤そのオルブライト女史に会いたいと大司教は言い、⑥オルブライト女史ならば、フルシチョフは会うと言っているらしい。以上が六次元連立方程式だ。これを一挙に解決する解が得られるかどうかだ」

「難しいな。なぜなら各連立方程式がどれも不正確だ。確実性に欠けている。ボビィ、お前ならどうする？」

「あるとすれば……これから派遣する我々の密使オルブライト記者に、例のロシア皇帝の秘宝『聖典アストロノミア』と亡命希望者を同時に合衆国に運び込ませる、という離れ技……ですかね」

「できるかそんなことが⁉」

しばらく両腕を組んでいたロバートは、やがて片方の眼を開いてケネディの耳元で何事かささやいた。その瞬間、ケネディの両眼が輝き始めた。

「なるほど。たしかにハイリスクだが、ハイリターンだ。チャレンジする価値はあるな」

ロバートは大きくうなずいた。

「兄さん、やってみるかい？　それとディビッド博士は暗号研究の大家なんだ。一度、六六六の件を投げかけてみてはどうだろうか」

「それもそうだな」

ケネディは人間関係のパズルを脳裏で組み立てていった。もしかすると、すべてのキーはディビッド博士なる人物にあるのかもしれない。

「わかった。方程式を具体的に解いていこう」

ケネディは不敵に微笑した。

## 6

### ──同日午後二時十三分、ワシントン郊外

「それでどうするのです、ミセス・オルブライト。ケネディは例のニュートン文書をいち早く公開して先手を取ったつもりでしょう。とすれば、今度は政府にフルシチョフからの挑戦状の件で逆襲するのですか？　インタビューか何かで？」

「当たり前よ。これはスクープですもの。あの若僧を痛めつけるいいチャンスだわ」

「若僧ってケネディのことですか？」

花柄のスカートとブラウンのジャケットを着たオルブライトはうなずいた。

ワシントン郊外にある「ワシントン・クロニクル」。そのオフィスにいるのは社主のミセス・オルブライトと黒人の青年アシスタント、それにユダヤ人の女性ジャーナリストの計三人であった。

月一回のペースで発行してきたオルブライトの手作り新聞「ワシントン・クロニクル」が、長年続いているのには理由があった。彼女が政府に対して核実験の停止を求めるキャンペーンを張るようになってから読者やスポンサーがまたたく間に増えて、今や発行部数も月二回、月間計一万部と成長してきたのだ。

その理由の一つは彼女自身が、いつも大統領の記者会見場に一時間も前からあらわれる

めだった。

と、一番前の席に陣取り、必ずと言っていいほど大統領の指名を得て辛辣な質問をするた

『ケネディ政権はなぜ核ミサイルを持ちたがるのか』

『ケネディ大統領は核問題についてはまったくの偽善者』

『ケネディ大統領はヒロシマ、ナガサキを巡礼すべきである』

こうした大見出しの記事は、当然シンクタンク大手のジャーナリスト、スポンサーの目に留まり、反ケネディ政権を訴える人物たちが次々とオフィスを訪ねてくるようになったのである。

オルブライトは再びケネディのことを口汚く罵った。

「あの男はね、女房に黙って不倫を重ねている偽善者なのよ、ジョン」

「しかし、不倫と核を一緒にして責めたてるのは可哀想じゃありませんか」

「どちらも将来の子どもたちを不幸にするだけなのよ、ジョン」

黒人青年のジョン・スカリーが、オルブライトの言葉に苦笑してうなずいたときだった。

オフィスの電話がけたたましく鳴った。飛びつくように受話器をつかまえたジョンは、二言、三言、言葉を交わしていたが、やがて受話器を手で押さえながら叫ぶようにして言った。

「ボス。ボース！　大変だ、ケネディから電話です。今、受話器の向こうにいる……」

「何ですって!?」

オルブライトは老眼鏡を左手で外すと、床に置かれたバッグにつまずきながらデスクに走り寄ると、ジョンから奪い取るように受話器を取り上げた。そして荒い息遣いで叫んだ。

「あなたね。フルシチョフの挑戦を受けるの？　受けないの？　男らしく記者会見なさいな！」

## 7

## ――同時刻、ホワイトハウス大統領執務室

ケネディは思わず受話器から耳を離し、苦笑した。そして再び右耳に近づけながら、

「ご心配なく、受けて立ちますよ。ミセス・オルブライト！　もちろん記者会見をいつでも開く用意がある。しかし、その前に、あなたの単独会見を受けようと思うのだが、いかがですか。……そう、挑戦状の件で……。えっ？　核問題？……構いません。どのような質問でも受けましょう。もちろん記事にしていただいて結構。時間ですか？　できれば今日。夕刻五時はいかがですか。お取りできる時間は四十五分程度ですが」

しばらくケネディは彼女の返事を聞いていたが、やがてうなずいた。

「わかりました。ホワイトハウスの執務室でお待ちしています。スタッフには単独インタビューの件を伝えておきますが、他のジャーナリストの手前がありますから、裏口から入っていただきたい。大丈夫、ソレンセンが誘導しますから。それでは」

電話を切るとケネディは、ふーっとため息をつき、傍らにいるソレンセンに右手の親指を立ててみせた。

「まずは第一関門突破だ。五時に来ると言っている」

「何か条件をつけてきたのですか？」

「あなたはカトリック教徒でしょう。今日中に六六六の謎を解いてみせなさい。そうでなければ、聖書の民の恥さらしですからね、だと」

「ほ。二千年の謎を今日中に解けと」

ソレンセンは口唇をとがらせた。

「一つ気になるんだ。彼女はユダ大司教のことには一言も触れなかった。もしかすると、何も知らされていないのかもしれない」

「バチカンから……」

ケネディがうなずいたそのとき、大統領諮問会議『黒人の人権について協議する委員会』の開催が二分後に迫っていると私設秘書官が告げに来た。

慌ただしく執務室を出ていくケネディの背中を見送りながら、ソレンセンは一つの不安にとらわれていた。それはこのプロジェクトに彼女を巻き込むことは、魔女に神の秘密をバラすのと同じぐらい危険なことではないかということだった。

## 8

### ――同日午後五時十分、ホワイトハウス大統領執務室

この日、ケネディはミサイル危機をマスコミに悟られぬよう、あらゆるスケジュールを予定どおりこなした。そして執務室に戻ったとき、時計の針は午後五時十分を指していた。だが、五時を過ぎてもミセス・オルブライトは姿を見せていないという。しかも彼女を迎えに下りたソレンセンから何の連絡もないというのだ。

やはりオルブライトは非協力を貫くつもりなのだろうか。

ケネディはいら立った表情で執務室のデスクを右手の甲でコンコンと叩き始めた。

そのときだった。ソレンセンと何やら口論しながら、オルブライトが執務室にあらわれたのだ。

「だから言ったでしょう。ミセス・オルブライト」

「まったくケネディは駄目ね」

途端に香水の香りがケネディの鼻腔をついてきた。

ケネディが立ち上がり、笑顔で手を差し出すと、オルブライトはその手をピシャリとはたきながら、

「大統領。私はここに来るまで五人の警備員に行く先を告げ、三人の警備員からボディチ

ェックを受け、八人のスタッフからどこへ行くのか、何をしに行くのか、許可証は持っているのか、と質問を受けたわ」

「それはあなたが裏口ではなく正面から入って来たからでしょうが」

　ソレンセンが語気を強めた。

「単独インタビューでしょう。正面から入って来て、どこが悪いの。しかも大統領のほうから誘われて来た私が、なんで裏口からコソコソ入らなきゃならないの」

　まるでマシンガンのようなオルブライトの言葉にたじたじになっているソレンセンに助け船を出すようにケネディは笑いかけた。

「あなたの身に、もしものことがあったらとミセス・オルブライトをさりげなくガードするようにスタッフと警備員に私が命じたのです。ご容赦ください」

「あなたのさりげなくは、あんなに大袈裟だとは知らなかったわ。だとすれば、大統領の奥さんの、さりげない一言というのは、とても厳しい言葉でしょうね」

　ソファを勧められるとオルブライトは鼻を鳴らしながら、ドスンと腰を落とした。

　こんな女性をケネディの特使としてフルシチョフに会わせたなら、まちがいなく米ソは核戦争に突入するに違いない。ソレンセンが渋い顔でこちらを見ている。その思いはケネディも同じだった。だが重要なことは、ユダ大司教が得た六六六の秘密を聞き出すことであり、フルシチョフが何を考えているのかヒューミントによって把握することだ。それが可能なのはＣＩＡのカーターが言うとおり、母親のオルブライトがもっとも適任である。

「さて始めましょうか、大統領」

オルブライトはバッグからメモを取り出すと、まるで猛禽類のそれのように鋭い視線をわし鼻の向こうからケネディに投げてきた。

「六六六の正体はどこまでわかったの？」

「ほぼ把握できたように思います」

「具体的には？」

「六六六の条件、つまり悪魔の条件とは何かがわかったのです。私は、この条件をまずフルシチョフ首相に突きつけるつもりです」

「どのような方法で？　記者会見？　個人的な書簡で？」

「書簡です」

「いつ発送するの？」

オルブライトは老眼鏡をわし鼻の上にチョコンと載せながら、再びメモを取り始めた。

「いつでもOKです」

「そう。内容についてはどうなの？」

ケネディがソレンセンに目配せすると、スピーチライターはデスクの上に書類をすべらせた。

ソレンセンが聖ヨハネの祈りで協議された内容をメモにしたものだった。しばらく読み込んでいたオルブライトは、やがて顔をあげ、鼻を鳴らしてみせた。

「あら、これは聖書の研究家なら誰でも知っていることよ。こんな仮説を並べたててフルシチョフが納得すると思ってるの？　ＫＧＢだってこれぐらいは調べあげているでしょうよ、大統領」

「そこなんです。ミセス・オルブライト。我々には時間がない。総力をあげてキリストの暗号を解く必要がある。そこで……」

ケネディがソレンセンに目くばせすると、デスクの下に置いていたＣＩＡの高性能録音機を取り出してみせた。そして再生スイッチを押した。瞬時に盗聴テープが回り始めると、執務室にソ連のユダ大司教とバチカンのラーギ卿の会話が流れてきた。耳を澄まして聞いていたオルブライトの表情が急に険しくなった。

やがてテープが終わると、ケネディはＣＩＡの調査結果のメモを読み上げた。

「つまりミセス・オルブライト。あなたの御子息であるユダ大司教は、この六六六の暗号を解読した世界最大の功労者なのです。ところが現在はＫＧＢの手によってモスクワ郊外に投獄されている。これはまぎれもなく宗教弾圧です」

「……知らなかった……だからフルシチョフの手紙が私のところにも……」

急にオルブライトの両肩が深く沈んでいった。

「息子はバチカンにいるものとばかり思っていたわ……」

「では、真相はご存じなかったのですね」

ソレンセンが念を押すと、オルブライトはうなずいた。そこで、すかさずケネディは切り出した。

「ご提案があります、ミセス・オルブライト。あなたを合衆国の特使として……」

だが口唇を嚙んでいた彼女は、突然マシンガンのように言葉を吐き出した。

「息子はバチカンに入国したときから神に仕える奉仕者となったのです。今、モスクワに投獄されているのも、すべては神のはからいでしょう。彼が犠牲になることで、神はソ連という体制にくさびを打とうとしているのかもしれません。ですから、私は息子に会えなくとも大丈夫です。すべては神のはからいなのですから」

ケネディは絶句した。これでは特使の要請などとても無理だろう。案の定、オルブライトは勝ち誇ったかのような口調で続けた。

「次に核問題に質問を移します。大統領、あなたは核実験停止を呼びかけながら自国の核実験を……」

もはやケネディの耳には彼女の言葉など聞こえてはいなかった。説得ではなく交渉に切り換えなければCIAの盗聴テープと手の内をまるまる曝け出したままで終わってしまうではないか。

「大統領、どうなのです？　イエスかノーで答えて下さい！」

オルブライトの質問で我に返ったケネディは、一度宙に視線を走らせたのち、なんとか言葉を絞り出した。

「核実験の停止についてはアメリカ一国だけの問題では片づかない。……ソ連の対応にも注意を払わなければならない」

　ここまで言うと、ケネディの瞳（ひとみ）に再び光が宿った。アイデアがひらめいたのだ。

「ミセス・オルブライト」

　若き大統領はオルブライトの老眼鏡の奥で光っている青い瞳をのぞき込むようにして続けた。

「あなたが核実験停止と戦術核兵器の削減に熱心なのはよくわかっている。逆に一つお伺いしたい」

　オルブライトのメモの動きが止まった。

「なんでしょう」

「あなたはアメリカ大統領の意見は、くまなく押さえているが、ソ連の首相にインタビューをしたことがありますか？　ソ連のフルシチョフが、核兵器についてどういう考えを持っているのか質（ただ）したことがありますか？　イエスか、ノーかで答えてください」

「……ノー」

　オルブライトは首を振った。

「なぜ会おうとしないのです。政治であれなんであれ、ジャーナリストが一方の意見に偏向するのは公平ではない。そう考えたことはないのですか？」

　かつて『勇気ある人々』でピューリッツァー賞を受賞した新聞記者出身の大統領は、再び鋭い視線でオルブライトに尋ねた。

「ジャーナリストとして宗教弾圧を平然と行う国の人権や人道的見地に対して、怒りを覚えたりすることはないのですか？　イエスか、ノーかで答えてください」

オルブライトは左手に持ったペンを下ろしながら答えた。

「……イエス」

「ではソ連のフルシチョフにインタビューするチャンスがあるというのに、あなたはみすみす見逃すのですか？　ジャーナリストとして、そのチャンスから逃げようというのですか？　イエスか、ノーかで答えてください」

「……ノー」

「わかりました。私は、いやアメリカ合衆国はあなたにジャーナリストとしてこの機会を提供しましょう。ただし公にした途端、フルシチョフはＫＧＢに命じてあなたの御子息を殺害する可能性が出てくる。事は秘密裏に運びたい」

「違うのです。大統領。私が断ったのは、公であろうが秘密裏にであろうが、息子のことをフルシチョフに切り出した途端、殺されるのではないかと思ったのです」

「ソ連が信じられないというわけですね」

「当たり前ですわ」

「では、アメリカを信じてください。具体策があります。だからアメリカ政府を信じてください。私がミセス・オルブライトを信じてすべてをお話ししたように、あなたもアメリカを信じてください」

オルブライトはメモを握りしめたまま、しばらく押し黙っていたが、やがて顔をあげた。

「わかりました。大統領としてではなく、元ジャーナリストだったあなたを信じましょう。核の問題では、あなたのことを信じませんが、この一件に関してはあなたを信じましょう。ただし、お願いがあるの。私を一度、戦闘機に乗せて頂戴。いつもプライベートジェットの自慢話ばかりしてくるライバル紙のオーナーに自慢してやるのよ。わかったわね。さて、私は何をすればいいのかしら。ミスター・ソレンセン」

……ようやく魔女が、赤い悪魔のもとに飛ぶ覚悟ができたか……。こりゃ、まず、箒を用意しなけりゃならんな……。

ソレンセンは大きなため息をついた。

## 9

**――同日午後八時、ホワイトハウス大統領書斎**

「どこかのキャバレーかカジノの従業員募集みたいだな。少しどぎついんじゃないか？ソレンセン」

テーブルの上に置かれているのはソレンセンが作った新聞広告の原案コピーであった。

『聖なる暗号への挑戦者を待つ!!

賞金は百万ドル。

六六六に人類の知恵の光を当てる日がついに到来した。

聖書の民よ立ち上がれ！……』

再び書斎で始まった聖ヨハネの祈り。しげしげとコピーを見つめていたエドワードは首をかしげ、不満そうな顔でソレンセンに文書を差し戻した。

「やっぱり下品だね。まともじゃないね。知性や品格といったものが感じられない」

「会長の人柄を偲ばせるものがあって、ひじょうに良いと大統領はおっしゃってましたが……。では、どのようにしろと」

「アメリカだ。聖書の民ではなく、アメリカ人よ立ち上がれだろう。この問題を解決できるのは、現代の神の国、アメリカに住む我々合衆国の人間だけなのだ、という国威発揚の広告にしたほうがいい」

「では、この聖書の民のところをアメリカ人よ立ち上がれ！　に変えましょう。他に修正する点は？」

「賞金は百万ドルじゃなく、キューバに配備された全ミサイルをプレゼントするとしたらどう？」とエドワード。

「知性と品格を疑われますぞ。他に修正箇所がなければ、これでいきますよ」

ソレンセンは参加者に異議がないことを確認すると、今度はフルシチョフに対するケネディ書簡の原案を全員に配布した。そこには次のようなタイプの印字が打ち込まれていた。

『親愛なるフルシチョフ閣下。

貴殿から届いた質問状に対する解答を述べよう。六六六の正体とは、かつては皇帝ネロ、第二次世界大戦下ではヒトラーのように民衆を抑圧し、信仰の自由を奪い、人種差別を行う人物で、将来はコンピュータを駆使し、地球上の人類を管理しようとする共産主義者または独裁者のことを指しているのである。これを読み次第、貴殿が六六六ではないことを即時証明されたし。

一つ、合衆国政府ならびに国民の自由を核ミサイルで奪おうとする野望を捨てよ。

二つ、ソ連領土内で静かに生きる人々の信仰の自由を保障せよ。

以上

私は、この書簡をミセス・オルブライトに託す。

J・F・ケネディ』

そこにはロバート、エドワード、ソレンセン、そしてCIAのカーター将軍とそのスタッフ一名の計五人しかいなかったが、各自それを手にすると真剣な視線を注ぎ込み始めた。

肝心のケネディはまたしてもマスコミ関係者の目をあざむくため、のんびりと食事会に出席している。ただし、こちらのことが気になって何を食べたかは覚えていないだろう。

「これで良いでしょう」

まずはフルシチョフの反応と出方を待とうという思いがあるためか、CIAからも異議はなかった。もっとも、あらかじめケネディから了解を得ているというソレンセンの一言が効いたせいもあるだろう。

ソレンセンは全員から写しを引きあげると、最近風邪気味なせいか、二、三度咳き込みながらファイルケースのなかに文書をしまい込んだ。

その様子をチラと横目で見たあと、ロバートはCIAのカーター次官に密使の派遣について説明を求めた。

「ミセス・オルブライトが七十七歳と高齢であることに対してのCIAの見解を教えてほしい。またソ連の対応を米政府がどこまで信頼できるか、その確証がない。次にユダ大司教との面談をフルシチョフが断った場合、どこまでミセス・オルブライトに交渉権を委ねるのか、あるいは帰国を求めるのか、その分析と連絡、そして司令塔の所在をどうするか。教えてくれないか」

これに対してCIAの立場から多くは語れないとする表情を見せながら、カーターは驚くべきことを口にしたのである。

「大丈夫です。デリバリーに使う飛行機内には医師免許のあるスタッフを配備します。さらにモスクワ空港到着後は元CIA工作員で、現在はKGBに潜入しているスタッフに身辺護衛および交渉をさせます」

「K・G・Bに……」

皆一様に声をあげたが、ロバートは意外にもあっさりとうなずいた。

「わかった。とにかく最大限に安全を確保してもらいたい。それから大統領の密使の案内役に二重スパイを使うという、たった今、行われたカーター将軍の発言は皆聞かなかったことにしてほしい。あまりにリスクが大きいからだ」

「司法長官。CIAを信じていただきたい。彼は決して身分は高くないがアメリカ資本主義を見事に裏切り、今やフルシチョフの側近からも信頼の厚い人物です」

「一応名前を聞いておこう。偽名でも結構」

一度メモを取りかけてロバートはすぐにペンを投げた。二重スパイの名前など記憶しても何の意味があろうか。しかしロバートの言葉にうなずいたカーターは眼鏡の奥の瞳を向けて呟くように、こう言った。

「オズワルドです。リー・ハーヴェイ・オズワルド！」

ケネディ大統領の弟はうなずくと、威儀を正しながらCIA高官に対して厳かに命じた。

「とにかくオズワルドとかいうその人物に伝えておいてくれ。これはアメリカの未来がかかった重要な任務だ。失敗は許されない」

その言葉が終わらぬうちに突然女性秘書官がメモを片手にロバートのもとに駆け込んでくると、身をかがめて耳打ちをしながら、それを手渡した。

腕組みをしながらそれを見ていたロバートは一瞬、我が目を疑った。

そこにはこう記されていた。

『コーエン氏が倒れ、緊急入院。病名、不明。入院先、ワシントン州立病院』

彼女によれば、今朝、いつものようにCIAの迎えの車に乗り込んだコーエン博士が急に苦しみ出したため、そのまま最寄りの病院に大急ぎで駆けつけたという。検査結果はまだ出ていないが、容体の急変から毒物が使用されている可能性があり、現在詳しい状況をFBIが調査しているというのである。

たしかにコーエンは、めまいでふらついたことはあった。しかし体は至って丈夫で、二ヶ月前の閣僚およびサポートスタッフのメディカルチェックでも異常は見つかっていないと聞いている。

一体どうしたというのか。いや、それ以上に、コーエン博士を欠いたままなら合衆国は暗号ゲームに敗れるのではないか、という嫌な予感がロバートの脳裏を駆け抜けていった。

「どうしたのですか？　司法長官⁉」

CIAのカーター将軍の言葉に我に返ったロバートを全員が不安そうに見つめていた。

# 第三章　シークレット・ミッション

## 1

――十月十七日午前六時、ホワイトハウス大統領公邸

突然、闇の中に二つの太陽があらわれた。

まるで天空から地上を睨(にら)みつける悪魔の赤い目。

その瞬間、赤い光と紫色の虹(にじ)の柱が交錯して、大爆音が響き渡った。同時に、あっという間に巨大なキノコ雲が広がり、天をすっぽりと覆った途端、黒い雨が地上に降り注ぎ始めた。

人々の体の色はX線写真のようにモノクロに変わり、黒い炭になり、そして崩れ落ちていく。生物という生物、ビルというビル、あらゆるものを熱風がじりじりと焼き焦がしていく。やがて怒濤(どとう)のように押し寄せてきた赤い波がビルを打ち砕きマグマのように首都を飲み込んでいった。

こうして赤い悪魔はワシントンを一瞬にしてソドムとゴモラに変えた。

さらにニューヨーク、ロサンゼルス、サンフランシスコ。次々と炎の矢が大都市に降り注ぎ、赤い海のほとりで、水を求めてさまよい歩く黒い亡者の群れ。群れ。群れ。そして群れ。

「熱い！」「助けてくれ」「神よ！」

声なき声。絶叫と奇声。そして怨嗟の叫び。

その一方で、合衆国から解き放たれた核ミサイルは海を渡り、キューバ、ソ連、東ドイツ、中国など赤い国々に向かって容赦なく炎の鉄槌を喰らわせていく。さらに反撃の核ミサイルが東京、大阪、パリ、ロンドンへ。

地獄絵図。死の拡大再生産。虚無。底なしの闇。大統領を呪う声、声、声……。怨念の連鎖……。死者の折り重なる黒い山。

ついに『最後の審判』が始まったのだ……。

その瞬間、夢から醒めたケネディの全身は、汗でびしょ濡れになっていた。

夕べから風邪気味だという妻のジャクリーヌを起こさぬようベッドから起き出たケネディは、脳裏に張りついたミサイルの幻影をひきはがすように頭を振り、首をポキポキと鳴らしながら寝室を出た。しかしミサイルの幻影がはがれ落ちたあとに残されたのは悪魔の数字六六六の陰影だった。

……今日もこの繰り返しか。

ケネディが大きくアクビをしたその途端、ダイニングルームの扉が勢いよく開いた。

無邪気な足音は一度驚いたように立ち止まったが、すぐに前よりも嬉しそうなスキップに変わった。

「おはよう、パパ」

娘のキャロラインだった。

丸いロケットが赤い炎を噴きながらドーナツの国を目指している絵柄のパジャマを着た彼女は、胸のあたりで封筒を抱いている。それはキャロラインが三日に一度届けてくれる『大統領の通信簿』だった。何も知らない無邪気なその笑顔は、今のケネディにとって太陽そのものだ。

毎日顔を合わせることはできても、どちらかが深い眠りについている。その状況を打ち破るために愛娘が考え出したアイデアがケネディに通信簿をつけるというものだった。いわば父親のためのラブレター兼採点表である。●図4

はからずも今日はケネディ自身がキャロラインから直接それを受け取るハメになってしまったようだ。

「どれどれ」

膝の上にパジャマ姿のキャロラインを乗せながら封筒を開いてみると、目にいつもの採点表が飛び込んできた。

横の数字はキャロラインから見た父親、ジョン・F・ケネディの成績。縦の数字は同じくキャロラインから見た大統領、ジョン・F・ケネディの成績。

| 1 | 2 | 3 | 4 | 5 | 6 | 7 | 8 | 9 | 10 |
| --- | --- | --- | --- | --- | --- | --- | --- | --- | --- |
| 2 | | | | | | | | | |
| 3 | | | | | | | | | |
| 4 | | | | | | | | | |
| 5 | | | | | | | | | |
| 6 | | | | | | | | | |
| 7 | | | | | | | | | |
| 8 | | | | | | | | | |
| 9 | | | | | | | | | |
| 10 | | | | | | | | | ○ |

図4

幸い昨日は父親としても大統領としても十点満点だったようだ。三日前の十四日は左端の角っこの1のところが二重丸で囲まれていたことを思えば、今日のこの成績はどうだ。父としても大統領としてもパーフェクトだ。昨日は予定どおりすべての公務をこなし、昼間少しだけ執務室でキャロラインの女性大統領ごっこに秘書官役でつき合い、さらにいくつもの会議をこなしたあとも家族と夜十時まで、ゆっくり話し合ったことを思い出した。

いずれもミサイル危機のことを外部の人間や家族にも悟られまいと振る舞っただけのことだったが、幼いキャロラインにとってはそんなケネディのことが頼もしく見えたに違いない。

「ありがとう、キャロライン。パパは今日も大統領としてがんばれるよ」

目尻に皺を集めながらケネディは娘に礼を言った。

そういえば、昨日のあのとき。そう、アメリカ合衆国初の小さな女性大統領が誕生した瞬間のこと。

執務室で大統領の椅子に座ったキャロラインに秘書官役のケネディがふざけて「大変です。キューバにミサイルが見つかりました、大統領」と笑いながら報告すると、キャロラインはたしかこう言った。

「すぐのけるよう言いなさい。ケネディ秘書官」

「空爆ですか」

「ダメです。ケンカはダメ。それ以外の方法でのけなさい」

「どうやってのけるのです？」

「それを考えるのは、あなたの仕事ですよ」

などと軽くあしらわれてしまったことをふと思い出した。もし現実に政府の閣僚たちに向かって同じことが言えたなら、どれほど大統領は楽なビジネスだろうか。彼らときたら、二言目には空爆、空爆の大合唱だ。

逆に閣僚にとっては、これほど楽なビジネスはないだろう。

軍産複合体を喜ばせる一方で、すべての責任を大統領に押しつけてしまえばいいのだから……。

そんなことを思い出しながら、ぼんやりと通信簿に見入っていたケネディの膝の上で、ふとキャロラインが振りむいた。

「ここにね。ママの採点が入るのよ、パパ」

「ママの？」

キャロラインはうなずくと微笑しながら、十月十四日から『大統領の通信簿』は自分と母親の共同採点になったのだとつけ加えた。

「そうなのよ」

「するとあのときの1の二重丸はママと君の採点だったのか」

「そうよ。十月十四日は、ママと私の気持ちが一つになったのよ、パパ」

ケネディは天井を見上げ、ふーっとため息をついた。これは彼女の当てつけに違いない。

ジャクリーヌは例の事件を怒っているのだ。

例の事件とは、公邸に女優のジュディスから電話があった一件のことだ。偶然、ジャクリーヌ本人が電話に出てしまったため、彼女は自分の名前を名乗っただけで電話を切ってしまったようだ。

たしか夕食のあとジャクリーヌは、一言残して先に寝室に消えていった。

「あなた、セリフを忘れた女優から、今日、電話があったわ」

まさか娘の通信簿を逆手に取って抗議行動に出てくるとは……。

「じゃあママの採点をもらいに行ってくるわね。パパはここで待ってなさいね」

キャロラインは膝から飛び降りると採点表を手に寝室に入っていった。そしてしばらくすると扉を開けて真剣な表情でケネディを見上げた。

「どうだった?」

「駄目ね。ママと私の気持ちは遠く離れてしまったわ」

『大統領の通信簿』にはジャクリーヌの手で1に丸がつけられ、彼女の手でボールペンのラインが対角線に引かれていた。●図5

ジャクリーヌの怒りは当分おさまりそうにはないことを知ったケネディは新聞を手に洗面所へ、そそくさと消えていった。

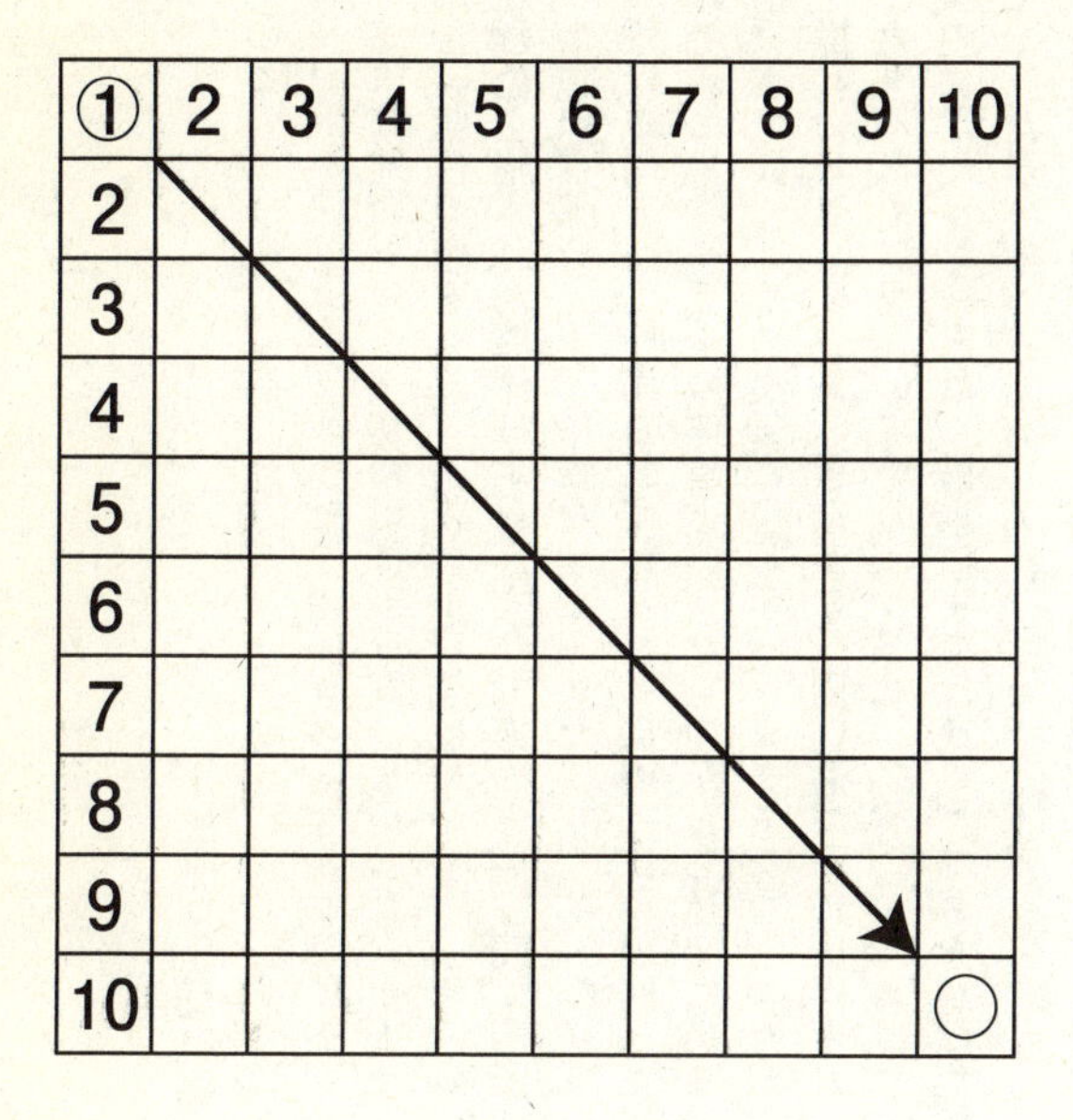


図5

## 2

### ──同日午前九時、ワシントンD．C．上空

そのころ。

「ワシントン・クロニクル」社主のミセス・オルブライトを乗せたジェット機は、ワシントン海軍基地の一角から秘密裏に飛び立っていった。ポトマック川の波の照り返しを受けながら、紫色の空をえぐるように飛び続けていく。

迷彩色を施された機体は半日あまりであっという間に国際赤十字のマークを尾翼にあしらった国際貢献ジェットに姿を変えていた。

普段は軍用として使用されているため機内には革の腐ったような臭いや火薬の湿った臭い、それに葉巻や兵士の体臭といったものがたち込めている。

搭乗まもなく、その臭気に思わずハンカチで鼻を覆ったオルブライトだったが、今はそれを襟元でヒラヒラとあおぎながら、円い窓の下に広がるワシントン市街の光景を見下ろし、大きくため息をついている。

機内にはたった一人だ。搭乗口まではサングラスをかけた体格のいい男性三人が付き添ってくれたが、そのうちの一人に、「ミセス・オルブライト。モスクワに到着したら、オズワルドという男が迎えに来ます。彼の指示に従ってください」と低い声で言われ、背中

を押されるようにして乗り込んだのだ。

「用があるときは、シートの脇のボタンを押してください」

その男の言葉を思い出したオルブライトは、シートの肘かけのサイドについている黒いボタンを押してみた。

その途端、オルブライトは絶句した。

カーテンで仕切られた空間から迷彩服の上にグリーンのジャケットを着た一人の黒人青年が走り込んできたのだ。しかもそれは「ワシントン・クロニクル」のアシスタントのジョン・スカリーではないか。

「あっ、あなた……」

前日の夜、ニューメキシコの地下核実験場の周辺を取材に行くとジョンをだまして密使の旅に出てきたオルブライトが、今、そのだましたはずの本人を目の当たりにして言葉を失っている。

「あなた、どうしてここに……」

「今さらだまし続けるわけにもいきません。私はあなたのもとでスタッフとして働いていましたが、実のところは……」

「国際赤十字のボランティア！　そうなのね」

ＣＩＡ工作員と言いかけたジョン・スカリーは思わず言葉を飲み込んで、激しくうなずいた。だませるのなら、だまし続けたほうがいい。

ジョン・スカリーは核問題反対のキャンペーンを展開する「ワシントン・クロニクル」とオルブライトを監視するために当局から送り込まれた末端のエージェントだったのである。

オルブライトがケネディ大統領の密使を引き受けた以上、彼女の行動ベクトルとジョン・スカリーのベクトルは一致したも同然だった。そのため高齢の彼女を気遣ったCIAのカーター将軍から直々に身分を明かして機内での面倒を一切見るよう指示を与えられたのである。

だが目の前のボスは、ジョン・スカリーが国際赤十字のボランティアだと信じ切っている様子だった。なぜなら入社面接のときに医師の資格があると聞かされていたからだ。

「あの若僧のケネディも多少気が利くようね。そりゃそうよね。いくら、つまみ食いでもあれだけ女にだらしないと、少しは女心というものがわかるようになってくるのね。奥さんからこっぴどくやられたのよ。きっと」

たしかに正解だった。

そのあと彼女は、機内でいつものようにケネディのことを口汚く罵（ののし）ったあと、ほっとした表情で続けた。

「ともかくジョン、安心したわ。しばらくここにいて。アタシ、なんだか恐くなってきちゃった。密使だなんて……」

「誰しもそうですよ、ボス」

ジョン・スカリーはオルブライトの両手を優しく包むように握りしめた。

「そうね、心配しても何も始まらないわ。何か明るいことを考えなきゃね。あなた帰りは？　いつまで赤十字のお仕事があるの？」

「ボスが帰ってくるまで空港で待っています」

「本当？　じゃあ帰りも二人一緒ね。いえ、そうじゃないわ」

ジョンは思わず息を呑んだ。

……まさか死を覚悟しているのか。

しかしオルブライトは瞳を輝かせながら、

「帰りはね、一人増えてるのよ。この大きな飛行機にね、たった三人。もう一人は誰だと思う？」

「さあ」

ジョンはわざと首をかしげた。

「息子なの。息子よ」

「ボスの息子さんはソ連に？」

わざと驚いたように声をあげるジョンにうなずき返すと、オルブライトは頰を上気させながら、両手の指を折りはじめた。

「何年ぶりかしら。十七、十八、十九、二十……まあジョン、二十年ぶりよ。あの子は変わり者なのよ。俺はアメリカ人でもなんでもない国際人だ、地球人だなんて言ってね。もうずっと家を出たまんま。国籍なんてないに等しいのよ」

「そういう意味からすればボス、我々黒人も、今のアメリカでは国籍がないに等しいものですよ」

ジョン・スカリーは寂しそうに微笑した。

自由の国アメリカ合衆国にも黒人差別は根強く残っており、貧富の格差はますます広がる一方だった。

「ジョン。心配しなくていいわ。無事にアメリカに帰ったら、あの若僧に直接言ってあげるわ。テレビでおしゃべりばかりして何一つ実行に移せない、あの若僧に黒人の平等を保障するよう尻を蹴飛ばしてやるわ。ねえ、ジョン」

「ありがとう。でも黒人の権利は黒人が主張しなければ何も変わりません。そうだ。ボス、コーヒーをお持ちしましょう」

「そうね、いつもより少し濃くしてね」

ジョン・スカリーの大きな背中を見送りながらオルブライトはバッグの中にしまってあったケネディ書簡を取り出した。そして呟いた。

「こんな子供だましみたいな六六六の答えで本当にフルシチョフが納得するかしら。危ないわね、どうも……」

オルブライトの視界の端を絹のような輝きを放ちながら雲の束が流れていく。

彼女は気をまぎらわすために六六六の秘密について、自分なりの考えをまとめようと雲の上から推理を始めた。

## 3

――同日午前九時一分、ワシントンD．C．郊外

いきなり開いたドアの向こうには誰もいなかった。

ピストルを手にしたその男は、もう一度、表に出ると社名の入った看板を見て、そこがワシントン・クロニクル社であることを確認した。もちろん社主はこの二階に住んでいることまでわかっている。

真っ暗なオフィスの奥で、電源を切り忘れたのか、丸いライトの光だけが灯っている。潰れたのか、それとも取材か……。男は社主のものと思われるデスクのそばまで歩み寄ると、そこに置かれていたメモ用紙に視線を落とした。

『モスクワ。KGB、ケネディ、フルシチョフ、解放、大司教、死、NO、生、YES！』と乱暴に書き殴ってある。

「……おそらくモスクワに旅立ったか⁉　愚かな！」

男は吐き捨てると、ピストルから取り出した弾丸とKGBのバッジを、わざとデスクのうえに置き、足早にオフィスを出て行った。

やがて男は『星条旗よ、永遠なれ』の旋律を口笛で吹きながら芝生の上を大股に歩くと、

バイクのキーをズボンのポケットから取り出した。

「仕方ない。ならば、ターゲットを変更しよう」

KGBでは『救世主の塔』と呼ばれていた男は、そう呟くと、オフィスの前にあるイギリスのバイクメーカー『トライアンフ』社製3TA—21に乗り込んだ。

## 4

### ——同日午前九時三分、ホワイトハウス閣議室

ホワイトハウスの上空。

ちょうど二時間前に密使の女性記者を乗せたジェット機が通り過ぎていったが、その雲の下では、キューバに配備されたミサイルの対応をめぐって激論が交わされていた。

この日はケネディとジョンソン副大統領は公務のため外出しており、結果として最高司令官の二人が参加しなかったことが逆に自由な空気を生み、肩書きや役職ではなく一人の人間としての理念を明確にする場となった。

そのため空爆推進派のなかにも「海上封鎖を第一の手段とすべきだ」と寝返る者も出てきた。

国防長官のマクナマラもその一人だ。

彼は空爆推進派のメンバーを見渡したあとで次のように語りかけた。

「たしかにキューバへの核は撤去しかありません。断れば空爆です。いえ、先手を打って出ることも計算しております。しかし統合参謀本部は、軍事的に決定的な打撃を与える空爆は不可能ではないかと考えています。しかも、それ以上にどのような軍事行動を取ろうとも限定空爆でピリオドを打つことはできないでしょうな。その後の事態収拾のためにキューバへの侵攻がワンセットになるでしょう。このような状況は避けるべきです。となれば、現状から考えて海上封鎖が最善の策と考えます」

だが本音は、マクナマラは空爆のあとに核戦争がやってくることを、すでに想定しており、海上封鎖もそのステップの一つと考えていたのである。つまり同床異夢だったが、何も知らないソレンセンも海上封鎖を口にした。

「その通り。キューバはフロリダに報復攻撃を仕掛けてくる可能性があるのです。そうなると全面爆撃。次に上陸作戦。そして全面戦争。希望の光は見えてはきませんな」

それに六六六の謎にフルシチョフが好意的に反応した場合、空爆は無用の軋轢を生むことになる。しかも完璧な空爆などあり得ない。攻撃目標を核ミサイルに絞ってピンポイントで爆撃することは現在の技術では不可能に近い。そうなれば包括的な爆撃となり、すでに実戦配備されたキューバの地対空ミサイルによって米軍機が撃墜される恐れもあるのだ。そのあとは全面核戦争が待っている。そして人類は、あっという間に滅亡する。

しかしこの日、初めて会議に参加したCIAのマコーン長官によって空爆推進派が猛獣のような勢いで息を吹き返した。マコーンはカーターに輪をかけたように冷酷な表情で、低く野太い声でこう言い放った。

「すでに核弾頭が運び込まれているとすれば、海上封鎖というのは単なるイベントに過ぎないと思いますがねぇ」

茶色いべっ甲でできたフレームの眼鏡の奥。マコーンの瞳が青く鈍く輝いている。見たところシャープ過ぎるほどシャープだが、時折、鼻の下を指で撫でる癖があるところを見ると、No.2のカーターよりも少しは人間味があるのかもしれない。

「その通りですね」

そのときマコーンに同調するかのように超タカ派と言われている国防次官補のポール・ニッツが挙手をした。そして、その薄い口唇から鋭い言葉を吐いてみせた。

「いいですか。仮にキューバの核ミサイル基地に爆撃機を突入させミサイルを破壊できれば、それがもっとも安全で手っ取り早い解決策ではないですか。しかも予告なしに攻撃すれば、すべてとはいわないが大半のミサイルを使い物にならなくすることができるはずだ。新たにソ連がミサイルを持ち込むには時間がかかるでしょう。まちがいなくソ連のミサイルの脅威はなくなるのです。これでアメリカ、いや世界は守られるのだ。そうでしょう？」

ポール・ニッツはソ連の首脳陣は物事を理性的に判断するだろうから、核戦争へとエスカレートすることはないと判断していた。

だがソレンセンは、その逆でソ連が先制攻撃を行う可能性を五十％と見ており、危機的状況のなかでソ連首脳陣の理性的な判断などあてにならない。だからこそ、偶発的な核戦争が十分に起こりうると考えたのである。
結局、この会議でポール・ニッツ以外に空爆を主張したのは、次のようなメンバーであった。
トルーマン政権の元国務長官　ディーン・アチソン
統合参謀本部議長　マックスウェル・テイラー将軍
財務長官　ダグラス・ディロン
国務長官　ディーン・ラスク
そして海上封鎖あるいは政治的交渉を主張したのは、
国防長官　ロバート・マクナマラ
国家安全保障問題担当大統領補佐官　マクジョージ・バンディ
大統領特別顧問のセオドア・ソレンセンほかだった。
双方のメンバーをみると海上封鎖派のほとんどはケネディ大統領自身がホワイトハウスに引っ張ってきた人物で、見方を変えれば、これは世代闘争そのものだった。
この日、彼らのやりとりを黙って聞いていた司法長官のロバート・ケネディは、ポール・ニッツら空爆推進派に一つの盲点があることに気づいた。それは空爆によって完全にキューバとソ連の息の根が止められるのか、ということだ。もし、わずかな失敗があれば、全面核戦争に突入するだろう。だが、この日はあえてそれを口にしなかった。空爆推進派にクサビを打つのはまだ時期尚早に思えたからだ。

……やるなら明日以後だろう。それにしても気になるのは七十七歳の密使が携えている六六六の謎解きに対するフルシチョフの反応だ。もしすべてがうまくいったなら、今ここで行われている激論は、ただのディベートに終わるのだ。

たしかに覚悟を決めなければならない。国を守るとは、そういうことだ。そして妥協を目的にした交渉は、あり得ない。それは、もはや売国奴だ。やるとしたら交渉という名の戦争である。そう、やるなら外交という名の戦争しかないのだ。

ともすれば全面戦争も辞さず、という方向に流れていく議論の行く末をながめながら、ロバートは一人自分の胸に言い聞かせた。

## 5

### ——同日、ワシントン郊外

「ジョン！　ワシントン！　おいで」

そのアジア系女性はコーヒースタンドでコーヒーとオレンジジュースを頼むと、二人の少年を呼び寄せた。まるで子犬のように走りこんできた二人にオレンジジュースを手渡すと、彼女は右手にコーヒーの入った紙コップを持ったまま右脇にはさんだ新聞を左手に持ち替えた。勢いよく噴き出し続ける噴水のベンチに腰掛けると、折りたたんだ新聞に出ているニュートン文書の写真に視線を落とし始めた。

「なんだい？　それ？」

十四歳になるジョンが脇からのぞき込んでいる。もう一人のワシントン少年は近づいてきた鳩にポケットの中から取り出したパンくずを投げている。

「ケネディ大統領の持っていたニュートンのメモ書きよ」

「高いの？　安いの？」

「ジョン。そりゃ高いに決まっているわよ。ニュートンだからね」

「何それ？　ケネディは自慢話かい。こんな高いの持ってんだぜって」とジョン。

「わからないわ。でも、ここ見てごらんなさい。『不可能』っていうぐらいだから、多分ニュートンは難問にチャレンジしていたんでしょうね」

「このRTCって何？」

ジョンは右手の人差し指を紙面に這わせた。隣で大量の鳩に迫られているワシントンは両足をあげて「しっ、しっ！」と追い払い始めた。

「そうね、なんだろうね。それと、この黒い星は何かの記号でしょう」

「ダークスターだって。もしかすると暗号か何かかな？」

ジョンは新聞に書かれた文字を目で追っている。

「でも、これをなぜ大統領は公表したんだろうね」

日本人女性の言葉にジョンは笑い声をあげた。

「簡単だよドクターK。都合が悪いときに別の話題を出して目を逸らすってことじゃないの。右手のナイフを投げると見せかけて、左手で止めを刺すって具合だ」

「ああ、でも見破られちゃおしまいね」

ドクターKとは、この女性のニックネームだった。彼女はコーヒーを飲み干すと、ワシントン少年に声をかけた。

「こら！　鳩を蹴るなって！　あんたがエサを撒くから集まってきたんでしょうが」

するとワシントンは膝の上に乗ってきた鳩を追い払いながら、「こいつら鳩じゃねぇ。ハイエナだよ」

「それより、この国で何かが起こっているわよ」

「何が？」とジョン。

「さっき、国に力を貸してほしいと、ある人から電話があったのよ」

「力って？」言葉だけ投げるとワシントンは、鳩を捕まえようとベンチから飛び出した。

「こらっ！　鳩をいじめちゃダメでしょう。それより色街に出入りする困った大統領の弟に説教して欲しいって」

「大統領の弟ってロバート・ケネディ？」とジョン。

「エドワードの方よ」

ジョンは腰からゾーリンゲン社のナイフを抜きながら訊いた。

「説教しに行くの？」

「どうしようかな」

ドクターKが微笑を浮かべると、ジョンとワシントンは声を揃えてこう言った。

「行って叩きのめしてやんなよ！」

彼女は腕時計をチラと見ると腰をあげて二人に笑いかけた。

「そうね。場合によっちゃあ叩きのめして帰ってくるわ。それと、そろそろアブラムって子に会いに行くからね。アンタたちは先に帰っていいよ」

「アブラムかアブラハムか知らないけど、また難問の相談だろ。ドクターKも人が良いからね」

ジョンが皮肉っぽく言うと女性は首を振りながら、こう呟いた。

「キング牧師の依頼だから断れないのよね」

6

――同日午前十時十五分、ワシントンD．C．


「なんだって、こんなところに……」

リーバイスのジーンズの上に白衣をまとったエドワードは薄暗い部屋を見回していた。

あらゆる物がぽっかりと口を開け、呼吸をするのを忘れているかのように静まり返っている。かろうじて壁掛けの時計の針が午前十時十五分を指していた。

そこは一週間前までマフィアの売春シンジケートがオフィスとして使っていた部屋だった。

組織のエージェントが売り上げを数えていたところをアルバイトの少年に撃たれ、シンジケートのメンバーは蜘蛛(くも)の子を散らしたようになり、当局の捜査員による取り調べが二日前にようやく終わった部屋だ。

以来、空き家になっていたところをソレンセンがレンタルしたのだった。しかもエージェントは額を撃ち抜かれて、この部屋で死んでおり、犯人はまだ逃走中だという。

まさにいわくつきの部屋だった。

一階はいかがわしいマッサージルーム。三階は、最近流行しつつあるテレホンセックスを売り物にしたオフィスと、なんでもござれの雑居ビルだ。

エドワードが左手で壁を撫(な)でながら右手で電源のスイッチをまさぐっていると、黒い突起物に触れることができた。人差し指でパチリと弾(はじ)くと天井中の電灯が、まるで眠りからさめた赤ちゃんの瞳(ひとみ)のように次々と部屋のなかを照らし出していった。

デスクが二個。黒い電話が一つずつ二回線ある。受付のテーブルが一つ。三人掛けの応接ソファ。黒いカーテンの向こうは、通りに面した窓。たしか、あのカーテンだけは警備上、開けるなと、ソレンセンは言っていた。ふと見ればガラスで仕切られた書棚がある。

エドワードが近づいて中をのぞき込んでみると、分厚い聖書が隙間なく並んでいる。ギリシャ語版、ヘブライ語版、果ては日本語版まで並んでいる。その数ざっと五百冊。

「まあ、これならもっともらしいな……」

エドワードは、日本語版の存在に苦笑しながら、そのなかの一冊を手に取るとドサリと音を立ててソファに腰をおろした。

『世界中で最古の職業は売春婦とスパイと聖書に書いてある。ヨハネの黙示録研究学会のオフィスには最適である』

見ればジョン・F・ケネディのメモがテーブルに置かれている。

「まったくどうかしているよ、兄貴もソレンセンも……」

パラパラと聖書をめくっていると、たしかにケネディが言った通りのことが聖書には書かれてあった。

モーセの後継者となったヨシュアがエリコという町を籠絡するために二人のスパイを町に放ち、やがて捕縛の危機に陥った二人を一人の遊女が助けるという話が、それだ。ちょうど、それまで虐げられていたユダヤの民がモーセの力によってエジプトを脱出し、カナンの地をめざす『旧約聖書』「出エジプト記」に続く「ヨシュア記」に記されているエピソードだ。

ふとエドワードはその手を止めた。

あることに気がついたのだ。

聖書には章や節ごとに番号が振られているが、この数字と六六六と何か関連がないのだろうか。

たとえば『旧約聖書』の「創世記」の第1章、つまり一は物事の始まりを説いている章だが、この一には何か聖書に隠された意味がないのだろうか。一だけではなく、二や三や四、五、六など、だ。昨日も四は神聖数字だとラーギ卿が言っていたが、一から十までの数字にも同じような解釈が存在しないのだろうか。

……そういえば学生時代に友人がこんなことを言ってたな。すべての数字を足していくカバラの秘数によれば六六六の合計は、六＋六＋六＝十八。さらに一＋八＝九となり、六六六の秘数は九で、この九という数字に重要な意味が隠されている、と。その九という数字の意味は何だろうか。聖書に秘められていないだろうか。急いで第9章を開いてみると、そこは「創世記」で大洪水を逃れたノアが神から祝福されるという記述が縷々述べられていた。

……ノアが絶滅を逃れて救われた話か……。六六六の秘数「九」が人類の救済、神の救済だというのか。悪魔が人類を救うだって……。まさか。悪魔の数字がカバラの秘数では救いの数字に変化する⁉

悪魔が救世主になる……。どういうことだろう。

しばらく「創世記」の第9章をながめていたが、やがてエドワードはデスクの上にドサリと音を立てて投げるように聖書を置いた。無駄なことだな……。

数千ページにわたる圧倒的なボリュームがエドワードから根気を奪い去ったのだ。

ふと書棚を見ると『ドラゴンの歴史』という百科事典なみの分厚い本が目についた。

……ドラゴン⁉……竜か。そういえば、六六六の権威の源泉には竜がいたな……。しかし、なぜ竜がそんなに権威を持っていたんだろう。

エドワードは立ち上がると、その本を手に取りパラパラとページをめくり始めた。と、そこにメソポタミア文明の文字が飛び込んできた。

なるほど、よく読むと古代メソポタミアの竜は洪水をもたらす悪竜で、王の権威によって退治されたという。

「王の権威によって退治される竜か……」

エドワードは本を閉じると、再び書棚に戻しながら独りごちた。

「であれば、やがて六六六は退治されるのさ。現代の王ケネディ大統領に」

少し気が楽になってきたのか、エドワードは口笛を吹きながら時計を見た。ちょうど十時三十分を指している。そろそろアルバイトのスタッフが面接に来る時間だった。

変装用の黒縁の眼鏡を胸ポケットから取り出し、それを入口近くの洗面台の前でかけたあと、アタッシェケースのなかにある白髪のカツラをかぶって鏡の前で位置を確認する。これで誰もケネディ家の四男エドワードとは気づかないだろう。しかも雑居ビルのマフィアの借りていた殺人事件の起きた、いわくつきのオフィスに大統領の弟がいると考える人間もいないだろう。そういう意味ではソレンセンの計らいは的を射ているといえた。

しばらく鏡の前でカツラの位置を直していると、やがてドアがノックされた。

秘書は十時三十分ジャストにあらわれた。身長は一メートル八十あまり、仕立てのいいジャケットの下はＴシャツと革のパンツ姿だったが、野性的な瞳の光が鋭い輝きを放っている。しかも鼻梁（びりょう）は高く、顎骨（がっこつ）は騎士の鎧（よろい）を思わせる。すでに午前中だというのに、口唇から頬にかけて青い。

一瞬、身構えたエドワードに男は笑顔でグローブのような手を差し出した。

「あなたのボディガード兼秘書として雇われたニック・ジョンソンです。ＣＩＡではコーエン博士のボディガード兼秘書でした。なんなりとおっしゃってください。ドクター・アブラハム。別名エドワード・ケネディ」

バレていた。すでにバックグラウンドについてはコーエン博士から聞かされているようだ。

もちろんドクター・アブラハムとは、エドワードとソレンセンが事前に打ち合わせたコードネームだった。

「ニックか。心強いな。しかし正式に雇う前に一つテストをしたい。君はカバラの秘数を知っているかね」

「もちろんです」

エドワードは握手をしていた手を胸の前で組むと立ったままニックを見上げた。

「では聞こう。六六六はカバラの秘数によれば九になる。『旧約聖書』をひもとけば、第9章はノアが大洪水から逃れ、神の祝福を受けている章だ。つまり九は救いの章の数字だ。

悪魔の数字は、なぜ救いの数字に姿を変えるのかね。君の見解は？」

　ニックは片目をつぶってウインクをすると、彼の見解を一気にまくし立てた。

「簡単です。悪魔は、もともと天使だった。神は悪魔を使って、ときにドクター・アブラハム、あなたのように人を試す。神の子、救世主イエスでさえ、山中で修行しているときに悪魔に試されているからです。あなたが神の子なら、この石をパンに変えろと言われ、人はパンだけで生きるのではなく、神の口から出る一つひとつの言葉によると切り返しています。おまけに、あなたが神の子なら神殿の頂から飛び降りてみろと言われて、あなたの神である主を試みてはならないと切り返しました。また、もし悪魔にひれ伏すならこの世のすべての栄華を与えようと言われて、退けサタン、聖書にはあなたの神にのみ仕えよと書いてあると答えています。そのあとです。悪魔が離れて天使がイエスに近づいてきて祝福したのです。ドクター、つまり神は悪魔を使って人類を試すんです。人類が悪魔の誘惑に勝って、その勢力を打ち倒した、そのときはじめて神は人類を祝福する。だからカバラの秘数によって単純化された悪魔の数字六六六は、そのもっともシンプルな姿の九という数字をもって、実は自分が神の僕（しもべ）そのものだというまぎれもない事実を物語った。雄弁に。悪魔でさえ神の僕なのだから、人類よ、これを恐れるな、敬うなということを教えてくれている。そういうことです、ドクター」

　エドワードはぽかんと口を開けたままニックの顔を見上げている。つまりこの男には天性の知恵と知識が備わっている。

「ドクター。ご満足いただけましたか？」

ニックの問いかけに、ふと我に返ったドクター・アブラハムは眼鏡をぐいと押し込みながらうなずいていた。

「いいだろう。その考えも正解の一つだ……」

エドワードは、ピッチリとした革のパンツを穿いているニックの顔を見ながらうなずいた。

「大丈夫です。テディ。ニックは使えますよ。ナイスガイですぞ。しかも入院中のコーエン博士が推薦した人物です」

そういうとソレンセンは受話器の向こうからエドワードに大統領の指示で例の懸賞金の新聞広告は明日掲載されることになったと告げた。そして「ワシントン・ポスト」「ニューヨーク・タイムズ」など主要紙の名前を数社あげてみせた。

「そういうことなら明日にも問い合わせの電話があるかもしれないね」

「オフィスを明日からオープンしてください。じゃないと別なニュースが新聞に掲載されますよ。『新興宗教による新手の勧誘か』とね」

「仕方ない。あのナイスガイにもオフィスに入ってもらうよ。彼の知恵には目を見張るものがあるからね」

「それから今日の午後、そちらに日本人の聖書学者が行くはずです。賢明な人物だそうですから、いろいろと聞いてみてください。ただし日本の武道の達人だそうですから、妙なことを言うと投げ飛ばされるかもしれませんぞ」

「わかったよ」

電話を切るとエドワードはコーヒーを舌の上に流し込んだ。妙に甘ったるい味だ。やはりどう考えてもニックは骨の髄まで女性の影響を受けているとしか思えない。

**7**

**――同日正午、ワシントン州立病院**

「大統領。こんなにお忙しいときに……」

ベッドの上のコーエンの顔は薬品の影響からかやつれ、すでに頭髪は抜け落ち、まるで枯れ木のようであった。落ちくぼんだ両眼から、こぼれた一筋の涙がシミの多い頰を伝いおりてゆく。

五年前、大統領に立候補する前のケネディの前にあらわれたコーエンは、こう言った。

「私たちが抱える問題は、すべて人間が作り出したものだ。だから人間が解決できる。人間の理知と精神は解決不可能と思われることもしばしば解決してきた。これからもそうできると我々は信じるべきだ。迷うことはない。君の歩みを止めるんじゃない」

たとえばマフィアとの関係に代表される、これまで世の中に出ていない過去のスキャンダルなどもあって、自分が果たして大統領にふさわしいかどうか迷い悩んでいたケネディにとって、コーエンの言葉は聖書を読む以上の力を与えてくれた。そのことが昨日のように思い出される。

「心配するな。コーエン。必ず復帰できる。それまでゆっくりと休むことだ」

「ありがとう。それより、これを……」

コーエンは震える手でケネディに一通の封書を手渡した。

「これは私がまとめた、これまでの仮説です。ここに六六六解明のヒントがあります……」

「わかった。心配するな。今はホワイトハウスの緑の芝生に立つことだけを考えるんだ。二人でもう一度、青空を見上げよう。わかったね」

コーエンはゆっくりと右手を伸ばすと、ケネディの手を弱々しく握ろうとした。だがその手には力が入っていない。医師によると未(いま)だに毒物の分析が終わっていないらしい。それが判明しなければ解毒も困難だという。

ケネディは封筒を胸の内ポケットに差し込むと、微笑をコーエンに向けた。

「大丈夫だ。必ず復活する。なぜなら、あなたはウィリアム・コーエンだからだ」

病室を出たケネディはSPに囲まれながら脳裏をめまぐるしく回転させていた。

……それにしても、なぜ毒の解明ができないんだ⁉

しかもCIAでは体調に異変が生じて入院している者が相次いでいるという。キューバ危機がもたらしたストレスのせいかもしれない。一体、この事態をどう切り抜ければいいのだろうか。病室を出たところで補佐官のバンディが耳打ちをしてきた。

「大統領。ＦＢＩの調査によると、どうやらソ連製の毒が博士のガムボックスから検出されたそうです」

「ガムボックス？　博士がポケットに入れて持ち歩いているあれか？」

「そうです」

うなずくバンディにケネディは怒りを込めて命じた。

「すぐに解毒剤を用意させろ。誰がそれを仕込んだのかＦＢＩに解明を急がせろ！」

8

——同日午後二時、ワシントンＤ．Ｃ．


五分ほど前に下で銃声がした。

誰かが言い争う声がして、走り去っていく足音が聞こえ、バンと乱暴にドアを閉めて一台の車が発車した。どうやら白昼にも拘わらずギャングが口論の末、威嚇射撃をして逃走したのだろう。幸い誰も倒れていないのを確かめて、ほっとして窓から振り返ると、そこに丸い眼鏡をかけた小柄でスレンダーな女性が立っていた。

「ハロー！」

その女性は眼鏡を外すと、その美しい黒い瞳にやわらかな微笑を浮かべながら会釈した。ジーンズ姿で白いシャツにループタイという不思議ないで立ちだった。まるで農作業を途中で放り出してきたアルバイト女性のようでもある。しかし、まれに見る美人だった。よく見るとループタイの先端で十字架が揺れている。

すでにエドワードは、新聞広告が出るまでは、変装の必要はないと判断し、今は素顔をさらしたままだ。

「あなたは？」

エドワードは拍子抜けしたような顔で女性を見た。

「はじめまして。聖書学者の若泉ケイです。ＣＩＡのコーエン博士の紹介でここにお伺いしました。ＣＩＡの人達は私をドクターＫと呼んでいるそうです。ともかくお会いできて光栄です」

「エドワード・ケネディです。テディと呼んでくれて構わない。よろしく。えーっと。さっそくだが質問がある。なぜ日本人聖書学者とＣＩＡが関係しているのか？　二つめは、なぜあなたは私に協力するのか？」

「わかりました」

若泉ケイはうなずくと、微笑をたやさずに黒く輝く瞳をこちらに向け、静かにこう言い放った。

「ＣＩＡは日本人の中に聖書とキリスト教が、どれだけ浸透しているのか調べているということで、私はNASAのディビッド博士の推薦で紹介されたのです。そしてCIAに行くと、ここで面白そうなことが始まっている、と言われました」

「面白そうなことだと？　まあいい。それでCIAは日本の何が知りたい？」

「知りません。新しいコンピュータ・ソフトの中に取り込むデータが欲しいというので、日本のことや聖書が日本人にどれだけ受け入れられたかを講義しただけです……」

「じゃあ、CIAがここに来るように言ったのか？」

エドワードは眉根に皺を寄せた。

「言われて来たのではありません。ケネディ兄弟が何やら追い込まれているそうだ、という雑談を聞いて、じゃあ見に行きたいので紹介してくださいと言っただけです。答えは一つです。私はアメリカが嫌いなのです」

「なぜ？」

「それを聞きたいのですか？　聞かなくともわかるはずですけど」

若泉は、にこやかにきつい言葉を吐いてくる。

一方のエドワードは戸惑いながらも無理やり引きつった顔に笑顔を貼りつけた。

「いや、ぜひ聞きたいね。それでなくともケネディ家は君のような気の強い女から嫌われているんだ。これも世論調査の一環だ」

「そうですか。世論調査でしたら、どうぞ大統領のお耳に入れてください。私が嫌いな理由は父母の住むヒロシマに原爆を投下したからです。幸い私は九死に一生を得ましたが……

…」

「だとしたら、申し訳ない。だが、あれは戦争を終結させるため、やむを得なかったことだ」

「そうじゃないでしょう。アメリカは日本が天皇の命令で核開発を中止し、すでに核兵器を持っていないことを確認していたのです。日本の西側に二発も違う種類の核を投下したのは、ソ連に対するデモンストレーションであり、日本を実験場にしてデータを取りたかった。そういうことですね」

「そんな二十年近く前の話を今、持ち出されても困るんだ。アメリカは今、ソ連の……」

と言いかけてエドワードは思わず言葉を呑んだ。とても「核の脅威にさらされている」とは言えるはずもない。そこで慌てて言葉を継いだ。

「それより大事なことは未来だ。未来をどうするかだ」

「そうです。核の未来をアメリカはどうしようとしているのですか。私が不思議なのはイエス・キリストの教えを戴いた、この国が、キリストを否定しているソ連と同じように、なぜ最終兵器の配備に没頭しているのか。まったく理解に苦しみます。逆にもし私がフルシチョフならキューバのカストロ議長あたりと組んでアメリカの喉仏に核を突きつけてやりますね。そしてカトリック信者の大統領に核のボタンを押させて、一気にキリスト教まで粉砕しようとするでしょうね。汝の敵を愛せ！　本当にそうなんですか？　もし核戦争になればキリスト教は終わりの日に無力だった、そうなってもいいのですか？」

エドワードは息をのんだ。彼女はもしかするとCIAから、すべてを聞き及んでいるのかもしれない。だがそんな思いとは別に、若泉は微笑を浮かべたまま、にこやかにこう言った。

「そんなことも起こり得る時代なのに大統領は、この地球に核を残したまま月に行こうなどと呼びかけています。今度は月から核を射ち込もうって寸法じゃないんですか？」

「ドクターK。なんとなく君の言っていることはわかるが、ともかく過去も、未来も大事だが、今も大事だ。今の話をしよう。六六六について君の見解が聞きたい」

「その前に」

若泉は微笑を浮かべたままソファに腰をおろし、デスクの上に載せた風呂敷と呼ばれる唐草模様の日本式のバッグをほどき始めた。

「今日はご挨拶にお伺いしただけです。これから教会に行って子どもたちにボランティアで神様のお話をしに行くんです。『君たちの心のキャンバスに夢の絵の具で未来の絵を描こう』。こう呼びかけてくるのです。では、テディ。それからさっきギャングが私の風呂敷包みを奪おうとしたので叩き伏せておきました。今ごろアダルトショップの前に倒れているでしょうから救急車を呼んでおいてね」

若泉ケイは意味不明なことを言うと、一冊の本を置いて立ちあがった。

呆然とその美しい笑顔を見上げていたエドワードは、彼女が足早にオフィスを立ち去ってから気がついた。目の前に置かれていたのは一冊の童話だった。

「『星の王子さま』……。童話じゃないか！」

その途端、エドワードは窓辺に走り寄ると、髪をポニーのように束ねた若泉の後ろ姿に向かってこう叫んだ。

「子ども扱いしやがって！　ふざけるな！」

すると若泉は、こちらに向けて何かを投げてよこしたあと、後ろを見るようにエドワードに手でサインを送り始めた。振り返ると、デスクの上に置かれたグラスの中で一輪の赤いバラの花が揺れている。若泉ケイは、あの位置からたった今、見事に投げ込んで見せたのである。

まったくニンジャのような女性だった。

# 9

## ――同日午後六時、ホワイトハウス公邸

「大統領。大使からメッセージが届いています」

ワシントン市内での公務を終えて逸早く公邸に戻ったケネディ大統領に秘書官から手渡されたのは、国連大使のアドレイ・スティーヴンソンからの手紙であった。

二人のSPは部屋の中を、異変がないか確認して回っている。それにしても、ミサイル問題と六六六の聖なる暗号の二つの問題を抱えたまま、現政権の実績をワシントン市民に

アピールする作業は想像以上に疲れるものであった。きっと心のどこかに民衆を騙していると いう忸怩たる思いがあるのだろう。世界に冠たるアメリカ合衆国の喉笛にソ連のフルシチョフがジャックナイフを突きつけているのだと思うと、どうしても笑顔が引きつってくる。それを悟られまいと必要以上に陽気に振る舞っていることに、もう一人の自分が「お前もよくやるよ」とあきれた声をあげているのがわかる。

SPが部屋から出るのを待ってケネディはネクタイをゆるめると、ソファではなくベッドの上にどさりと腰をおろして倒れ込んだあと、封筒を開いた。そして公邸にまで送りつけてきた国連大使の緊急メッセージに視線を走らせた。

『親愛なるケネディ大統領

アメリカもトルコその他に基地を持っているのですから、世界はソ連がキューバに基地を建設しても、当然の権利だと考えるでしょう。銃を手に交渉しようとしても無理な話です。大統領、我々は世界中に展開している、どのミサイル基地であっても交渉の対象になるのだということを認識すべきです』

明らかにスティーヴンソン国連大使は政治的な交渉をすべきだ、と伝えている。つまりキューバにある基地をソ連に撤収させるかわりに、トルコでもどこでもアメリカのミサイル基地を撤収するという取引を行うべきだといっているのだ。

これを実行するとどうなるか。

ケネディは思考をめぐらした。簡単だ。国民の目には弱腰の大統領と映るだろう。いや国民だけではない。西側諸国の民衆はアメリカがソ連に屈したとみるのではないだろうか。そして強く出ればケネディはすぐに取引に応じる男だとソ連はみなしてくるだろう。妥協を前提とした交渉は売国と同じだ。

……残念ながら最善策ではない。これも空爆と同じ最後の選択肢だろうな。

となると海上封鎖という手段だが、当然、次のステージにエスカレートする可能性を否定することはできない。海上封鎖がソ連の強硬姿勢を招き、たとえばアメリカではなく西ベルリンが火の海になることだって考えられる。とすれば、やはりフルシチョフがキリストの暗号解読をめぐってそれをゲームだと称しているうちに、ゲームそのものをアメリカの手で完結させるのがベストではないか。

「キーはキリストの暗号か……」

ケネディが呟いたそのとき、突然、電話が鳴った。

手にした受話器の向こうから、ソレンセンの上ずった声が聞こえてきた。

「大統領。たった今、ドクターから連絡が入りました。国際赤十字は患者を無事に病院に搬送中です」

ケネディはうなずいた。ドクターとはＣＩＡのカーター将軍。患者とは密使ミセス・オルブライト。病院はモスクワのことであった。ソ連の盗聴を意識してあらかじめ打ち合わせていた暗号であった。ついに『聖典アストロノミア』奪取に向けて極秘作戦が開始されたのだ。

「ソレンセン」

ケネディは低い声で呼びかけた。

「いいかドクターに、患者の容態には、くれぐれも細心の注意を払って手術を進めるよう、伝えておいてくれ」

電話を切るとケネディは立ち上がりながらネクタイを締め直した。

そろそろワシントンの財界人とのディナーの時間だ。

## 10

――十月十八日午前九時三十分、ヨハネの黙示録研究学会

『大事なものは目に見えないんだよ』

若泉ケイからプレゼントされた『星の王子さま』を閉じると、エドワードは舌打ちした。

「その通りだよ。六六六の暗号の謎だけは二千年もの間、人類の目には見えなかったんだ。大事なもの過ぎてね……」

その日は、朝からオフィスの電話が鳴りっぱなしだ。

『人類史上もっとも解読困難なキリストの暗号を解こう！』という呼びかけは、またたくまに全米に広がり、六六六の数字によって脳裏を支配された人々が持論を展開するため電話に飛びついたのだ。

「オフィスの場所はどこか」「本当に懸賞金をくれるのか。用意はあるのか」「壮大な茶番ではないのか」「目的は？」「誰が正解を判断するのか？　神か？　人間か？　人間ならばすでに六六六の秘密を解き切っているのか？　いないのなら、なぜ正解だと判断できるのか」「インチキではないか」「つまらぬジョークで国民を愚弄する気なのか」

揚句の果てには、「これはKGBの陰謀ではないのか。責任者をすぐに出せ」

電話の内容は当初、エドワードが予想をしていたものとは大きくかけ離れた方向に走り始めていた。

「だからあなたは秘密を解いたのか解いていないのか、どちらだね？　お金をどこに準備していようが関係あるまい。切りますよ！」

ソファに座っているエドワードの背後でボディガード兼秘書の巨漢が乱暴に受話器を置くや否やけたたましいベルの音が部屋中に鳴り響き、再びニックの怒声がこれに続く。

エドワードは少し乱暴な物言いをたしなめるように白髪のカツラをつけた頭を左に振り、左手の人差し指を口唇につけてみせた。その意味するところを悟ったらしく、巨漢の秘書は小声でささやくように、

「だから言ってるでしょう。この問題は米国民を対象としたものだと。あなたが米国籍で、なおかつ聖書の民ならどんどん挑戦してもらいたい。しかし八百万の神が住む国からの参加は時間の無駄だ。むしろ我々を茶化しているのかと言いたいね。見物は要らない。知恵が要る。とにかく日本人の出る幕ではない」

ガチャリと音を立てたニックのその前でエドワードは、ひたすら自説を説く初老の男性に釘付けにされていた。

「六六六の謎を解くためには旧約を知らねば駄目ですな」

マイケル・バーグと名乗る皺の多い額を持ったわし鼻の老人は、T字形をした杖に両手を乗せたままこう言い放ったのだ。彼によれば、六六六の謎を解くためには『新約聖書』ばかり眺めていてはダメで、旧約にも目を向けなければならないというのである。

「そもそも旧約とは……」

そう言うと老人は、旧約と新約の違いから説明を始めた。

彼によると、旧約とは紀元前一二五〇年頃、それまでエジプトで奴隷として虐げられてきたイスラエル民族がエジプト脱出後、シナイ山で大預言者モーセを介して唯一神ヤーウェとのあいだに結んだ契約のことである。このとき神はモーセを通じて有名な十戒を与え、イスラエル民族が神の与えた律法を守るのなら、彼らは神ヤーウェの民となり、同時に神もイスラエル民族を守ろうと語った。

したがって他の神々を信じるようなことがあれば、この契約は破棄されることになる。しかも、そのとき神はイスラエル民族の前から消え去るだけではなく、『私を拒む者には、父祖の罪を子孫に三代、四代までも問う』というのだから恐ろしい。

一方の新約とは、一世紀初頭にパレスチナのガリラヤ地方で宣教活動を行ったイエスが説いたものである。イエスは頑迷で複雑な律法を守れば神の国に入れるというユダヤ教の律法学者の考えを否定し、「神の愛」を信じなければならないと主張する。

　さらにイエスは当時、権力者から虐げられていた貧しい人々を救うために、ユダヤ教の生命線ともいうべき安息日や食事などに関する儀礼的な律法、つまり神との古い契約を大胆不敵に破ってみせたのである。

　そのことが既得権益を持つユダヤ教の律法学者たちの怒りに触れ、イエスの磔刑と復活に行きつくのだ。その後、神の愛を信じ、神を愛することこそ重要なのだというイエスのもたらした新しい契約の思想は人種、民族、国家の垣根を次々に打ち倒し、世界中にキリスト教として伝播していったのである。

「ですからの、六六六の秘密を解くためには新約ではのうて、イエスが子どものころから学んできた『旧約聖書』の方に解答を求めなければならんのですじゃ」

「わかってますよ。そんなことぐらい」

　なかなか本論に入らない老人に苛立ちを感じていたエドワードは投げ捨てるようにそう言うと、眉間に皺を寄せながら右手でカツラをかきむしった。その途端、後ろにズレたが老人は気づかずに続けた。

「ならば、ご存じじゃと思うが、『旧約聖書』にも六六六という数字が出てきますじゃ」

　エドワードの右手が急に止まり、眉間の皺が消えた。

「どこに？　どこにですか？」

「ソロモンですじゃ」

「ソロモン？」

　エドワードは初めて老人の瞳をまじまじと見つめ、それが濁っていないことをたしかめた。

「そう、ソロモン王。ソロモン王が六六六の秘密を知っておる」

　すると老人は杖を脇に置きながら、エドワードにこう語り始めた。

「『旧約聖書』の『列王記』上の第10章の14を見て下され。そこに出ている」

　エドワードは聖書を開くと、急いで指示された箇所に右手の人差し指を這わせた。

　そこには次のような文言が記されていた。

『ソロモンの歳入は金六百六十六キカル』

　老人によればキカルとは『旧約聖書』に登場する重量の単位で一キカルが現代の約三十四・二キログラムに相当するという。したがって王が一年間に集めた黄金六百六十六キカルとは、現代にすれば約二十二・八トンにものぼるのである。

（ちなみに黄金二十二・八トンといえば、現在の時価では千百億円以上だ。金額だけ聞けば、そういうものかと思われるだろうが、たとえば西暦二〇一五年の日本の金の生産量が約七・七トンだったことを思えば、発掘技術の進んでいない時代に、その三倍もの金を集めたというのは、まさに驚異的な数値なのである）

「すごいな」エドワードは驚嘆した。

「そうでござんしょ。しかしね、ソロモン王はこれがもとで、おごりたかぶり、偶像崇拝や退廃への道を歩むのですじゃ。なにしろ彼には七百人の王妃と三百人の側女がいたっていうのですから。絶倫にもほどがある。まるでケネディですな」

老人はそう言うと笑ってみせたが、エドワードがクスリともしないのを見て、すぐに真顔になった。

どうも兄は老人層にも女性層にも今一つ人気がないようだ。なぜ大統領に当選できたのだろうか。エドワードはチラと思ったが、すぐに気を取り直してうなずいた。

「たしかにソロモン王の後、イスラエルは滅んでいますね」

正確に言えば、初代イスラエル国王のダビデに代わって神殿を建築したソロモンは、そこに神の箱を安置したため、彼自身が天罰を受けることはなかったが、その子供のレハブアムが王となった途端、イスラエルはイスラエル王国とユダ王国に分裂し、のちに時間差こそあれ、どちらも滅び去ってしまっている。

「資本主義者、守銭奴のような支配者にして倫理の腐敗を反省せぬ者こそ六六六なり。そういうことですじゃ。そこでソロモンです」

老人は万年筆を手にすると、白い便箋（びんせん）の上にそれを走らせた。

そこには英語でSOLOMONと綴（つづ）られており、SOLの三文字にラインが引いてある。

SOLOMON

「ＳＯＬ？」

「そうですじゃ。博士、ご存じのようにＳＯＬとは太陽神のこと。古代ローマで崇拝されていたソル信仰のことですじゃ」

ソルとはローマ神話の太陽神のことで、ギリシャ神話のヘーリオスと同一視されている神のことだ。キリスト以前は、このソル神が古代ローマ帝国皇帝の主神として崇拝されていたのである。

「なるほど」エドワードはうなずいた。

「そして、ここ」

老人はＳＯＬの下にあるＯＭＯＮの左側にラインを引き始めた。

「ＯＭＯＮ……これが何か？」

「そう。このＯＭＯＮこそ六六六の秘密を解く鍵だったのです。つまりアナグラムだったのですじゃ」

「アナグラム……」

アナグラムとは、たとえばＧＯＤをＤＯＧと並べ替えることで別の意味を生み出し、真実を覆い隠す暗号手法のことを言う。老人はＯＭＯＮを上から順に並べ替えていった。

ＯＭＯＮ
↓

「MOON、月か！」

老人はうなずくと再びT字形の杖に顎を載せ、呟くように言った。

「そのとおり」

「いかがでしょう、博士。六六六に象徴されるソロモン王という名前に太陽と月のアナグラムが施されていたのです。問題はこれをどのように読み解くかですが、私は聖書に着眼いたしました。『旧約聖書』・『創世記』第1章の16から18にこうあります」

老人は自説に説得力を持たせるため、あえてエドワードの前でそこを諳んじてみせた。

『神は二つの大きな光る物と星を造り、大きな方に昼を治めさせ、小さな方に夜を治めさせられた。神はそれらを天の大空に置いて、地を照らさせ、昼と夜を治めさせ、光と闇を分けさせられた』

「つまり太陽と月は、主の天地創造においては、光の支配者と闇の支配者のことなのです」

「…………」

「博士。古代からキリスト教では、神は光、闇は悪魔の象徴。つまりソロモン王には光と闇、つまり神と悪魔が同居しているのですじゃ。そこで博士。もう一度、ソロモンの綴りをご覧下さい。ソロモンのSOL、すなわち太陽は綴りどおりですじゃ。しかしその下の

MOONはアナグラムによって順序が変わっております。つまり月は形が崩れているのです。これは闇の勢力が崩壊していることを表しておるのではないかと思われます」

「うむ」

エドワードはますます身を乗り出した。ふと気がつくと巨漢の秘書がエドワードの背後に立ち、背をかがめるようにしてデスクの上の便箋をのぞき込んでいる。

電話は鳴りっぱなしだ。

「つまり」

老人は一呼吸置くと、背筋を伸ばしながらこう言い放った。

「光は勝ち、闇は崩れる。つまり『神は悪魔を崩壊させ打ち破る』。これが、これこそが六六六に隠された真の意味なのですじゃ」

「なるほど悪魔の宿命を封印した数字が六六六だというのだな」

エドワードは喉仏(のどぼとけ)を激しく上下させた。

「仰せのとおりにございます。したがいまして、悪魔の数字六六六はカバラ秘数によって、やがては救世主の秘数『九』に飲み込まれるのでございます」

老人は勝ち誇ったようにそう言うと、背広の内ポケットから葉巻を一本取り出し、マッチで火をつけた。

「わかった。よくわかった。主はあなたの知恵に讃美(さんび)を惜しまれないだろう。だが『ヨハネの黙示録』では、六六六とは獣の名前だというんだ。今の説は名前ではないね」

老人はエドワードの言葉にニヤリと笑うと紫煙を吐き出しながら言った。

「それがソロモンという名ですじゃ」

しかしエドワードは首を振った。

「だがソロモンは三千年近く前に生きていた人物だ。そして今はいない。つまり六六六＝ソロモン説というのは、矛盾している。重要なことは、はるか昔に生きていた人間じゃない。今、生きている人間の名前だ。悪魔のような人間の名前、あるいは集団の名がわからねば無意味だ」

「すでに存在しておるではありませんか？」

「…………」

エドワードは眉をひそめた。すると老人は自信満々にこう言い切った。

「金が大好きだったソロモンは新しい思想を生み出しました。先ほど申し上げたように、それがソロモンが集めた金の数字に象徴されている。つまり六六六、すなわち拝金主義。よろしいか。これから私が合衆国に新しい神を降臨させましょう」

マイケル・バーグは不敵に笑いながら中空に指を走らせた。

「神をあらわすGODにエルという神の名を入れることで、新しい神が誕生するのですな」

老人は宙に指を滑らせ、そこにGOLDと書き、三番目のLのあたりを丸く囲んでみせた。

## GⓁD

「よろしいか。上から三番目のエルはセム語系の最高神。つまりアナグラムGOD+Lの意味は、本来は最高神のこと。それが現在では金を意味する。これはどういうことですか？ そう。今や合衆国の最高の神は金になってしもうたのです。これ、すなわち拝金主義」

「なるほど、アナグラムか……。面白い。何でもかんでもアナグラムなら解決できるな」

エドワードは鼻で笑ってみせた。だが老人は皮肉ったのを理解しなかったのか、ますます勢いづきながら、

「そうですじゃ。思い出してくだされ。ソロモン王の集めた金は六百六十六キカル。すなわち、六六六とは人類を支配下に置こうとする拝金主義。ひいてはそれを推進するグループのこと。すなわち、その代表は……」

そう言うと老人は口唇を歪(ゆが)めながらささやいた。

「フリーメーソンリー。すなわちフリーメーソンがそれですじゃ」

「何？」

エドワードは思わず、あたりを見回した。幸いニック・ジョンソン以外オフィスにはいない。老人はさらに続ける。

「博士。フリーメーソンの起源はソロモン王にあるのをご存じでしょう」

「うむ」

たしかにエドワードも昔、友人から耳にしたことがある。フリーメーソンとは世界的な広がりを持つ秘密結社のことで、イギリスを拠点に発展した反バチカン組織である。起源については石工職人ギルド説やテンプル騎士団説など諸説あるが、もっとも有力なものの一つがソロモン神殿建築家説だ。つまりソロモン神殿を建設した石工職人たちがソロモン王の秘儀と奥義を伝承し、後世に伝えるためフリーメーソンを創設したというのだ。

「なるほど、ソロモン王を信奉する秘密結社フリーメーソンこそが六六六の正体だと。そういうことですか」

エドワードは顎ひげを撫で(な)ながら何度もうなずいている。たしかに陰謀論的には考えられないでもないが、しかし一つ疑問が生じる。

「なぜヘブライ語でもギリシャ語でもなく、英語でキリストの暗号が解決するのか。それが知りたいですな」

「簡単なことですぞ、博士。今や英語版聖書の発行部数は世界一です。つまり英語は世界の公用語といってもさしつかえありません。神は英語が世界の公用語になることがわかっておられたのです。したがって英語版聖書が世界中に普及したときに本物の六六六が台頭してくるのです。なぜなら、金融と核ミサイルを武器にした英語圏の合衆国が世界を制覇するまでは、人類を一瞬にして滅ぼすような力を、歴史上、如何(いか)なる帝国も手に入れてはおらぬからです。かのヒトラーにしても。しかし今、合衆国はそれを牛耳っておるのですじゃ」

老人はうなずくと、こう言って微笑した。

「では、あなたの言う六六六の狙いは？　一体なんなのです？」

「合衆国を使った世界の統一。すなわち一つの世界、ワンワールドでしょうな」

「そのときアメリカが六六六の手先となるわけですか？」

「たぶんワンワールドの前線基地となるでしょう。博士、国連はどこにありますか？」

「ニューヨークだ」

「その通り。あれこそが世界統一政府のひな型ですじゃ」

「……………」

エドワードは両腕を組んだ。

……なるほど。だからフルシチョフは、兄に挑戦状を送りつけてきたのか？　しかし六六六がソロモン王を信奉するフリーメーソンだとすれば、なぜソ連の首相が、わざわざフリーメーソンと対立しているカトリック教徒のアメリカ大統領に？

疑問が次々と湧きあがってくる。

「一ついいですか？」

「なんですかな？」

「このことを合衆国大統領が知ると、どういうことが起こりますか？　あなたが予想される範囲で結構です」

　老人が今度は腕組みをした。

「これをケネディが知ったら？　彼はカトリック教徒ですからな。文字通りフリーメーソンとの戦争が始まりますな。反バチカンのメーソンからすればカトリックのケネディは天敵ですから、大統領の座から引きずりおろされるか、あるいは下手をすれば暗殺されるかもしれません」

「暗殺……ですか」

　エドワードは言葉を失った。中らずといえども遠からずというところだ。老人は葉巻の火を灰皿の上で消しながら、

「しかし、ご安心くだされ。先ほど申したように、ソロモンを信奉するフリーメーソンも、ソロモンの名前通り、やがて神によって滅ぼされるということです」

　それからしばらく雑談を交わしていたが、来客が殺到し始めたのを見て、老人の方から腰をあげた。エドワードが丁重に礼を言うと、老人は帰り際にこう言った。

「もし、振り込んでいただけるなら、そうですな。キング牧師に寄付をして下され」

なるほど善意の第三者だったのか、とエドワードは微笑ましい思いで老人の背中を見送った。

## 11

### ――モスクワ時間十月十九日午前七時、モスクワ郊外空軍基地

緑地帯が目にまばゆかった。

白く厳しいモスクワの冬をこれまで想像してきたオルブライトにとって初めて眼下に見下ろすソビエトの大地は、アメリカ大陸とさほど変わらぬ優雅さと、決して群れることのない孤高の美しさを備えているように思われた。

途中、給油のため某空港に立ち寄った以外、順調に飛行を重ねたジェット機は左に翼を傾けると、窓の外のやや茶色がかった緑色の景色をオルブライトの瞳のなかに映し出した。

「ボス、見えますか。あそこに白い救急車があります」

黒人青年が肩越しに窓を指さしたが、そこには陽光を受けて銀色に輝く翼しか見えなかった。

「見えないわ」

「大丈夫、そのうちわかります。救急車を運転しているのが、ミスター・オズワルドです。彼に任せておけば、すべてはうまくいきます」

「あなたは？　あなたはどちらに？」

「私は、この飛行機に積んだ血清をモスクワ市内の病院に届けに行かねばなりません。し

ばしのお別れです」

ジョン・スカリーはウソのボランティア業務を告げると、オルブライトの右手を握りしめた。

「私も一緒に行くわ。ケネディの手紙は、そのあとでもいいんだから」

「ダメです。大統領の密使はクレムリンに。血液は子どもたちの待つ病院に。すべては、それぞれのルートをたどってもたらされるのです。同じルートをたどることはありえません」

ジョン・スカリーの説得にオルブライトは、しぶしぶうなずいた。

「わかった。そうするわ」

そのときだった。

機体が上下に揺れ、灰色の滑走路を猛然と走り始めた。

突然、襲ってきた胸の圧迫感を避けるように、窓の外に視線を投げたオルブライトの視界の中を赤十字のマークの入った白い救急車がかすめていった。

「ソビエトでもやっぱり赤十字なのかしらね」

振り返った密使にCIA工作員は笑って答えた。

「そうですよ。共産主義でも資本主義でも病院は十字架のマークに助けられるんです。もっともイスラム圏は赤い新月のマークです」

「なら、ソビエトもアメリカも、いつかわかりあえるときがくるわね、ジョン」

「そうなるといいんですが。もっともボスの両肩に米ソの平和がかかっているといっても過言ではありません……」

ジョン・スカリーが言いかけた途端、機体のスピードが落ち始め、エンジンの爆音にその声がかき消された。

ガガガッというブレーキの激しい音ときしむ音が交錯するなかで、ようやく落ち着きを取り戻した専用機は、管制塔から指示されたB滑走路に滑りこんでいった。

国際赤十字のマークの入った尾翼はその動きを静かに止めると、やがて用意されていたタラップがゆっくりと接近を開始した。

空の外では迷彩色の施された何十機もの戦闘機が、まるで威嚇するようにこちらを見つめている。

モスクワ上空の黒雲が重くたれ込めるなか、ジョン・スカリーに肩を抱かれながらオルブライトがタラップを一段一段下りて行くと、三十メートルほど離れた場所に止められていた救急車のなかから一人のやせた青年が、くわえタバコでブラブラと体を揺すりながらこちらに近づいてきた。

「相変わらずソ連のタバコはマズいな」

タバコと唾を同時にペッと吐き捨てたあと、それを足で踏み潰しながらオルブライトの目の前まで来ると男は、いきなり笑い声をあげた。

「なんだ、密使っていうから政治家かと思ったら、ご婦人か。俺はオズワルド」

白人の青年は無遠慮に握手を求めると、顎を振ってみせた。あれに乗れというのだ。ずい分無礼な出迎えだった。

やがて救急車に乗り込んだオルブライトにシートベルトを締めるよう促すと、青年は乱暴に車を急発進させた。

「ごめんなさいね。自己紹介が遅れちゃって。だってもう心臓がドキドキして言葉が出なかったもんだから。ここがソ連なのね。私はオルブライト。こう見えてもジャーナリストなの」

「大統領と仲いいのかい？」

オズワルドは白衣のポケットからロシアのタバコを取り出すと再び口にくわえ、器用に左手だけで火をつけた。

「仲良くなんてないのよ」

「どうして？　仲悪いのに、なんでケネディはあなたを密使にする？」

「馬鹿なのよ、あいつは」

「馬鹿がアメリカの大統領やってるのかよ」

「そうなのよ。ケネディはさっさとあの世に逝って、ジョンソンあたりが大統領にでもなればいいのよ」

「そりゃあいい考えだ。なるほど次はジョンソンか。ここだけの話、ＣＩＡでもケネディは評判が悪い」

「KGBでは？」

「もっと悪い。俺にいつか殺れと言うんだよ。部長はさ」

「それで？」

「断ったさ」

オズワルドは煙を吐き出しながら、左手の人差し指と中指にタバコをはさんだまま親指で鼻の頭をかいた。救急車は空軍基地を抜けて駐車場を猛烈なスピードで横切った。

「おっとサイレン。サイレン」

オズワルドは呟くとハンドルそばにあるフックを下げた。まるでオルブライトのあげた悲鳴のようにけたたましいサイレンが周囲に鳴り始めた。

「どうして暗殺を断ったの？」

オルブライトは声音をあげてオズワルドを見た。

「ケネディは殺すに値しないからさ。俺は大物しか殺らないのさ」

「フルシチョフはどう？」

オズワルドはダッシュボードを開くと盗聴器らしきものを指さして、叫ぶようにこう言った。

「どうと聞かれてもなあ」

盗聴器に目を奪われたオルブライトは、すぐに口を押さえてオズワルドを見た。二つの瞳が、あなた盗聴されてたのよ、大丈夫？　と語っている。

　オズワルドはニヤリと笑うと、

「大丈夫だよ。俺のほうは」

「なんでなの？」

「こいつはＣＩＡが仕掛けたのさ」

　言葉を失ったオルブライトは心の中で「あなたどっちのスパイなの？」と訊いたあとで絞り出すようにささやいた。

「なんで私がケネディの悪口をあなたと……」

「だから大丈夫だって。ＣＩＡはケネディを評価しちゃいない。これを聞いてる奴は手を叩いて喝采を送っただろうよ。それよりミセス・オル……オル」

「オルブライト」

「オル婆ちゃんでいこうよ。だって俺の婆ちゃんにそっくりなんだもの。なあ、オル婆ちゃん、この車はどこに向かっていると思う？」

「クレムリンでしょ。私はこれからフルシチョフと会うんだから」

「残念！　はずれだね」

「じゃあ、どこなの。ホテル？　レストラン？　おいしいロシア料理でもいただけるの？」

「すぐにわかるさ」

オルブライトは思わず手にしていたハンカチを握りしめた。これからフルシチョフと勝負しなければならないのだ。

母親としてではなく合衆国政府特使として……。

# 第四章　数字は悪魔を追いつめる

## 1

――十月十八日午前十時、ヨハネの黙示録研究学会

「ここにいる連中はサギ師だ。賞金なんぞハナから出すつもりはないぞぉ」

ハルマゲドン教会の代表が大声でわめき散らしてくれたおかげで、賞金目当ての挑戦者は一斉に引き揚げていった。

エドワードが使っているホットライン以外の電話線を秘書が引き抜いたため、オフィスにはすっかり静寂が戻っている。

ＣＩＡが用意した特殊メイクのおかげで誰もアブラハム博士がエドワード・ケネディだとは気づかなかったようだ。

「さっきのハルマゲドン教会のダンナの説。中国とアラブ連合が六六六という奴。どう思うかね」

両手を頭の後ろに組んだエドワードは背後にいる巨漢の秘書にこう聞いた。

「たわごとです」

「となると六六六というのは異邦人ではなく我が同胞ということか……。ソ連や共産主義国家ではなく……」

「そういうこと……ですかね」

信じたくはないという表情で、それでも秘書はうなずいた。

「あいつらはサギ師か新手の宗教団体、あるいはモサドのどれかだ！」

ハルマゲドン教会代表を名乗る男は、表通りに面したカフェに入るなり、先にコーヒーをすすっていた初老の老人に向かって低くくぐもった声で、その口から怒りを吐き出した。

「だろうな」

老人はうなずくと片方の眉をあげた。

ＫＧＢ宗教対策部長ミハエル・アンドロソフから二年前に工作員として派遣された二人のスパイは、ハルマゲドン教会という新興宗教団体を立ち上げ、そこを隠れみのにしてテレビ伝道を開始したのだった。彼らは最近広がりを見せている福音派と呼ばれる一派を装っていたが、この福音派は聖書に書かれていることを厳格に守り、神の教えには逆らわないと考えている。極端に言えば、最後の審判が起こればイエスがイスラエルに再臨すると信じ、むしろその日が来ることを切望している人々のことであった。その代表的伝道師、ビリー・グラハムらを中心として広まった福音派を隠れ蓑にした彼らは、テレビに出てはこういう主張を繰り返していたのである。

「最後の審判が間もなく訪れる。ソ連からの核ミサイルは必ず飛んでくる。我々は、そのときに備えてイエスの再臨をこの目で見て、同時に空中携挙を得るために、キリストに寄附を差し出さねばならない」

こうしてメディアを通じて反共、反ソキャンペーンを展開することで寄附を申し出てきた人物のリストを作成し、活動資金を得ると同時に、自動的に反ソ、反共の要注意人物リストを手に入れることができるのだ。さらに米国内に着実に人脈を広げ、政府、民間を問わず重要と思われる機密情報を本国の政府に伝達することが最大の任務であった。

今日、彼らのオフィスを訪れたのも新手の宗教団体が信者獲得のために派手な広告を打ったのか、あるいは偉大なる同志フルシチョフ閣下の作戦に恐れをなしたケネディ政権が、ついに六六六の謎を公開して国民の英知を結集して解明しようという奇策に打って出たのか、そのあたりの事情を内偵するためであった。

「あれはケネディ関連だろうな」

老人はコーヒーカップを皿の上に置くと小声で言った。テレビ伝道師は運ばれてきた紅茶にレモンを搾りながら聞いた。

「なぜだ?」

「ボディガードだよ。奴はCIAのコーエン博士のボディガード兼研究員だった男だ」

「コーエン?」

「そうだ。ケネディの父親代わりだ。イスラエル問題の専門家だ。ユダヤの秘儀にも通じている。連中はケネディの別働隊だろう」

老人はそう言うと、大胆にも店内で変装用の白髪のカツラを取りながら笑ってみせた。

「大丈夫だ。俺は帰るときに、こう言ってやったのさ。百万ドルあればワシはケネディの中間選挙の活動資金に寄附するつもりだよ、とね」

老人役を演じていたKGBの工作員はテーブルの上にJ・F・ケネディの後援会会員証を無造作に放り投げた。

「もし、あれがケネディの別働隊ならばどうする？」

「そのときは、さっきのアブラハム博士とコーエンの手下を暗殺する。何一つ証拠を残さずにな」

「まあ、汚れ仕事は俺の分担じゃない。なにせテレビで面が割れている。お任せしよう」

ちょうど二人が互いの目を見てうなずき合ったときだった。空席の目立つ店内の隅のほうにいたヤンキースの帽子をかぶった黒人の少年が、自分の真向かいに座っているアジア系の女性を見て笑った。

「ねえ、今、あそこのおじさんの頭の色が白から金色に変わったよ」

「あら。縁起がいいわね」

アジア人らしき色の白い女性は、チラと後ろを振り返ったが、そのとき、すでに二人は席を立っており、背の高いガッチリした男の背中しか見えなかった。

「それより百万ドルが手に入ったら、本当にお父さんたちのグループは釈放されるの？」

「そうだよ。一人頭三十万ドルだから、三人で九十万ドル。高いね、保釈金」

「仕方ないわ。キング牧師から頼まれた以上、引き下がれないわ。お金持ちの知り合いがいればいいんだけど、見つからないんだから、この手に賭けるしかないわね」

「大丈夫？」

「大丈夫……だと思うの、でもお姉さん、この間、あそこで悪態ついちゃったから追い返されるかもしれないわ」

「変装したら？」

「駄目。フェアじゃないわ。正々堂々とするのが日本のサムライよ」

「女ザムライ？　わかったよ。がんばってね」

するると突然、その女性の口調が変わった。

「君も同席するのよ。お父さんの保釈金を稼ぐ賞金ハンターなんでしょ。いわばタッグを組んだチームメートなの。だから。一緒に来・る・の！」

「子ども連れの賞金ハンターか。悲しいね」

「いくわよ」

その女性は分厚い聖書を脇に抱えると立ち上がり、黒人少年の手を引いて通りに出た。

## 2

――同日午後十二時十五分、ワシントンD．C．


ワシントンの、とあるエリアに密集するビル街の中に、一九三六年にひっそりと造られた聖ヨハネ教会。

これまで、その教会に通う信者に出会った者はほとんどいない。

なぜなら、そこはKGBの拠点として建設されたからである。

ステンドグラスに彩られた教会の内部は一応それらしい内装になっており、巨大な木製の十字架と華やかな祭壇も置かれてはいる。そして、ときどきパイプオルガンの調べが流れてくることがあるが、その旋律はチャイコフスキーの交響曲第六番の『悲愴（ひそう）』を思わせる、不吉で重々しい名もなき曲であった。もちろん礼拝の時間も説教の声も漏れてくることはない。

なぜなら、ここは古儀式派にのっとった教会だからである。古儀式派は一六六六年から六七年にかけて、ロシア正教のニーコン総主教の典礼改革を拒んだために破門され、その後も古いキリスト教を守ってきたロシアの宗派だった。

彼らはソビエト連邦成立後もレーニンの妻から「富裕階級との闘争とは古儀式派との闘争である」と言われ、富裕層の黒幕として古儀式派のメンバーは迫害に次ぐ迫害の結果、アメリカなどに亡命を余儀なくされたのだ。あえてソ連が拒絶してきた古儀式派の、その教会をわざわざKGBがワシントンに建ててみせた理由は明快である。もちろんKGBの息がかかっているということをCIAやFBIに対してカモフラージュするためであった。

ちなみに古儀式派にとっての六六六とは、自分たちを破門したニーコン総主教その人であった。

「それにしてもマヌケな話だな。アブラハム博士はエドワード・ケネディだぜ」

急ぎ足でエドワードの事務所から戻ってきた二人のスパイは、通りに誰もいないことを確認したあと、扉を開け、ステンドグラスを通じて陽光の差し込む薄暗い教会の内部に足を踏み入れた。

「さて今後どうするかだな。ときどき、あの事務所に顔を出してみるか」

「いや、やめておこう。こちらの面も、そのうち割れるだろうからな」

二人が礼拝用の机の上に腰をおろして、今後の対応策を協議しているときだった。

ふいに扉が静かに開き、一人の男が足を引きずりながら入ってくると、物乞(ものご)いを始めた。

「どうか、パンを一切れいただけませんか？」

邪魔者を追い返そうと、一人が立ちあがり、「お帰りなさい。ここには何もありません」と厳かな口調で近づいたときだった。いきなり男が右手を宙に上げ、十字を描いた。が、あまりの速さに、それが何をしたのかさえわからない。いや、わかるはずもない。

「えっ？」

次の瞬間、ＫＧＢのスパイの一人は喉をかき切られ、鮮血を噴き上げながら後方に倒れ込んだ。

「どうした？」

もう一人の男が振り返ると同時に、弾丸のような速さでナイフが飛んでくると、一瞬のうちに喉元に突き刺さり、崩れ落ちるように後方に倒れ込んでいた。

男たちは自分の身に何が起きたのかわからなかったが、その物乞いの男の顔には見覚えがあった。

……ま、まさか……『救世主の塔』が……ここに⁉

やがて男は喉元のナイフを引き抜きながら、

「気づくのが遅い人間は、とことん駄目だな。教会の隣のビルからＦＢＩが監視していることさえわからんのか！　こっちまでヤバいことになるだろうが‼」

男はナイフについた血を舌でなめたあと、腰のベルトに戻し、何事もなかったかのような足取りで教会を出て行った。

こうしてＫＧＢの男たちは『救世主の塔』によって天に召されたのである。

## 3

### ――同日午後一時、ヨハネの黙示録研究学会

一度訪問したオフィスは、昼休みで誰もいなかった。

一時間ほど待って再訪すると、そこにエドワードと秘書の男性がいた。

エドワードは若泉(わかいずみ)ケイの姿を見て立ちあがると、ニックに紹介した。しかしニックはニコリともせずに、事務作業を進めている。

「やあ、ドクターK」

ゆるやかな陽光が差し込むオフィスは、久しぶりに華が咲いたように明るくなった。

やがて若泉は隣にちょこんと腰をかけている黒人の少年のことをアブラム・リンカーンだと紹介した。アブラムとは聖書によれば、ユダヤ人の始祖アブラハムが神に命じられてアブラハムと改名をする前に名乗っていた名前である。

「人類の始祖に、有名なアメリカ大統領か。ずいぶん豪勢な名前だな、坊や」

エドワードは笑顔で少年を見た。だが少年は、

「僕の名前がリンカーンじゃなく、もしケネディだったら自殺してたね」と無邪気に笑ってみせた。

大統領は子どもにも人気がない⁉ 一体どういうことだろう。これでは中間選挙にさし

つかえる一方だ。

ジョークのつもりだったのだろうが、エドワードは真面目な表情で問い返した。

「なぜかな？　なぜケネディでは駄目なのかな」

「だってあいつは嘘つきだもの」

「嘘つき？」

「ニューフロンティアはどこにあるのさ。足元のワシントンにさえ、ありゃしないよ」

「どういうことかな？」

「テディ」

そのとき日本語版聖書をパラパラとめくっていた若泉ケイが顔をあげ、エドワードを見た。

「私から説明します。はっきり言ってケネディ政権は、こけおどしです」

「ほう？　またかい」

「私は学生時代、日本からアメリカにやってくると、この国の事情を知るためにあらゆる交通機関を使って旅行して回ったことがあるのです。そのときキング牧師と出会ったわ」

「キング牧師と？」

エドワードと秘書が同時に呟いた。

「そうです。彼は私に、ケイ、この国には自由があるといわれるが、本当は自由などどこにもないのだと言ったんです。ないからこそスローガンがあるのだ、と私に言いました」

若泉は続けた。それによると、昨日キング牧師から、この少年を紹介され、彼の父親がＦＢＩに逮捕され拘留されていることを聞かされたというのだ。

「なぜ拘留されたのだろう？」

不思議そうに尋ねるエドワードに少年は言い放った。

「水を飲み、映画を見て、用を足した。ただそれだけのことだ」

「どうして、そんなことで」エドワードは顔色を変えた。

「パパはね、白人専用の水飲み場で水を飲んで、白人専用の映画館で映画を見て、白人専用のトイレでおしっこをしたのさ」

「そうです。それでアブラムの父親はＦＢＩに逮捕され、今、ワシントン郊外の刑務所のなかにいるんです」

「しかし、なぜ六六六の秘密と、その話が関係しているのかな」

エドワードはそう言うと心なしか声が上ずっている自分に気がついた。

「お金がいるんです。保釈金がいるんです」

「保釈金？」

「そうです。アブラムの父親は三人で抗議行動を起こしたんです。保釈金は一人三十万ドル必要なんですね。三人で九十万ドル。つまりここで私が百万ドルを手に入れたなら、この子の父親たちは保釈されるんです。ですから、今日の私はあなたのスタッフではなくて、賞金ハンターとしてここに来させてもらったのです」

「そのために賞金を……ならば、私は厳しく接することにしよう」

「そうですね。たしかに厳しかった。なぜなら、ここは日本人お断りだとさっき電話で言われました」

「そのとおり」

背後にいたニックが立ち上がると、エドワードの隣に腰をおろした。

「なぜ日本人では駄目なんですか？」

「聖書の民ではないからだ」

秘書は低い声で言った。

「つまり異邦人では駄目だというんですね」

若泉ケイはうなずくと日本語版聖書を開き、そのページの一節を英語で読み上げた。

それは「使徒言行録」におけるパウロのセリフだった。

「『……この神の救いは異邦人に向けられました。彼らこそ、これに聞き従うのです』。どうでしょうか。聖書にこう書いてあるではありませんか。異邦人でも救われると。神の言葉に聞き従うと」

「いや」

今度はエドワードが否定した。

「君が日本人であっても、イスラム教徒であっても、それは構わない。しかし日本人に六六六の秘密が解けるとは思わない」

「なぜ？」

エドワードは平静を装いつつも若泉に向かって、このように反論した。

「我々は二千年もの間、この問題に取り組んできた。しかし未だに正解にたどりついていない。聖書が日本に伝わったのは中世のころだと聞いている。そして今、あなたの持っている日本語版の聖書が誕生したのも戦後ではないかな？　第二次世界大戦中にそのようなものを持つことは日本人には許されなかったと思う。したがって日本語で解釈することは、あまりにも現代の視点に偏りすぎており、日本人が二千年も前の神の言葉の良き理解者とは思わない」

「なるほど日本語で読み解くという点と、日本人の血が流れている私が聖書の民ではないという二点においてテディは私の挑戦を認めないとおっしゃったわけですね」

若泉は日本語版聖書を手に取りながらエドワードに念を押した。

ケネディ大統領の弟がうなずくのを見て、若泉は再び口を開いた。

「反論があります。『創世記』のたしか第11章……」

そう言うと若泉は聖書をパラパラとめくり始めた。やがて手が止まった。

「ここです。バベルの塔です。ここにこう書いてありますわ。

『世界中は同じ言葉を使って、同じように話していた』

『主は降って来て、人の子らが建てた、塔のあるこの町を見て、言われた。

「彼らは一つの民で、皆一つの言葉を話しているから、このようなことをし始めたのだ。

これでは、彼らが何を企てても、妨げることはできない。我々は降って行って、直ちに彼らの言葉を混乱させ、互いの言葉が聞き分けられぬようにしてしまおう」』

テディ、聖書の神は世界中の言語を一つにもできるし、バラバラにもできる。つまり言語を司る神でもあるわけでしょう？　英語や日本語がわからないはずはないと思いますが……」

そう言うと若泉は、口辺に皮肉っぽい微笑を浮かべてみせた。

「…………」

エドワードは言葉を失った。たしかに詭弁である。詭弁ではあるが、目の前の女性の発言を否定することとは、まぎれもなく神の力、能力を否定することになるのだった。

若泉はその様子を見ながら、こう続けた。

「そしてもう一点、日本に聖書が持ち込まれたのは中世以後であり、日本で聖書が読まれるようになったのも戦後、あなたたちが乗り込んできてからではないかとする発言に対してですが、では逆にお伺いしたいのです」

若泉の右手の親指は聖書の前半部分、つまり『旧約聖書』のあたりにフックされると、今度は左手でパラパラとページをめくり、ある箇所までくるとピタリと止まった。その場にいる全員の視線が釘づけになっている。

「『出エジプト記』の第3章にこうあります。『神はモーセに、「わたしはある。わたしはあるという者だ」と言われ……』これはどういう意味でしょうね？」

「神は絶対の存在ということだよ。過去も未来もない永遠の存在という意味だ」

エドワードは答えた。隣で秘書兼ボディガードもうなずいている。

若泉は続ける。

「では、これはどうですか？　『ヨハネの黙示録』第22章の12から13」

「『見よ、わたしはすぐに来る。わたしは、報いを携えて来て、それぞれの行いに応じて報いる。わたしはアルファであり、オメガである。最初の者にして、最後の者。初めであり、終わりである』」

「これも神は永遠ということだ」

エドワードは若泉を正面から見すえた。

すると若泉は、即座に切り返した。

「つまり聖書の神は時空を支配する神ということじゃないでしょうか？　その永遠の神が日本にも聖書、いや神の言葉が伝わることとさえ見通すことはできなかったとおっしゃるんですか？　いや日本などという極東の国の存在など知る由もないとおっしゃるわけですね。『創世記』によれば神は宇宙をはじめ天地を創造したことになっています。でも、日本だけは例外だったということですね。よしんば日本という存在を知っていても、約二千年後の日本人が神の言葉を読み、これに耳を傾けるようになることなどあり得ない、いやそれを見通すことさえできないのが聖書の神なのだとおっしゃるわけですね。いえ、もしかすると神とキリストは全く関係のない存在だということでしょうか？　もちろん、あなたたちの考えではそうじゃないのでしょう。だとすれば、私の挑戦を受け入れないということは、すなわちあなたたちが時を支配する神、世界中の言葉を司る神、唯一絶対の神を心の底では信じていないということです！」

「失礼する。君、聖書はね……」

突然、割り込んできたニックを左手で押しとどめるとエドワードは、呟くように言った。

「わかった。ここで神学論争を始めても仕様がない。それよりドクターK。あなたの六六六の解釈を聞こう。話はそれからだ」

「ありがとう。ご厚意に感謝します。もしここで断られていたなら……」

若泉は隣にちょこんと腰かけているアブラム少年のほうをチラと見ながらため息をついた。

「断られていたならどうするつもりなんだ？」

エドワードは片方の眉をあげた。この少年の父親たちに脱獄でもさせるつもりかと一瞬思ったのだった。だが若泉はため息をついたその口から意外な言葉を口走った。

「そのときはホワイトハウスに乗り込んでケネディ大統領と直談判するつもりでした」

「直談判？」

「そうです。テディ。あなたを信じて言いますが、この子の父親が釈放されなければ近々キング牧師はワシントンで十万人規模の大行進を行う手はずになっているんです」

「なんだって⁉」

エドワードは思わず腰を浮かしかけた。よもや、キューバからミサイルを突きつけられているというこの時期にワシントンで十万人規模のデモが計画されているとは……。

二つの陰謀が一つになったときを想像した大統領の弟は、背筋に冷たいものが流れていくのを感じ、再びソファに座り直した。同時に目の前の女性が救世主ではないかと思えてくるのだった。うまくいけば二つの陰謀を合衆国から一掃することができるかもしれない。

エドワードは真剣な表情で若泉に話を始めるように促した。

「能書きはこの辺にして六六六の謎について説明します。まず私は聖書とは数字の書ではないかと思ったんです」

「数字の書……」

「そうです。テディ。たとえば『ヨハネの黙示録』第13章の15には何が書いてありますか?」

答えたのはエドワードではなく秘書のほうだった。

「テストですか? 意地悪だ。ヨハネの13章の15ですか? 例のあれだ」

そういうと巨漢の秘書はボディガードのいかめしい顔から学者のような顔に戻り、次のような一節を暗誦してみせた。

『第二の獣は、獣の像に息を吹き込むことを許されて、獣の像がものを言うことさえできるようにし、獣の像を拝もうとしない者があれば、皆殺しにさせた』

「すごいわ。そのとおり。なぜわかるの?」

若泉は聞いた。

「数字で覚えてる。『ヨハネの黙示録』に出てくる章や節の番号には、暗号のようにそれなりの意味が込められているのです。たとえば、13章は縁起の悪い数字だから、それこそ二匹の獣が暴れ始める章だと大まかに覚えておくんです」

「じゃあ15は？」

「1と5を足すと6です。六六六というほどだから縁起のいい節ではない。つまり皆殺しの節だっていう具合に覚えていったんです。もっとも祖父から教わったんですが……」

「なるほど、数字に兆しを見るわけか」

エドワードは秘書を見て感嘆したように首を振った。ニックは続けた。

「博士。たとえば13章の3。これは『この獣の頭の一つが傷つけられて、死んだと思われたが、この致命的な傷も治ってしまった。そこで、全地は驚いてこの獣に服従した』という一節です」

「しかし3は縁起のいい数字のはずだが……」

「獣にとって縁起のいい内容です」

「なるほど。そういうことか、立場が逆になるわけだな」

「秘書の方、すると13章の4は？」

若泉の言葉にうなずくと、ニックは再び暗誦（あんしょう）した。

「『竜が自分の権威をこの獣に与えたので、人々は竜を拝んだ。人々はまた、この獣をも拝んでこう言った。「だれが、この獣と肩を並べることができようか。だれが、この獣と戦うことができようか」』」

「テディ。日本人のあいだでは四と聞くと死につながるから縁起が悪いと言われています。でも聖書の民にとって四というのは神聖な数字だそうですね」

「そうだ」

ニックはうなずきながら、こう続けた。

「なぜなら神はYHWHと四文字で書いてヤーウェとかヤハウェとか呼ばれているから。だから古代から神聖四文字と、その数字四は聖なる意味を持つんだよ」

「しかし13章の4は獣が人々から神のように拝まれる箇所だ」

エドワードは秘書を見た。

「だからテディ。獣の側に立つんです。そうすると獣は神にとってかわる立場につくと言ってるんですよ。この節は」

「なるほど。しかし、なんだかこじつけっぽいな」

「こじつけもできない人が、なに偉そうに言ってるんですか。テディ、科学的態度で臨むという人にかぎって科学がもっとも重視する仮説一つ立てられないものです。そういう人にかぎって他人の研究成果を自分のものだと思って偉そうにふるまってるだけだ。これまでのノーベル物理学賞にしても化学賞にしても、受賞者はみんな既存の定説を覆した人ばかりです。彼らは最初、嘲笑され、困惑され、やがて賞讃された。でも笑わば笑えの精神で貫いた。だからこじつけって言う人にかぎってですね……」

「わかった。わかった。撤回する」

二人のやり取りが終わるのを白い歯を見せながら待っていた若泉は続けた。

「では、次に13章の18。たとえば18を1と8にわけて足すと、カバラの秘数の基本では9になります。9には、人間に対する呼びかけや、救いの兆しが隠されてるのではないかと私は考えたんです。そしてそこにはこう書かれてありました。『ここに知恵が必要である。賢い人は、獣の数字にどのような意味があるかを考えるがよい。数字は人間を指している。そして、数字は六百六十六である』。神は人間に対して六六六の暗号を解けと呼びかけている箇所でした」

「なるほど、この暗号を解くことで人間は救われるということか……」とエドワード。

若泉は再び右手の人差し指を走らせて、それを読みあげた。

「たとえば、『ヨハネの黙示録』の13章の9は、『耳ある者は聞け』です。どうです？　人間に呼びかけてるでしょう。聞けば、その人に救いがくると」

「じゃあ10はどうなのかね？」再びエドワード。すると若泉ケイは、

「テディ。たしか『黙示録』の13章の10にはこう書いてあります。

『捕らわれるべき者は、
捕らわれて行く。

剣で殺されるべき者は、

剣で殺される。

ここに、聖なる者たちの忍耐と信仰が必要である』

これは文字どおり悲惨な状況の中でも忍耐と信仰心を忘れるな。完全なる信仰者であれ、さすれば救われるであろうということですね。つまり、物事の完成をあらわす数字が10なのです」

若泉はさらに続ける。

「ところが六六六の暗号が封印された第13章には、カバラの秘数で10になるはずの19の節がないのです。突然、第14章の1が始まるのです。これはどういうことでしょうか。私は考えた末に六六六の暗号が、もし人類に解けなければ、人類の生存はあり得ないという警告なのではないかと思い至ったのです。解くか解かぬかによって人類は天国を地上に築けるのか、それとも地獄に向かって突き進むのか、それほど重要な秘密が六六六には隠されている。そしてその秘儀を解く鍵（かぎ）こそ聖書のなかにあるのではないか、と考えたのです」

若泉ケイはニックが目の前に置いたコーヒーカップを口元に傾けたあと、さらに続けた。

「失礼。したがって六六六の秘密を解くためには、六六六という数字を聖書から切り離して、机の上であれこれいじくり回しても駄目なのであって、六六六というキーワードはあくまで聖書に差し込んでこそ、はじめて暗号の扉が開くのではないか。そのような推論に達したのです」

「しかし、ドクターK」

エドワードは反論を試みた。

「私も多少なりとも聖書について研究したことがあるが、現在の『旧約聖書』に用いられている章や節は一二〇七年に英国カンタベリー大司教に就任したスティーヴン・ラングトンによって導入されたと考えられているね。その理由は聖書の文言が礼拝に用いられるようになったからだ。どういうことかというと、皆で聖書の文言を読む際、一息で読まなければならない。だから数字を打って、呼吸が切れないような場所で段落に分けたといわれているそうじゃないか。新約の場合は、もっと新しくて、たしか一五五一年、パリの印刷業者だったロベール・エティエンヌが導入したようだな」

隣で沈黙を守っていた秘書もエドワードの言葉にうなずくと、厳しい口調で追従した。

「だから聖書に章節区分が取り入れられたのは今から七百五十年前、あるいは新約でいうと四百年前のことだ。もとから原典に章節区分があったわけじゃない。それに文脈を意味不明に切断してるところがあるから、今では章・節を無視しようという動きも起きてるんだ。だから章節はあくまで便宜上のもので、絶対的なものじゃない。私も暗誦するときの目安として数字を大事にしているだけのこと。つまり人間が勝手にやったことだぞ」

すると突然、アブラム少年が口を開いた。

「神の意志を受けた人間だと考えたらどうなの？　天啓を受けた人間だとしたらどうなの」

「そうです」

若泉はうなずいた。

「アブラムの言うとおりです。私は以前、物の本で読んだことがあります。その昔、エジプトの王が聖書を翻訳しようとしたといいます。そのとき王は七十二人の部下をエルサレムに住む七十二人のユダヤ人の長老のもとに送り込んだというんです。その七十二人のユダヤ人たちは顔見知りでもなんでもなかったというのに完成した翻訳文は全員が一致していたというんですね。聖書は霊感の書といわれるゆえんではないでしょうか。たしかに聖書に書かれている記述、内容は数字に頼るものじゃないと思います。内容は文脈で解釈するしかありません。ですが、章や節の数字にも重要な意味が隠されていると思うのもまちがいではないと思います。なぜなら聖書を支配しているのは神の意志です。聖書は神の作ったコンピュータと同じ機能を持っているのではないのでしょうか。だからそこに記された文字も数字も神の意志を反映したものではないのでしょうか」

「なるほどわかった。ドクターK。あなたの説を聞こう。これも神のご意志かもしれん。それで？」

「まず私は六六六が、いかなる意味を持っているのかを調べてみました。わかりやすくいうと、この六という数字が聖書においてはどんな意味を持った数字なのかを調べてみたのです」

「つまり六という鍵(かぎ)を聖書のなかに差し込んでみたというわけかね」

「そのとおりです。『創世記』『出エジプト記』『レビ記』など、あらゆる書のなかに差し込んでみたのです」

「何が出てきた？　暗号の扉は開いたかね」

「開きました」

若泉ケイはそう言うと胸ポケットから二枚綴りになった紙片を取り出し、それをテーブルの上に置いてみせた。エドワードとニックが英文で書かれたメモをのぞき込んだ。

すると、そこには次のような文章が認められていた。

「創世記」の第6章。

『主は地上に人の悪が増し、常に悪いことばかりを心に思い計っているのを御覧になって、地上に人を造ったことを後悔し、心を痛められた。

主は言われた。

「わたしは人を創造したが、これを地上からぬぐい去ろう。人だけではなく、家畜も這うものも空の鳥も。わたしはこれらを造ったことを後悔する」』

「人類の滅亡だ……」

エドワードの言葉にうなずくと、若泉は呟くように続けた。

「次の『出エジプト記』第6章を見ると、そこは神がモーセにエジプトからユダヤ人たちを脱出させるよう命じる章でした」

人類の滅亡の隣に『命令』という文字が書き込まれている。若泉はさらに続けた。

「次の『レビ記』第6章。そこはモーセを通じて祭司は神への献げ物についてこのようにしなさいと細かく命じた章でした。私はここにあるように『犠えと命令』と書き込んだんです。こうして『旧約聖書』の第6章すべての内容を洗い出してみると次のようになりました」

エドワードはメモを手に取ると瞳の奥から鋭い視線を投じた。秘書も隣からのぞき込むようにして首を伸ばしている。

民数記第6章『神への献身と命令』
中命記第6章『神の命令を守るべし』
ヨシュア記第6章『神の命令とエリコという町の占領』
士師記第6章『ギデオンなる指導者に対する命令』
サムエル記上第6章『神の箱とたたり』
サムエル記下第6章『神の箱のたたりとダビデ王』
列王記上第6章『神殿の建築とソロモン王』
列王記下第6章『アラム軍の攻撃に対し、神を信じようとしないイスラエルの人々』
歴代誌上第6章『神に仕える祭司の系譜』
歴代誌下第6章『神への祈り――ソロモン王』
エズラ記第6章『神殿の再建を命じる王とその完成』
ネヘミヤ記第6章『敵の脅迫』

エステル記第6章『王をだます下臣』
ヨブ記第6章『ヨブの絶望』
詩編第6章『救いを願うダビデ王』
箴言第6章『罠に陥ることへの戒め』
コヘレトの言葉第6章『虚無』
雅歌第6章『愛の讃美』
イザヤ書第6章『町の崩壊を預言する神とイザヤの召命』
エレミヤ書第6章『エルサレム破滅預言』
エゼキエル書第6章『イスラエル破滅預言』
ダニエル書第6章『罠にはまり獅子の洞窟に投げ込まれる預言者ダニエル』
ホセア書第6章『神への裏切りと偽りの悔い改めを断罪する神』
アモス書第6章『驕れる人々を破滅させる神の預言』
ミカ書第6章『裏切りをせめる神』
ゼカリア書第6章『神殿の再建を預言する神』
トビト記第6章『悪魔退治を命ずる神』
ユディト記第6章『イスラエルを滅ぼすことを決定する敵司令官』
マカバイ記一第6章『エルサレムを滅ぼそうとした王の死』
マカバイ記二第6章『神を裏切り、異教を崇拝するよう強要する王』

知恵の書第6章『知恵をもつ人が多ければ世は救われ、思慮深い王がいれば民は繁栄する』
シラ書第6章『裏切るな。知恵に近づけ』
エズラ記（ギリシャ語）第6章『神殿工事』
エズラ記（ラテン語）第6章『終末のしるし』

以上。


「いいですか、これら各書に記された第6章のキーワードをまとめたものがこれです」

若泉はメモを指さしてみせた。そこにはこう記されていた。

『破滅・命令・犠牲・裏切り・神殿・祭司・王・脅迫・だます・絶望・罠・虚無・破壊・偽り・驕り・悪魔・終末・愛の讃美・知恵』

　若泉は一度大きく息を吸うと言った。

「ここには明らかに一連の意味が隠されています。それはこうじゃないかと思うんです。

つまり神が封印した六とは、

『犠牲を強要し、偽りの愛を説き、神を裏切り、神殿を建て、人々をだまし、絶望、虚無、そして破滅、つまり終末に導く祭司、あるいは王。その正体は悪魔であり、退治するためには知恵がなければならない』」

　エドワードは腕に粟粒が立つのを感じた。悪魔を退治するためには知恵がなければならないと神は言っているのだ。逆に言えば、悪魔は人間の知恵によって滅ぼすことが可能だということだろう。

「……そういうことか……」

ふいに脳裏に疑問が湧き上がってきた。

……待てよ。今までのは旧約の第6章だったな。では新約はどうだ？　新約のすべての第6章が反対に「希望」や「明るい未来」のようなキーワードにあふれているならば、これは単なる日本人の思い過ごし、あるいはこじつけと言われても仕方ないことだぞ。

エドワードは、すぐさま口を切った。

「旧約はそうでも、新約はどうかな。新約の第6章に希望や明るい未来というキーワードがあれば、君の仮説は粉砕されるわけだ」

エドワードがすべてを言い終わらないうちに若泉はすでに話し始めていた。

「わかりました。『新約聖書』の第6章を見てみましょうか。いったい何がキーワードとして記されているのか」

エドワードがうなずくのを見た若泉は足を組み替えながら続けた。

「まずマタイによる福音書です。第6章の冒頭は『偽善者になるな』という戒めで始まっています。そして断食や祈りに際して全編にわたり、偽善者と一線を画すよう注意が記されていたんです。私は再びメモに『偽善者』と書き込み、マルコによる福音書に移りました。いいですか、テディ。実は私もあなたと同じように考えたんです。それで念のため、

『新約聖書』の第6章の要点をすべて抜き書きしていったのが二枚目のメモです」
エドワードとニック・ジョンソンは、まるで鶏のようにせわしなく首を振り、メモに視線をはわせた。そこに記されていたのは、次のような文言だった。

ヨハネによる福音書第6章『奇蹟を見てもキリストを信じようとしない人々と裏切りの弟子ユダ』
使徒言行録第6章『姦計にはまり逮捕されるステファノ』
ローマの信徒への手紙第6章『人ではなく義の奴隷になれ』
コリントの信徒への手紙一第6章『信仰のない者の前に兄弟を訴え出るな』
コリントの信徒への手紙二第6章『神の恵みを無駄にするな』
ガラテヤの信徒への手紙第6章『迫害をおそれるな。善を行え』
エフェソの信徒への手紙第6章『悪魔と戦え』
テモテへの手紙第6章『知識を鼻にかけ信仰の道を踏み外すな』
ヘブライ人への手紙第6章『堕落するな、神は偽らない。キリストは大祭司メルキゼデクと同じ』
ヨハネの黙示録第6章『六つの封印が開かれ破滅へと向かう人類。そして神の怒り』

「では、キーワードを抜き出してみましょう。いいですか、よく見てください」

若泉がさらさらと書きあげた。

メモには次のような文言が並んでいた。

『偽善者・キリストに対する不信・キリストへの対立・キリストへの裏切り・迫害・堕落・悪魔・不信仰・大祭司メルキゼデク・破滅と神の怒り』

ちなみにメルキゼデクとは『旧約聖書』において人類の祖とされるアブラハムを最初に祝福した大祭司で平和の王とされている人物だった。ただし、その正体は謎のままである。

若泉は続ける。

「これも旧約のときのように、それをつなぎ合わせてみます。すると次のような言葉が浮かびあがります。いいですか、読み上げますよ。

『大祭司メルキゼデクのような救世主の存在を信じようとせず、これを裏切り、対立し、さらに迫害する偽善者。そして神の怒りを買う悪魔』

いずれにしても奇蹟（きせき）を起こしたキリストを信じようとしない人々のことを『新約聖書』は六という数字を通して訴えていたんです。

では聖書すべての六に込められているキーワードをすべてつなぎ合わせるとどうなるでしょう」

若泉は先ほどの『旧約聖書』のキーワードを抜き書きしたものと、『新約聖書』の各第6章から浮かび出た言葉を口に出して読みあげていった。

「いいですか、聖書に六という数字をキーにして差し込むと次のような文章が浮かび上がるのです。

『民衆に犠牲を強要し、偽りの愛を説き、神を裏切り、神殿を建て、人々をだまし、絶望、虚無、そして破滅、つまり終末に導き、救世主キリストを信じようとせず、これを裏切り、対立し、さらに迫害する偽善者。大祭司メルキゼデクを騙る祭司にして王。その正体は悪魔。これを退治するためには知恵が必要となる』

これが聖書の六に隠された意味なんですよ」

エドワードは慄然(りつぜん)となった。たしかに新旧の聖書の第6章に書かれたキーワードをすべてつなぎ合わせると浮かび上がってくるのは悪魔を封印し、そして告発した文章だったのだ。そして人類は知恵をもってこれに対抗しなければ滅びると改めて警鐘が鳴らされていたのである。わかりやすくいえば、この恐るべき内容を六六六、つまり六を三度繰り返すほどの人物、あるいは六を百十一倍したほど最凶・最悪の人物が後世必ず出現すると、聖書は告発していたことになる。

「……凄(すさ)まじい」

呟(つぶや)くエドワードにむかって、さらに若泉は驚くべきことを口走った。

「こうしたデータを分析すると現在、この六六六に当てはまる人物は二匹の獣、いえ二人の最高権力者です。一人は神の存在を否定しているソ連のフルシチョフ首相。そしてもう一人はアメリカ合衆国のケネディ大統領」

「ま、まさか」

エドワードは両眼を見開いたまま絶句している。

「どちらが本当の悪魔かと言えば、私は自由、平等、博愛というスローガンばかり唱えて、一向にアブラムのような、黒人の方々の立場を保障しようとしない偽善者のケネディ大統領こそが、そうだと思います。私は大統領に直接、このことを伝えたいのです」

「いや、私から伝えよう。それで十分だ」

エドワードが首を振るのを見た若泉は、意外とあっさり引き下がった。それはそうだろう。突然来た日本人を合衆国の大統領と面会させるわけにはいかない。まして相手は反ケネディ政権そのものだからだ。

「そうですか。やはり面会は叶わないのですね」

アブラムが心配そうにこちらを見上げている。若泉は首を振りながら、アブラムに微笑してみせた。

「駄目だって。さあ帰りましょう。言いたいことは言ってやったわ。それから、もし百万ドルいただけるようでしたら、キング牧師の教会にご寄附してください。保釈金に充当してもらいます」

若泉はそう言うと、身を翻し、アブラムの手を引いてオフィスを出て行った。

その後ろ姿に向かってエドワードは何度も首を振り、現実をかみしめていた。

核ミサイルと聖書、そして人権問題で揺れているアメリカ合衆国の現実を……。

## 4

### ――同日午後五時、ヨハネの黙示録研究学会

若泉たちがオフィスを出た三時間後、エドワードは一人聖書をながめていた。

どのクリスチャンもそうらしいが、生まれてこの方、『新約聖書』を愛読しても『旧約聖書』をこんなに読んだことはなかった。それというのも若泉ケイが聖書の数字にターゲットを絞ってきたことがきっかけになって、もう一度、旧約のなかにそのヒントが隠されていないかと考えたのである。しかも妙な老人はソロモンが六六六で象徴されているとも言う。例のキリストの暗号を解読する鍵は旧約にあるのかもしれなかった。というのも問題は次の一節だった。

『この刻印とはあの獣の名、あるいはその名の数字である。ここに知恵が必要である。賢い人は、獣の数字にどのような意味があるかを考えるがよい』

おもしろいことに聖書は未来の人類に問題を提起し、それを解けと迫っているのだ。そのヒントはこうだ。

『数字は人間を指している。そして、数字は六百六十六である』

この六六六が何者かについては、ラーギ卿が教えてくれたように確かに諸説ある。

しかしエドワードは気がついた。「ヨハネの黙示録」は決して名前を推理しろ、とは言

っていないのである。むしろ忠実に読めば、

『獣の数字にどのような意味があるかを考えるがよい』

と名ではなく、意味を考えるよう指示していることがわかるのだ。

意味……。人間の意味。人間の思想性あるいは性格。出自。家系。または職業。つまり六六六のプロフィールだ。たしかに聖書が千年以上にわたって編纂されてきたことを考えれば、個人の名前を六六六に封印している、とするよりも、むしろその思想や、経歴、あるいは性格について示唆していると考える方が自然ではないだろうか。

なぜなら『旧約聖書』の「創世記」にこんな一節があるからだ。

『さて、地上に人が増え始め、娘たちが生まれた。神の子らは、人の娘たちが美しいのを見て、おのおの選んだ者を妻にした。主は言われた。

「わたしの霊は人の中に永久にとどまるべきではない。人は肉にすぎないのだから」

こうして人の一生は百二十年となった』（第6章1～3）

百二十年しか生きられない、と神が定めたはずの人間の名をわざわざ永遠の書の中で封印してみせるだろうか。ラーギ卿との協議の場でも記したように六六六が皇帝ネロであったとすれば、二十世紀の今、すでに「ヨハネの黙示録」の世界は終わったと考えてもいいだろう。なぜなら黙示録第21章1～2はこう言っている。

『わたしはまた、新しい天と新しい地を見た。最初の天と最初の地は去って行き、もはや海もなくなった。更にわたしは、聖なる都、新しいエルサレムが、夫のために着飾った花

嫁のように用意を整えて、神のもとを離れ、天から下って来るのを見た』

つまり現在の時点で、皇帝ネロが亡くなっているからには、とうの昔に輝くばかりのエルサレムが天から舞い降りていてもおかしくはないのである。だが、そのような事実はない。ということは、未だに「ヨハネの黙示録」の世界は継続しているということだ。だからこそ六六六の中に個人の名ではなく、やはり反キリストの性格や思想が封印されていると考えた方が正解にたどりつけるのではないだろうか。つまり聖書は悪魔の名ではなく、そのプロフィールの方を人間に推理しろ、と言っているのだ。

……確かにカトリック信者にも拘わらず兄は『剣を取る者は剣によって滅びる』というキリストの戒めとは逆に、核ミサイルのボタンを握り続けている。決して押すことが許されない、そのボタンを現実に押すことのできる立場にいる……。つまり自分の兄は、まさに六六六そのものだということか……。

ふいに若泉の言葉が胸中を横切った。

「……六六六はケネディ大統領自身だと思います」

エドワードはデスクの上に放り投げていた若泉のネームカードを急いで取り上げると、そこに記されたテレフォンナンバーを指でたどり始めた。

# 第五章　悪魔の条件

## 1

――十月十九日午前九時、ホワイトハウス

ホワイトハウスの内部に漂う異様な緊張感を最初に察したのはアブラム少年であった。

一年前、黒人の人権を認めるよう父親に連れられて抗議行動に訪れたときに比べ、警備が厳重になっている。そのとき五人いたガードマンに入口で止められて追い返されたけれど、今日は三倍の十五人に増えていると繰り返した。

若泉（わかいずみ）にとっては十五人のガードマンがいる今日の姿がホワイトハウスの日常そのものではないかという気がしたが、アブラムはその若泉を見上げてこう言った。

「去年に比べてみんな目つきが険しいのはなぜ？」

「さあわからないわ。でも何かが起こっているのね、きっと。だから私たちはこうして大統領に会いにくることができたのでしょう？　まあ、いずれにせよ大統領に会えばわかるわ」

そんな会話を小声で交わしている若泉とアブラム少年をエドワードが振り返った。

「もうすぐだぞ。ドクターK。リンカーン！」

やがて三人は笑顔であらわれた女性秘書官に導かれて執務室のあるフロアに招き入れられた。

執務室にすえつけられているマホガニー製の棚。

その上にはケネディの家族の写真とともに一通の手紙の入った額が置かれており、そこには次のような日本語の書面が飾られている。

『私儀、このたび細野軍治博士を通じ、一九四三年八月のソロモン群島海戦中、日本海軍に撃沈された艇が、貴下の指揮下にあったことをはからずも知りました。たまたま貴艦を撃沈した駆逐艦の艦長をいたしておりました私としましては、このことを知ってひじょうに驚いた次第です。……一九四三年八月はじめのある夜戦で、私は大胆な敵小型艇を発見しました。その艇は私の指揮する大型駆逐艦に向かって真直に進んできていたのでありました。両者は互いにあまりにも接近していたため、砲火を交える暇はまったくありませんでした。したがって、わが駆逐艦としましてはこれを真二つにするため、敵の艇に直接ぶつからなければならなかったのです。この艇がたまたま貴下の指揮下にあった魚雷艇であったことを知り、驚きに堪えぬ次第であります。

この書面を認めますにあたって、私はこの戦闘における貴下の豪胆と勇敢な行動に対し、深甚なる敬意を表しますとともに、あのような状況下で、貴下が奇跡的に生還されたことに対し、祝詞を述べさせていただく次第であります。わが国では現在、国会議員の選挙が行われています。貴国における来るべき選挙で、貴下が大成功を収められるよう切望いたしております』

それは当時、敵国だった日本の駆逐艦天霧の元艦長・花見弘平からケネディのもとに届いたものだった。ケネディは無名の下院議員時代に日本を一人で訪れ、花見弘平を探し出そうと知人の人脈を頼って細野軍治に会ったことがあった。どうやら花見は細野からケネディが会いたがっていることを聞き及び、この手紙をわざわざ認めたようである。

ケネディはそれを裏返しにすると、デスクに戻り再びペンを走らせていた。つけっ放しになっていたテレビではニュースキャスターが『RTC』の文字とダークスターの配列を巡り数学者の間で議論が巻き起こっていると真剣な顔で伝えていた。

先日公表した『ニュートン・メモ』のニュースだった。

苦笑を浮かべながらケネディは、しばらく見つめていたが、その中で、ある人物の顔がクローズアップされた。ノーベル賞候補の噂も高い数学者マービン・ルロイの説では、太陽系の未発見の星座についてニュートンが自身の仮説に基づいて幾何学的に存在を証明しようとしたが、いずれも不可能だったことが記された文書ではないかとの説を発表したという。またUFO研究家で陰謀論者のマーク・ハミルは、テンプル騎士団に端を発する秘密結社に所属していたニュートンは、『RTC』、すなわち『ライト・オブ・トライラテラル・コミッション』なる通称『三極委員会の権利』という名の新たな結社を設立するつもりだったのではないか。

しかし、この時点ではバチカンの弾圧があって『不可能』だとニュートンは判断したのだろう。だから、そうメモに記したに違いない。

ゆえに、このメモには歴史的に見て未曾有の価値があると大声で論じているインタビュー映像が次々と流されている。

今、国民の間ではニュートン・メモを『ニュートン・コード』と呼んで解読ブームが起きているとニュースキャスターは伝えたあと、さらに聖書の暗号『六六六』の謎を解いた者には百万ドルがプレゼントされるとあって今やアメリカ全土で一大暗号ブームが到来していると伝えて、次のニュースに移った。

なるほどケネディとソレンセンが放った一手は見事に国民の目を核ミサイルから逸らすことに成功している。あとは正解を手に入れるだけであった。だが、これは人類にとって最大の難問である。

しばらくするとドアが三度ノックされた。

「失礼します!」

若泉は部屋に入るなり、叫ぶようにこう言った。

すると執務室にいたケネディは、デスクから立ち上がると丁寧に分けられた髪の毛の下に少しばかり困惑した表情を浮かべながら、若泉とアブラム少年に交互に手を差し伸べた。それからゆっくりと自己紹介をした。一方の若泉が返礼をしようと口を開きかけたところで、片手を立ててすぐにテーブルに着くよう命じた。エドワードはそれを見届けると若泉にウインクしながら、

「じゃあ僕はこれでオフィスに戻る。もうすぐ数学者兼タロット研究家が会いに来るんだ」

「ありがとう、テディ」

礼を言う若泉が、こちらに向き直ったのを見るとケネディ大統領は、いきなりこう切り出した。

「CIAは君のことをドクターKと呼んでいるそうだね」

「そうらしいですね。しかし私はCIAの回し者でも何でもありません」

慌てて執りなそうとする若泉を左手で制するとケネディは、やや伏し目がちに、

「誰であろうと日本人から六六六に関する講義を受けることに少なからずショックを覚えている」

「なぜですか大統領」

ケネディは顔をあげると若泉を真っすぐに見た。そしてこう言った。

「私は日本人が嫌いだからだ」

「黒人だけじゃなかったんだね」

アブラムは若泉を見上げ、小声でささやくように言った。若泉は視線でうなずいたのち、アメリカ大統領に静かな口調で問い返した。

「理由は？　まさかあなたの乗っているボートに日本の艦隊の一つがアタックをかけ、座礁したあなたの乗組員が被害を受けたからですか？　まさか、第二次世界大戦の体験をおよそ二十年もの歳月が過ぎようとした現在も引きずっているからだと言うのではないでしょうね。だとしたら失望の極みです。アメリカ人のトップにいる、あなたが十七年の歳月にがんじがらめになっているようではアメリカのニューフロンティアなど地球上のどこにも存在しないと言っていい」

ケネディは右手の人差し指でテーブルをトントンと叩きながら若泉の言葉を聞いていたが、やがて不敵に笑うとこう言い放った。

「ドクターK。その言葉をそっくりそのまま、あなたとあなたの国の国民にお返ししよう」

「どういうことですか？」

「第二次世界大戦から十七年と今あなたは言われた。では聞くが、あの戦争から十七年も過ぎようとしているのに、なぜあなたたち日本人は我々アメリカ合衆国からオキナワを取り戻そうとしないのか」

「そ、それは……」

若泉は絶句した。

　そのことを学生時代にアメリカの地に来て、改めてそう感じたのは若泉自身だったのだ。ところが、それをアメリカ大統領自身が主張し、今、なぜ日本人はアメリカから沖縄を取り戻そうとしないのかと自分に迫っているのだ。それは仰天すべきことだった。

「よろしいか、ドクターK。私は先日、池田政権の要人の一人にこのように尋ねた。あなたは沖縄返還にイエスかノーか。二つに一つで答えてほしい。すると彼の答えはもちろんイエスだった。そして次に私は沖縄にいる米軍の撤退に賛成か、反対かと尋ねた。すると彼の答えは撤退には反対だというものだった。なぜ反対か私はさらに尋ねた。すると彼の答えはどうだったか……」

　ケネディは若泉の黒い瞳から目をそらすことなくその要人の答えを披露した。

「彼はこう答えたのだ。『韓国も含め、アジアの安定のために米軍の力は欠くべからざるものだ』と。そしてこうも言った。『したがって沖縄は日本に返還されないほうがアジアのためであり、日本の世論もそのような方向にはない。つまり池田政権が沖縄返還を主張することはあり得ない』どうかね。実に愚かなことだ。ドクターK」

「その点においては同感です。大統領」

　若泉ケイは大きくうなずいたあと、こう続けた。

「現政権が沖縄返還を成し遂げる気力のないかぎり、私は次期政権あるいは次の次に賭けるしかないと思っています」

「政権に賭ける？」

「そうです。政権に賭けて返還を実現するしかありません」

「ドクターK、違う。政権、つまり権力が国家の方針を示すのではなく、個人の意思の集合体が権力の方針を定める。それが本来の民主主義ではないかな？」

「しかし個人に力がないかぎりは、優秀なリーダーが出現するのを待つしか方法はありません。それが現在の日本の正直な状況なのです」

「つまり救世主が現れるのを現在の日本人は待っていると言いたいわけだ」

「そのとおりです」

「ドクターK。いいかね。敵に対抗する勇気を日本人が持っていることは最大限認めよう。しかし自分の仲間に対しても必要な時に抵抗するだけの勇気を日本人は持っているのか。とてつもない同調圧力に屈しない勇気を持っているのか？　先送りしてはならない。全部、嫌なことは自分の代で片付けようと思わねば……」

ケネディはそう呟くと、両眼を見開きながら、さらに若泉ケイに向かって身を乗り出してきた。

「では聞こう。ドクターK、あなたの考える救世主の条件とは何か」

……救世主の条件!?

若泉は言葉につまった。そんなことを考えたことなど、これまでの人生において一度でもあっただろうか。いや、皆無に等しい。

しばらく脳裏に空白の時間が虚ろな明滅を繰り返していたが、やがて持ち前の機知が目覚めた。

「ケネディ大統領。救世主の条件とは、あなたです。今や世界一の軍事大国となったアメリカのトップであるあなたが核抜きの平和戦略を地球上に展開すれば、文字どおりの救世主となるでしょう。しかし大統領、あなたは同時に悪魔の条件を兼ね備えた人物でもあります」

若泉の鋭い視線を受けたケネディはそれをはね返すように勢いよく身を乗り出していた。

「どういうことかね？」

「それを今日、ここにお話ししにあがったのです。聖書における六六六の秘密を解くと、そこにはあなたの未来が預言されていたのです」

「私の未来が⁉」

「そのとおりです。大統領。それを今からお話ししますが、その前に一つだけお伺いしたいのです」

「……何かな」

「今、この国で一体何が起こっているのですか。いや何が起きようとしているのですか？」

「というと？」

ケネディはシラを切った。沖縄問題と民族自決の問題について自分から、この日本人の聖書学者を挑発したのはたしかだが、今ここでフルシチョフとキューバのミサイルの一件を打ち明けるわけにはいかない。そんなことをすれば、スパイ天国とＣＩＡから揶揄されている日本に筒抜けになり、やがては中国、韓国、さらにはヨーロッパ諸国が大騒ぎを始めるに違いない。

だが目の前にいる女性は、不敵な微笑を浮かべるとアメリカ合衆国大統領に向かってこう言い放った。

「どこにでもいる一人の日本人の私に、一国の大統領がホワイトハウスで会ってくれているという事実が、すでに異常事態ではありませんか。私は日本にいても首相官邸で池田総理とお会いすることなどかないません。至難の業ですから」

「そんなことは少しも異常ではない。アメリカは自由の国だ。望めばすべて叶うのだ。日本はその点、まだまだ自由とはいえない。ドクターＫ。君もいつか誰でも自由に首相官邸に出入りできる世の中にすればよい。まず個人が孤立を恐れず声をあげることが本物の民主主義への第一歩だ」

ケネディは満面に笑みを浮かべ、自分の回答に満足したように小さく二、三度うなずいた。

若泉はケネディが初めての大統領選でニクソンを打ち破ったあのときのテレビ討論のことをチラと思い出した。とにかくこの若き大統領は老獪な一面を持っている。ディベートになればなるほど強みを発揮してくる。

若泉が「はぐらかしてもらっては困ります」とギリギリの抵抗を試みようとしたときだ

った。

それまで黙って大人たちのやり取りを聞いていたアブラム少年が突然声をあげたのだ。

「ウソだ」

「ウソとはどういうことかな？」

ケネディは努めて微笑を絶やさない。

「僕のお父さんはホワイトハウスの前で黒人に自由を、と叫んだだけでホワイトハウスからつまみ出されたんだ。大統領が誰にでも会うというのはウソだ！」

「ウソではない。こうして君にも会っている」

「それは六六六の謎が知りたいからだよ。黒人や黄色人種の自由の話をするためじゃないよ」

「そのとおりです。アブラムが言うとおりです。大統領。私は何が起こっているのか知りたいのです。それだけです」

「ドクターK。いいだろう。こういうことだ」

ケネディは首を少し曲げたのち、低い声でささやくように続けた。

「ソ連のフルシチョフから手紙が来た。聖書の六六六の謎を解くように迫るものだった。だから今、我々は聖書の民として二千年のプライドに賭けて懸命に共産主義の国から来た質問に答えようと、今まさに努力をしている。そういうことだ」

「フルシチョフ……」

若泉は呟くように念を押した。

「そうだ。フルシチョフだ」

「目的は？　大統領。彼の目的は？」

「何もない。ただのゲームだ。聖書をめぐる知恵のゲームだ。ときどき彼は退屈しのぎにそんな手紙をよこしてくるのだ」

ケネディは真相を伏せたままこう言うと、再び若泉とアブラムに微笑を投げた。だが若泉ケイは食い下がった。

「しかし大統領。なぜあなたは急いでいるのです？　こうして突然、私と会うということ自体、それを証明しているではありませんか。しかも弟さんは賞金を出してまでアメリカ人の知恵を集めようとしていた。一体、どういうことです？」

「それは日本人には関係ないことだ」

「待ってほしいんです。いいですか、ケネディ大統領。たしかに私はアブラムの父親を保釈するために懸賞金欲しさに弟さんの事務所を訪れました。しかし今はその目的に加えてもう一つの理由があるからこそホワイトハウスにやって来たのです」

「もう一つの理由？　聞こうじゃないか」

「何かアメリカでもめ事が起きているのではないかと思ったからです。聖書をめぐるもめ事が。いえ、聖書を媒介にしたといったほうがいいかもしれない」

「だから米ソで知恵のゲームをやっていただけだ、ドクターK」

「違います。これは米ソの知恵のゲームだけじゃない。何かの条件がつけられているはずです。アメリカ大統領、あるいはホワイトハウスは何者かに脅迫されているのです。でなければ今どき、恋人同士でもやらない文通を、なぜお二方が……」

一瞬、若泉にはケネディの青い瞳が鮮やかな色を発したように見えた。

「それで？」

「だから私は恩返ししようと思ったのです」

「恩返し？」

「そうです。かつて日本がロシアと戦争を始めたときに調停役を買って出てくれたのは、ほかならぬアメリカでしたから」

「日露戦争の話かね」

「そうです。古い話ですが、我々人類はあくまで歴史における旅人でしかありません。あのときアメリカの調停行動がなかったなら、日本の国際的地位はあれほど賞賛されたものになったかどうかわかりません。日露が総力をあげてぶつかったときに、我が国の体力が持ちこたえられたかどうかわからなかった。私はそのことにつねづね感謝の念を覚えていました。だからもしアメリカに何か六六六の一件で困り事があるのなら積極的に力になりたい。そう思ってホワイトハウスにやって来たのです。ただそういうことです」

しばらく瞳（ひとみ）を細野の手紙の方に向けていたケネディは、一度、呼気を吐くと決心したように大きく吸い込みながら、

「わかった。話そう。ドクターK。実は今、アメリカ人は街角を曲がったところで出会った強盗にピストルをつきつけられている。生か死か。絶体絶命の立場に立たされてしまっているのだ」

「……まさか大統領、ソ連はキューバを使って何かやらかそうと……」

「あなたなら、そのあたりの事情ぐらい察しがつくだろう」

「核ミサイルですか⁉」

「ご想像にお任せする」

それ以上は愚問だと察した若泉ケイはうなずいた。

「わかりました。大統領。私はこう見えても、日本の武道のほとんどをかじりました。もちろん、ブラックベルトです。いいですか、日本の武道家は相手が強大であればあるほど、こう言って立ち向かうのです。『さあ来い！』。先ほど日本人は敵に対して戦う勇気があると仰いましたが、それは人が死に、国が滅びても立ち向かったという思想や想念は生き続けるからです」

そして続けた。

「大統領、よろしいですか、聖書に封印された六六六の謎とは、次のような方法で解明できるのです」

若泉ケイはヨレヨレになった風呂敷包みから日本語版聖書を取り出した。そして、エドワードに語った聖書の数字による六六六の解読法について、つぶさに説明してみせた。

やがて、すべてを聞き終えたケネディは、「ドクターK」と呼びかけながら、ほどいた両腕をテーブルの上に載せ身を乗り出した。

「これは国家の機密事項に属することだが、あなたの『さあ来い！』の精神に敬意を表したい。実はフルシチョフが我々に仕掛けた六六六の解読法とはアルファベットを10×10に並べたものだというのだよ」

「10×10……つまり100」

「そうだ。残念ながらドクターK。君の解読法は間違っている。現時点においては……」

ケネディはそう言うと背広の内ポケットから、ロバートから受け取った乱数表とメモを取り出し、それをテーブルの上にスッと滑らせた。そこには脈絡のない数字が並んでいた。

「……こ、これは……」

それは日本人聖書学者の自信を打ち砕く紙爆弾であった。

## 2

何かに取りつかれたようにメモを一心に見つめている若泉ケイ。

隣に座っているアブラムは、コクリコクリと居眠りを始めている。たぶん少年は少年で大統領の前に出ることに緊張していたのだろう。ちょうど膝に英語版のポケットサイズの聖書が載っかっている。若泉はアブラムを起こさないように右手を伸ばすとそれをつまみあげ、「ヨハネの黙示録」第13章のページをめくり指をはわせた。

「ヨハネの黙示録」第13章18。

『ここに知恵が必要である。賢い人は、獣の数字にどのような意味があるかを考えるがよい。数字は人間を指している。そして、数字は六百六十六である』

何度も見た聖句がそこに並んでいる。

……『ここに知恵が必要である』か……『知恵が必要である』……どこに⁉……そう、『ここに』……つまりHere is……そうだわ、ここよ！……そうよ！ 知恵があるんだわ！ ここに‼

若泉が再び聖書に視線を落とし始めたとき、さすがにケネディも時間がないと思ったのか、片手でテーブルを叩くと、

「ドクターK。もう時間だ。あなたのご厚意には心から感謝する。その少年の父親の釈放の件は特別に考慮したい」

「大統領。ちょっと待ってください」

突然、若泉は顔をあげた。

「大統領。紙はありませんか！」

ケネディが透明なケースのなかから差し出したのは大統領が使用する公式レター用の便箋であった。

それを無造作に手に取ると、若泉は日本の伝統的なバッグ——風呂敷——の中から柄の

部分が竹でできた万年筆を取り出した。そしてケネディの視線を巻き込みながら、大統領専用の便箋の上で若泉の万年筆が次々とダンスを繰り返し始めたのだ。

「できたわ」

やがて若泉は小声で言うと、一番上のペーパーを切り離して、それをケネディの前に滑らせた。

そこには10×10のアルファベットブロックが二種類書き記されていた。●図6
「これは？」

「聖句ですよ。『ヨハネの黙示録』第13章の18の全文言を並べてみたのです」

ケネディは、もう一度、若泉のメモに視線を走らせた。

「上をA、下をBとして、それぞれ横と縦に第13章の18を書き分けてみたのです。ほかにも書き方はあると思いますが、大旨この二種類に代表されると思います。特にAタイプは聖書に忠実に記してみましたから、こちらをベースに考えてみたほうがよいかもしれません」

なるほど一見すると、ただ単にアルファベットの羅列に見えるが、よく読み込んでみると、そこにはたしかに「ヨハネの黙示録」第13章の18の全文が十行十列に並んでいるではないか。

「大統領、よろしいですか、Aタイプをご覧になってください」

ケネディが便箋を両手で斜めに立てかけたときだった。

(A)

H E R E I S W I S D<br>
O M L E T H I M W H<br>
O H A S U N D E R S<br>
T A N D I N G C A L<br>
C U L A T E T H E N<br>
U M B E R O F T H E<br>
B E A S T F O R I T<br>
I S T H E N U M B E<br>
R O F A M A N H I S<br>
N U M B E R I S 6 6 6

(B)

H O O T C U B I R N<br>
E M H A U M E S O U<br>
R L A N L B A T F M<br>
E E S D A E S H A B<br>
I T U I T R T E M E<br>
S H N N E O F N A R<br>
W I D G T F O U N I<br>
I M E C H T R M H S<br>
S W R A E H I B I 6<br>
D H S L N E T E S 6<br>
6

図6

突然、ドアがノックされ、ソレンセンが顔をのぞかせた。そして腕時計をもう一方の手でトントンと叩いてみせた。次のスケジュールが迫っているというのだ。

「ソレンセン、例のミーティングを始めておいてくれ。すぐに行く」

ケネディの言葉に一瞬ソレンセンの顔が凍りついた。

例のミーティングとは、キューバのミサイルに関するエクスコムのことだ。それよりも重要な打ち合わせの場に誰がいるのだ？　よく見れば日本人女性、そして黒人の少年の二人だけである。しかし肝心のケネディがすぐに手もとのメモに視線を戻したため、もはや取りつくしまもないと判断したソレンセンは口唇をへの字に結んだまま、すぐに顔を引っ込めた。

「すまない、ケイ。続けてくれ」

ケネディの呼び方がドクターKからケイに変わったことに、別段違和感を覚えないまま若泉は続けた。

「大統領。なぜ10×10に構成したかについては、お伺いしたヒントがすべてだったのですが、今、私はこのような考えに至っています。それは10という数字が完成数字を意味しているということです」

「そういえばエドワードから聞いたよ。9は救いの数字で、10は完成をあらわす数字だと」

「そう。カバラですよ」

「…………」

「カバラにあるセフィロートの樹。あれは1から10までのセフィラと呼ばれる光球によって作られています。そして最初の神の顕現から最後の神の顕現までが10のステップで表現されているのです。そして人間は九つのセフィラを通って十番目の王国に至るわけです。すなわち、10は王国の完成。その10倍は人間の王国の最終的な完成をあらわしているのです」

「しかし残念ながら、ケイ。この場合は101だ。一つ多い」

「簡単です。大統領。セフィロートの樹は完成すると、再び創造の次元に戻るのです。つまり人間の王国の最終完成が、10×10＝100。そして101番目からは神の王国、すなわち新しいエルサレムの創造です。その前提条件こそが、『ヨハネの黙示録』に記された最後の審判。これが起こらねばならない。それが人類の宿命です」

「ならば、我々が神の王国に至るには最後の審判を避けられないということかね」

「そうではないんです。そうじゃない。最後の審判は、あくまで六六六という人間が引き起こすもので、決して神が望んで起きるものではないのです。だから人類はどうしたらそれを回避すべきか、そのヒントを、神は暗号によって与えてくださっているんです。そのヒントを探った我々は、それをもとにして対策を練る必要があるんです」

「しかしケイ。ならば六六六でなくとも、六六でもよかったはずだ。そうすれば今、君の言ったことは、すんなり私にも受け入れられる。では反対に聞こう。ドクターK。神の王国が創造されるというとき、なぜ悪魔の尻尾六から始めなければならないのかね？」

　ケネディは挑むような瞳で東方から来た一人の博士を見た。

「そ、それは……」

　若泉は言葉に窮した。だが、すぐに身を乗り出しながら、静かに言い放った。

「天地を動かせないようにするため、神はロックをかけたのです」

「神がロックを？　ほう、キリストは鍵をかけた、というのかね。このパズルに」

「そうです、大統領。これこそが天国の鍵ですよ。悪魔に惑わされない人間だけが天の国に入れるのです。そもそも悪魔の数字は六六でも良かったのです。しかしこれを六六六と三度繰り返して、あえて枠からハミ出させる。そうすることで聖なるアルファベットの天と地を固定したのですよ。そうすることで、あくまで上に天、悪魔を地に配置したのです。つまり悪魔は、地上にいるから悪魔なのですよ」

　便箋に記した聖なるアルファベットの一角を、若泉は万年筆の先でコンコンと叩いてみせた。一方のケネディは黙って便箋を見つめたままだ。

　たしかに、かつて神の僕だったルシファーはその能力に増長し、ついには神の座を狙ったため怒りを買い、天界から地上に堕とされた大天使である。そういう意味からすれば、神の聖句でできた、このパズルは聖書の理念を反映している。

「だから101でOKか……。ではこの乱数表の方は？」

　その言葉にうなずくと、若泉はケネディが手渡した乱数表に視線を落とした。そこには次のような数字が記されている。まるで天国の鍵を開けるためのダイヤル数字のように。

『星座35　11213112324233738393695951061071084
94　8777665747513142323334441424265969799
9710810910101011110』

「おそらくそうだわ」

と小さく呟(つぶや)いた若泉はケネディを真っすぐに見つめながら、

「大統領、これから私が乱数表の数字を読み上げます。そこを○で囲んでいってもらえますか？」

そう言うと若泉は、竹でできた万年筆をケネディに手渡した。風変わりな日本製の万年筆をシゲシゲと見回したあと、アメリカ合衆国大統領はキャップを外し、それを右手に持ち替えた。

「たとえば、ここにある星座35。第三十五代ケネディ大統領と同じ星座35でやってみます。大統領、そこの10×10＋1文字のブロックに左から右に1から10、左から真下に、つまり縦に1から10の数字を振ってみてください。もちろんAタイプ、Bタイプ両方にです」

ケネディは若泉の言葉に思わず微笑を浮かべていた。

「ケイ。君は娘の通信簿を見たことがあるのか？」

「えっ？　何ですって？　通信簿？」

ケネディは、それに構わずニヤニヤ笑いながら数字を振っていった。

　すると、そこにできあがったのは毎朝娘から見せられている『大統領の通信簿』であった。

「できたぞケイ」

　しばらくメモを見つめていた若泉は、やはりそうだと独り言を呟いたのち、真剣な表情でこう言った。

「いいですか、大統領。まず横の1、縦の1」

　ケネディはAタイプ、Bタイプ双方の数字の1・1の位置にあるHを○で囲んだ。

「そして横の2、縦の1」

「AタイプだとEだな。BタイプはO」

　若泉はうなずくと続ける。

「次に横の3、縦の1」

「Rだ。BタイプはO」

「そうです。そして横の1、縦の2」

「えーと、Oだ。BタイプはE」

「Bタイプを見てください。何と書いてありますか？」
○をラインで結んでいったケネディはつぶやくように言った。
「HOOE。意味を成してないな」

「そうですね。ではAタイプは？」

「HERO……ヒーロー、救世主だ」

「そうです。ヒーロー。つまり救世主と悪魔六六六が聖なるアルファベットの中に同時にあらわれたんです。我々はキリストとの対話に成功したんですよ、大統領」

「キリストとの対話……」

……そんなことができるのだろうか……。

呆然とつぶやいたケネディは、まじまじと紀元前一五〇〇年頃にフェニキア人が実用化したアルファベットを見つめた。

若泉はうなずいてみせると、さらに続けた。

「では次に参りましょう。今度はAタイプだけで結構です。おそらくキリストはAタイプをお望みなのです。では横の6、縦の9」

「……Aだ」

「そうです」

ケネディはAを〇で囲むと視線で先を促した。

「では横の5、縦の9」

「Mだ。娘の気持ちがよくわかるよ。父親としては次に横の10、縦の10にしてくれると嬉しいのだが」

「なんです？」

「いや独り言だ。進めてくれ。それともこれで終わりかね」

こうしてケネディと若泉ケイのクイズは続き、彼女の指定した場所を丸で囲んでいくケネディの手元に、やがて次の言葉が浮かび上がった。

「AMERICA……アメリカだ……。すると救世主はアメリカに誕生するということか……」

「そうかもしれません。では、横の3、縦の2」

「Lだ」

こうして、さらに若泉ケイの指示通りに右手を動かしていたケネディの顔は、パッと明るくなった。

「LEADER……リーダーだ！」

その声に驚いて目を覚ましたアブラム少年の目の前でケネディは瞳を輝かせながら、まるで少年のように口笛を吹くマネをしてみせた。●図7

「これはいいぞ。キリストは預言したんだ。ヒーローはアメリカのリーダーだと」

信じられないことだが、乱数表はアメリカのリーダーこそがヒーローだと証言してみせたのだ。

「そうだ。フルシチョフに、こいつを送りつけてやる！」

それはグッドアイデアだった。うまくいけば、このパズルを世界に公表することでキリスト教連合をすみやかに組織できる。そうなればフルシチョフは反対に恐れおののくに違いない。

## 星座35

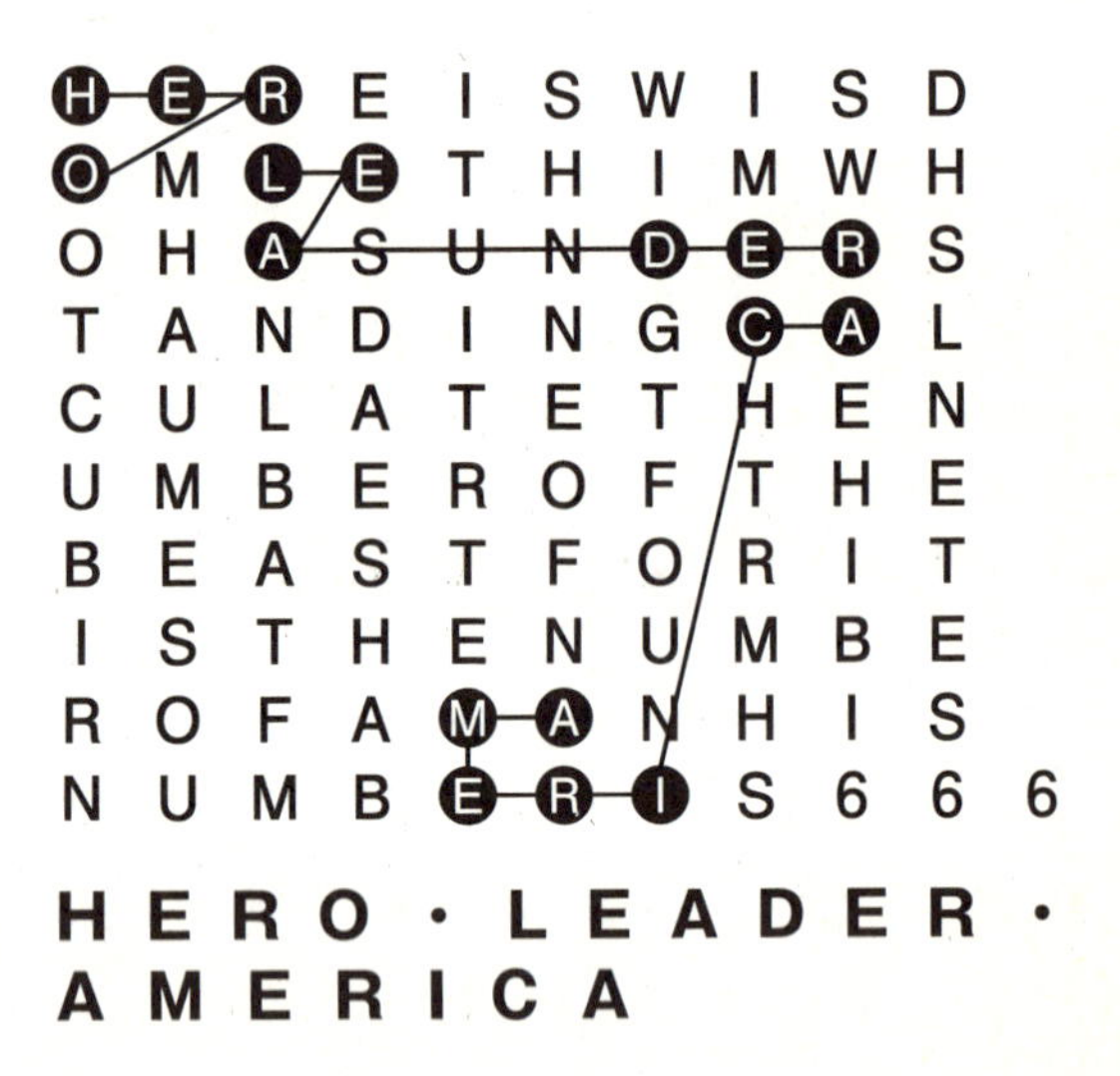
H E R E I S W I S D
O M L E T H I M W H
O H A S U N D E R S
T A N D I N G C A L
C U L A T E T H E N
U M B E R O F T H E
B E A S T F O R I T
I S T H E N U M B E
R O F A M A N H I S
N U M B E R I S 6 6 6
HERO・LEADER・
AMERICA

図7

「大統領。いいですか？　この星座35の乱数表は、おそらく縦に振られた1から10までの数字と横に振られた1から11までの数字を組み合わせたものだと思います。わかりやすくいえば、聖なるアルファベットの座標を示した数字なんです」

若泉はそう言うと、残った数字をもとに自分のメモに書かれたアルファベットを次々につないでいった。

だが、ケネディの明るい表情とは反対に、乱数表の残りのナンバーを目で追っていた若泉の顔は次第に陰鬱（いんうつ）なものに変わっていった。

「やっぱり、そうだわ」

念のため、手元の数字をもう一度、見直してみる。

『877766574751314232333444142426596979997
10810910101011110』

うなずいた日本人聖書学者は、再び聖なるアルファベットの上に乱数を落とし込み、それぞれの文字をつないでいった。

一分後。彼女は黙ってケネディにメモを滑らせた。●図8

「大統領、これをご覧ください」

「どうです。ルーツ、アイルランド。これが誰のプロフィールかは大統領自身がおわかりですね。最初はヒーローとして登場したこの人物は、やがてヒーローの座からどんどん離れて転落する。そして悪魔の位置に近づいていくのです。それがここです。『ＴＡＭＭＡ

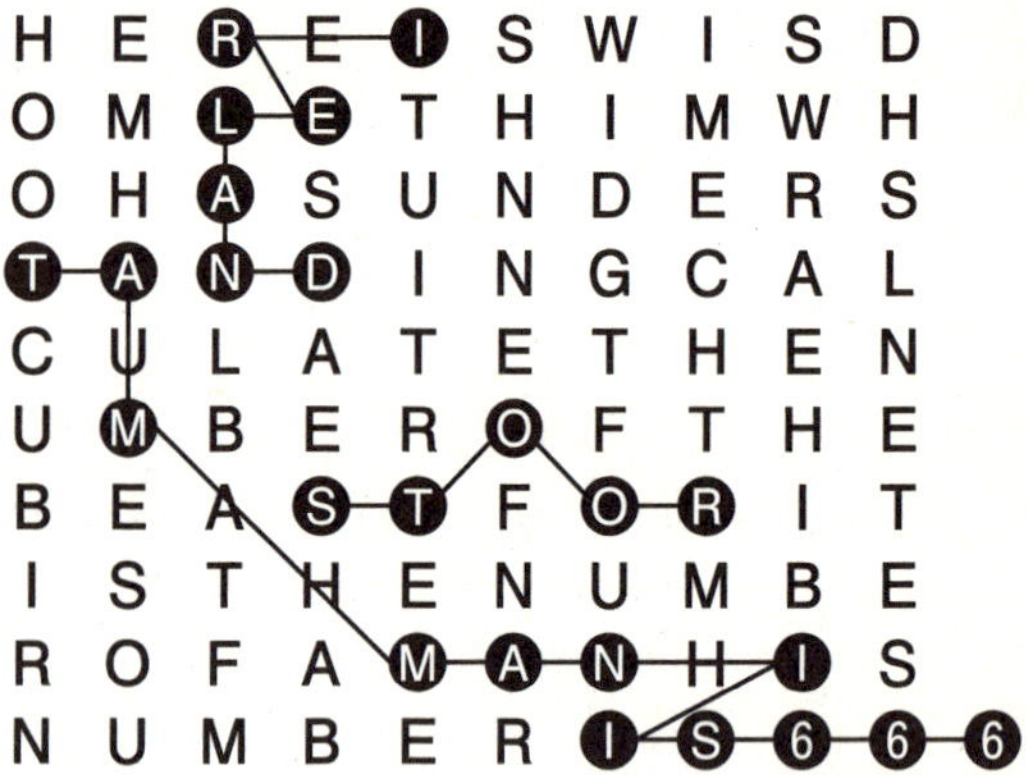

H E R E I S W I S D
O M L E T H I M W H
O H A S U N D E R S
T A N D I N G C A L
C U L A T E T H E N
U M B E R O F T H E
B E A S T F O R I T
I S T H E N U M B E
R O F A M A N H I S
N U M B E R I S 6 6 6

**ROOTS · IRELAND ·**
**TAMMANI IS 666**

図8

NI IS 666』」

若泉の言うタマニーとは、民主党員の俗称である。十九世紀のニューヨークの民主党に関係した党派のことで本来はTAMMANYと綴るのが正しい。

「これが私だというのかね。タマニー・イズ・六六六が……」

「タマニーのYは綴りが違っていますが、聖なるアルファベットの技法上やむを得ない処置でしょうね。おそらくタマニーという十九世紀に活動した民主党関係のグループの名を暗示することで、ひいては民主党そのものを象徴させたのかもしれません」

ケネディは喉仏を何度も上下させながら便箋を見つめた。

たしかに先祖はアイルランド系の移民だった。そして民主党議員で、今はアメリカのリーダー。しかも第三十五代大統領を象徴するかのような星座35の数字。

「……ケイ、これはどういうことなんだ!? ただのパズルか、それとも悪いジョークなのか……」

「いわゆるチェーンレターですね。おそらく、この乱数表の数字は、そのチェーンレターを暗号化したものではないでしょうか。たぶん、この聖句は精巧に作られた時計と同じで、歴史的なトピックというネジが巻かれた途端、すべてのアルファベットが歯車のように回転し始める。そしてその歯車をつなぎ合わせていくとき、未来の出来事が英語によってあらわれてくる仕組みになっているんじゃないでしょうか」

「まるでコンピュータだ」

ケネディは、鋭い視線を若泉とメモの双方に投げかけた。

「しかも大統領。この乱数表をもとにしたコード・ブックが存在しているのではありませんか？　たとえば『ヨハネの黙示録』を解読したコード・ブックのようなものです。おそらく、この乱数は、それをもとにしてできあがったに違いありません」

「…………」

ケネディは若泉の瞳を凝視した。

なんと鋭い日本人なのだ。

『ヨハネの黙示録Ⅱ』のことはおろか、『聖典アストロノミア』のことも、ジェームズ一世とロバート・フラッドの名も出していないにも拘わらず、その存在を見破った……。

大きくうなずくとケネディは、若泉ケイとアブラム少年に向き直った。

「つまりケイ。いずれにしても、キリストはこう預言されたわけだ。救世主として登場した私は、これからどんどん悪魔になる、と。そういうことなんだな」

「いえ、大統領。こう考えてはいかがでしょう。戦争をやめたとき、あなたは転落した悪魔ではなく、ヒーローになるということかもしれません。ヒーロー、いわば救世主に……」

「……私は、救世主と悪魔のどちらにもなれるということか……」

ケネディは両手を胸の前に組み合わせていた。

クリスチャンの私自身が六六六とは……。なんという残酷なことだ……。

たとえば、さっき思いついたように、この聖なる暗号解読の結果をフルシチョフに送りつけたとしよう。彼は、この結果を受けて、これ幸いとばかり合衆国が開始する空爆や海上封鎖を、まさに悪魔の所業だと非難し、猛烈な報復に出てくるのではないか？

キリストが預言した悪魔ケネディを打ち倒すこと。それこそが共産主義に課せられた偉大なる役割だと主張し、キリスト教国家の分断を図る……。まさか、これが奴の狙いだったのか⁉

だからフルシチョフは、この恐るべき解読結果を十月二十八日午前九時、西側世界に向けて公表せよと迫っていたのか⁉……このクリスチャンの私に‼　こ、これは狂気の沙汰だ。テレビカメラに向かって、「六六六は、この私です」そう言え、と迫っていたのか……⁉　フルシチョフは……。

ケネディは鳥肌が立つのを感じた。

と、そのときだった。再びソレンセンが顔をのぞかせて、何度か咳払いをしてみせた。エクスコムが紛糾しているのだろう。

「わかった。今、行く」

ケネディはとにかく冷静さを取り戻すと、なんとか無理やり微笑を顔に貼りつけた。

「ケイ。問題が一つある。それは、君が私のことを大統領と呼ぶことだ。ジョンでよろしい」

「………」若泉は瞳を輝かせてうなずいた。

「それから私に聖なる暗号のことで何かあれば、二十四時間いつでもここに電話を入れてほしい」

電話番号の入った小さなメモを受け取った若泉は、それを胸ポケットに納めながら聞いた。

「ホットラインですか?」

驚く日本人にケネディは確信に満ちた声でこう言った。

「合衆国には、性と年齢による差別の壁はない。そして、あと打ち倒さねばならないのは、黒人差別の壁だけだ。ドクターK、アブラム、力を貸してくれたまえ。地球市民として」

「わかってるって。その代わりパパのこと、よろしく頼んだぜ」

アブラム少年は右手をあげて笑ってみせた。

## 3

——同日午前十時三十分、エクスコム

『救世主として登場したアメリカの指導者は民主党員である。その先祖はアイルランド移民。そして彼こそが六六六である』

若泉ケイが突き止めた聖なるアルファベット、つまり「ヨハネの黙示録」第13章18の一節。それ自体が悪魔の正体を封印した暗号だった。しかもキリストは第三十五代アメリカ合衆国大統領ジョン・F・ケネディ、つまり私自身が悪魔だと預言していたという。はるか二千年前、まだアメリカ合衆国などこの世に存在しないころから、すでに私が悪魔だと。

このカトリック信者の……私を……⁉

よしてくれ。悪いジョークだ！

大統領就任以来、私は頑迷固陋な保守派と渡り合い、この国のあらゆる制度改革に努めてきたではないか。ニューフロンティアによって合衆国ばかりではなく世界に平和の灯をともそうと、この貧相な体にムチを打つように刻苦勉励、寸暇を惜しんで公務に邁進してきたではないか。

その私を主キリストは悪魔だと断罪するのか。

しかもフルシチョフはこの聖なる暗号を、いやイエス・キリストの預言を根拠にアメリカを脅迫しているのだ。

ところが現実はどうだ⁉　ミサイルでアメリカ国民の安全を脅かしているのは、当のフルシチョフではないか。にもかかわらず、人類が二千年もの長きにわたって追求してきた六六六の正体がクリスチャンの私だったとは、神はなんと残酷なんだ……。クソッ。

「大統領。ケネディ大統領」

ロバートの声に、我に返ったケネディは自分が会議室にいることにようやく気がついた。

若泉ケイと別れたあと、午前九時開催のエクスコムに一時間遅れで駆けつけたのだ。

冒頭に短いスピーチをしたあと、メモに書きつけた聖なる暗号に釘づけになっていたケネディに議長代理をつとめていたロバートが何度も呼びかけていたのだ。

「大統領。重要な選択が迫られています。上の空では困るのです。空爆か、海上封鎖か、いずれの案を実行に移すのか結論を下さねばなりません。お聞きになったようにペンタゴンとCIAの立場は空爆推進で、ほぼ意見の一致を見ています。そのほかの参加者も大旨空爆もやむを得ずというところです。議論が煮詰まってきた以上、大統領の見解を求めようと皆、あなたの意見を待っているのですよ」

ロバートはいら立ちを抑えきれない様子だった。ここに来て大統領までが浮き足立っていては事態の解決など百年かかっても無理だろう。まして空爆強硬派が息を吹き返している今、はっきりいえば、この会議では戦争か否かの結論が合衆国大統領の頭脳に委ねられているに等しい。

「そうだな。わかった。私は……」

ケネディは全参加者から浴びせられている視線の痛みを感じながら、もう一度、聖なるアルファベットをチラと見たあと、ようやく口を開いた。

「私は戦争には反対だ！」

ＣＩＡスタッフの両眼がいっせいに見開かれた中でケネディは続けた。

「たしかに空爆は、この問題に対応する有効な手段であることは承知している。だがキューバのミサイル基地を攻撃した場合、ソ連は黙っていまい。次に待っているのは米ソの核戦争だろう。そして今の合衆国が直面している問題は『対応』ではなく『解決』だ」

「大統領」

挙手したのはＣＩＡ長官マコーンであった。

「何かね」

「海上封鎖が問題の解決につながるとは思えません。ＣＩＡの調査では、すでに核はキューバに持ち込まれています。我々が海の上でマゴマゴしている間に連中は、核弾頭ミサイルの実戦配備の精度を着実にあげていくでしょう」

だがケネディは小首をかしげながら、

「そうかもしれない。だが戦争への道を踏みとどまろうとしている合衆国の努力は少なくともソ連には伝わるだろう」

それでもマコーンは静かに反論した。

「どうでしょうか。あまりにも性善説に過ぎるのではないでしょうか。連中には性悪説で立ち向かわねばなりません。クレムリンが情緒で動かないことは歴史が証明していると思いますが」

しかしケネディは強く首を振ってみせた。

「いいかね、諸君は甘いと言うかもしれない。しかし合衆国が世界に伝えなければならないのは恐怖ではなく寛大な心、許す心、愛、友情だ。私は大統領就任以来、そのように自分に言い聞かせてきた。ソ連に伝わらなくともソ連を除く世界の、地球上の市民が理解してくれるだろう。やがて大きな波となってソ連を呑み込むのだ。それこそが国際世論というものだ。まず世界の民衆を味方にしなければ我々は六六六、すなわち悪魔になるだろう。諸君もどうか、その理念を忘れないでくれたまえ」

その言葉が終わるのを待っていたかのようにロバートとマコーンが同時に手を挙げた。今度は司法長官のロバートがCIAのマコーンを無視するかのように口を切った。

「では大統領、こうしてはいかがでしょう。空爆のリスクと海上封鎖の効果をそれぞれシミュレートして、具体的に比較検討してみるというのは」

「いいだろう。ただし我々はシンクタンクの研究員ではない。より実効性のある計画を提示してもらいたい。三日以内に、だ」

ケネディは言い終わると万年筆を手に取り、聖なるアルファベットのブロックを再び凝視した。

……少年の頃、私はいつの日か六六六を打ち倒す男になると、教会で誓った。ところが今、その私が、人類の破滅をこの手で引き寄せている。お笑い草じゃないか。なんと私は、自分で自分を打ち倒すと誓っていたわけだ。いや、違う。預言通りだ。素晴らしきかなキリスト！　今やアイルランド移民の末裔で民主党員だった六六六は無事に成長し、アメリカの指導者となり、ついに核のボタンを手に入れたじゃないか……。そして核戦争を始めようと側近からささやかれ、今にも始めそうな気分だ。なんという不条理なんだ。

ケネディは膝がブルブルと震えてくるのを感じた。聖書とともに生きてきた自分が、キリストの力によって大統領の座を勝ち獲った自分が、実は悪魔として預言通りに成長していたに過ぎなかったのだ。キリストは祝福するどころか、人類に警鐘を鳴らし続けていたのである。ついにＪ・Ｆ・Ｋという六六六が合衆国に登場したぞ！　と。なんということだ。

「大統領。……大統領!!」

ロバートがしきりに自分を呼んでいることに再び気がついたケネディは、メモから顔をあげた。

「大統領、次の予定を！」

全員の視線が、再び痛いほど飛んでくる。しかもその視線の源には、大統領が何かに取り憑かれたようになっていることに対する懐疑の念が満ちあふれている。それは驚異的な若さで合衆国のトップにのし上がった男が初めて直面するプレッシャーに対する一種の憐れみをともなった視線であった。

「すまない」

ケネディはとっさに笑みを浮かべ雰囲気を取り繕った。そしてメモを引きちぎり、そこに万年筆を走らせたあと、こう締めくくった。

「いいだろう。皆も疲れているようだ。今日はエクスコムは開催しない。今夜はぐっすりと眠ってくれ。明日、午前八時半、再びここに集まってもらおう。主要テーマは偵察機によるキューバのミサイル配備の状況だ。これについてＣＩＡのマコーン長官から説明してもらいたい。いいね」
そしてケネディはロバートにメモをすべらせた。
メモはロバートから隣に座っているソレンセンへとテーブルの下を移動していった。
ケネディは視線で「そういうことだ」と二人に語りかけたあと、肩をすくめてみせた。
二人とも凍りついたような表情でこちらを見ている。
そこには『六六六＝J・F・K』と記されていた。

# 第六章　密使　vs.　KGB

## 1

――モスクワ時間十月十九日午前十一時、ソ連KGB本部

『今こそ我々は新しい大事業を始めよう。それは宇宙開発である。この分野で主導権を握るかどうかで今後、アメリカの地球における地位にも影響が出てくるだろう。

必要な資源と才能は十分備えていると思う。しかし、国家をあげての決断や資源の集結などが、これまでなされてこなかった。つまり、アメリカは宇宙開発に向けてのリーダーシップを取ってこなかったのだ。しかしすでに、大きなロケットエンジンを持っているソ連はアメリカに何ヶ月も先行している。そしてソ連は、これからしばらくの間、様々な成功を続けるだろう。だが、我々も努力を始めなければならない。たしかにすぐにNo.1にはなれないだろう。しかし、努力を怠るなら我々はNo.2のままで終わる。いや、このままただ空を見上げているだけなら確実に最下位になる。当然、そんなことがあってはならない。だからこそ我々は一九六〇年代のうちに、人間を月に送り込み、そして地球に帰還させる

のだ。これを国家をあげての大目標にしよう！』

KGB宗教対策部長ミハエル・アンドロソフは映写機のスイッチを切ると、スクリーン上からアメリカ大統領の姿を消し去った。

ケネディはたしかに月に行くと語った。そして我が国よりも先に、月に人類を送り込むと合衆国国民に呼びかけている。タイムリミットは一九六〇年代というから、演説の行われた一九六一年五月二十五日から換算すれば、およそ八年七ヶ月。八年七ヶ月のあいだに、この男はアメリカの国旗を月に掲げ、アメリカの植民地にしようと目論んでいるのである。

いわば宇宙を支配しようと考えているのだ、このジョン・F・ケネディというアメリカ大統領は。許せるか？　許せぬ。生かしておくことができるか？　できぬ。

闇のなかでアンドロソフ部長は、まぶたの裏に浮かぶケネディの残像をにらみすえていたが、やがてノックの音で我に返った。

「入れ」

アンドロソフの背後に控えていた部長補佐のシュワルナゼがライトをつけ、ノックの主を招じ入れた。

「やあ部長、部長補佐、遅くなりました」

陽気な声で映写室に入ってきたのはアメリカ合衆国から亡命し、ソ連邦の同胞になることを志願してきたオズワルドというチンピラ青年であった。背後にCIAがいるのではないかという情報が耳に入ったためアンドロソフは、逆スパイとして重用しているのだが、本人は自分の実力と忠誠心が認められたと勘違いしている。実におめでたい男だ。

　アンドロソフKGB部長は冷酷な微笑をたたえると、かつてロシア皇帝が愛用していたといわれる宝飾のちりばめられた椅子から立ち上がった。

「この婆さんが、ケネディの密使ですよ。ミセス・オルブライトです」

「あなた！　息子を返してちょうだい！　息子はどこに？」

　突然、オルブライトは手にしていたバッグを振り回し始めた。なにしろルビヤンカ広場にある初代KGB長官フェリックス・ジェルジンスキーの銅像が出迎えてくれたときは、思わず恐怖のあまり手にしていたハンカチで顔を覆ったほどだ。ロシア革命直後の混乱期に秘密警察を指揮し、聖職者と資本家、そして自由主義者を次々に射殺させた張本人の、その偉業を讃える銅像が、こちらを見下ろしていたのだ。その背後にそびえ立っているのはまぎれもないKGB本部だ。それは、これから始まる交渉が交渉ではなく、尋問であることを予期させる恐怖の出迎えであった。そして今、目の前に立っているのは、案の定、人間性を感じさせないロボットのようなKGB首脳だった。

「オル婆さん、待てよ。落ち着けよ！」

　オズワルドは背中からオルブライトの体を抱き寄せると、何度も落ち着けと耳元でささやくように言い聞かせた。だが身を乗り出した彼女は、キッとアンドロソフを睨みつけたまま今にも飛びかからんばかりだ。

「彼女がケネディの密使か？　ふざけるのもいい加減にしろ。よもや老人の観光旅行客を送り込んでくるとは……」

　アンドロソフはそう言うと握手のために冷たい右手を差し出した。しかし身長が百六十センチにも満たないKGB部長を見下ろしながらオルブライトは仁王立ちのまままこう言い放った。

「フルシチョフはどこ？　フルシチョフに会わせなさい。KGBの小者に会っても意味はないのよ。私はケネディ大統領の特使なの。大統領の代理でわざわざワシントンからモスクワくんだりまで来たのよ。フルシチョフに会わせなさいな」

　アンドロソフは両眼を細めて老女を見上げると、薄い口唇から細く、甲高い声を鳥のように発した。

「吾が輩は同志フルシチョフ閣下から、あなたに面会するように命じられているのだ。もし閣下に直接会うというなら、あなたの忠誠心を量ってからということになる。あなたの振る舞いを見ていると、ケネディが老人と見て油断させ、その実、刺客を送り込んできたとしか思えぬからだ」

「お黙りなさい。ケネディはそんな男じゃありません。アメリカを愚弄することは許しませんよ」

「まあオル婆ちゃん、待って」

　オズワルドはニヤニヤ笑いながらあいだに入ると、KGB宗教対策部長の前で膝を折り、視線を同じ高さにしてみせた。そしてこう切り出した。

「大丈夫です。アンドロソフ部長。この人はちゃんと息子のメッセージを読み解いてくれます……」

「本当か？」

部長補佐のシュワルナゼが、部長の背後で聞き返した。

「待って。私はどうなってるのか、さっぱりわかりませんけど、私の答えが云々というなら、その前に息子に会わせてちょうだい。それが条件だわ」

「よかろう。私が納得すれば条件を飲もう」

そういうとアンドロソフはシュワルナゼに映写室の照明を再び消すように命じた。闇のなかでスクリーンに左右二枚のスライドが浮かび上がった。

アンドロソフの隣に腰をおろすよう命じられたオルブライトの背後からオズワルドがパイプ椅子に座ったままささやきかけてきた。

「オル婆ちゃん、あれだよ。あんたの息子の落書きは。モスクワ・カトリック教会の机の下に彫り込んでいたんだ」

見るとローマ字がびっしりと浮かびあがっている。ヒーロー、アメリカ、リーダー、ルーツ、アイルランド、そして、そのなかにTAMMANIという文字がそれぞれいびつな丸で囲まれており、短いラインで結ばれている。

「これが我々には意味不明なのだ。タマニーと読むのかどうかわからんが」

アンドロソフは左側のスライドを見つめたままロシア語で呟いた。

オルブライトは背後を見ながら、「何て言ったの？」とオズワルドに尋ねた。

オズワルドは彼女の耳元で英語に訳しながらささやいている。

「ＴＡＭＭＡＮＩの意味を教えろと言っている」

しばらくスクリーンを見ていたオルブライトはうなずいた。

「ＴＡＭＭＡＮＩ……もしかすると、タマニーのことかしら」

オルブライトは小さく呟いた。

「タマニー？」

身を乗り出してきたオズワルドにスクリーンを指さしながら、

「ほら、見なさいよ。あのアルファベットのブロックにはＹがないわ。ということはＴＡＭＭＡＮＩが正式な綴りにならないのはやむを得ないんじゃないかしらね」

「仕方なくってことか」

「そうよ。あっ……」

突然、オルブライトは短く叫んだ。

「どうした？」

「あれを見て。ほら」

オルブライトはスクリーンの左側を指差しながら小声でささやいた。

「右から三列目のＲ、その隣のＯ、斜め上のＯ、その隣、斜め下のＴ、そしてＳ、いい？ＲＯＯＴＳ」

「ルーツ。ルーツか？」

オズワルドは、念を押した。

「そうよ。家柄とか、家系のことね。ルーツという言葉があるわ。待ってね……」

そして彼女はスクリーンの右側にある言葉を小声で読み上げた。

「……アイルランド……アメリカ……リーダー。そうよ、そうだわ。ケネディのことだわ」

「なるほど、家柄とか家系とかなら、TAMMANIはタマニー、つまり民主党の暗示かもしれねぇな。するとこいつは、やはりケネディのことか!?　オル婆ちゃん」

オズワルドは英語でささやいた。

「待って、もしかすると、あれは『ヨハネの黙示録』の……」

オルブライトは両眼を細めた。

「そうよ。『ヨハネの黙示録』だわ。TAMMANI　IS　666……まさか、あの子、ケネディが六六六だって言ってるんじゃ……」

そのときアンドロソフの叱声が飛んだ。

「オズワルド、何をヒソヒソやっているんだ。おい照明をつけろ」

突然、プロジェクターの電源が切れ、ライトがともった。

「どうする、ケネディの件、訳そうか？」

オズワルドは一段と声をひそめてささやいた。

「ほうっておけばいいわ。どうせ難癖つけるだけだもの。それより息子に会わせるように言ってちょうだい。それとついでにフルシチョフにもね」

「わかった。伝えてやるよ」

オズワルドが両手を広げながら、アンドロソフに彼女の言葉を訳したときだった。

KGB宗教対策部長はオルブライトをにらみつけながら、言下にそれを否定した。

「違う。タマニーとはTAMMANYと綴るはずだ。特使にそう言え」

「オル婆ちゃん、部長が正式な英語の綴りと違うと怒っている。どうする？　あんたの息子は馬鹿だったから仕様がないとでも伝えようか」

しかしオルブライトはいらだたしげに、

「うるさいわね。じゃあ、ヒーロー、リーダー、アメリカ、ルーツ、アイルランドという単語から推定すると、息子はケネディのことを伝えようとしていると言ってちょうだい。ケネディは民主党だから、TAMMANIをそう読み解いたのよ」

「そうか。お前たちの崇拝しているキリストは綴りを間違える神なのか？　ええ？　それが神なのか？　笑わせる」

アンドロソフは笑い声をあげながらスクリーンを指さした。

それをそのまま訳したオズワルドを突き飛ばしながらオルブライトは叫んだ。

「うるさいわね。神は、時として暗示をなさることがあるのよ。そのおかげであなたたちソ連の共産主義者にも理解できなかったじゃないの。だから私を呼んだんでしょ。いい気味だわ」

　すると突然、アンドロソフは椅子から立ち上がった。

「見ろ。同志、シュワルナゼ。やはりスクリーンにあるリーダーのルーツはアイルランドであり、民主党議員。そして彼こそが六六六である。これが正解だったのだ。ならばケネディで間違いない」

　そう言うとアンドロソフはケネディの密使を見た。

「一つ聞きたい。アメリカ国民、いや西側諸国にとって聖書とは何か？」

　今度は英語だった。オルブライトは座ったまま短く答えた。

「命よ」

　アンドロソフは矢継ぎ早に聞いた。

「では、なぜ二千年ものあいだ、君たちは古代の記録を読み続けているのか？」

「それは古代の記録であると同時に未来の計画でもあるからなの」

「どういうことか」

「聖書は預言の書でもあるの。神の人類に対するご計画を記した書でもあるの。だから我々聖書の民は知恵を使って書かれている言葉を読み解く努力を怠ってはならないの」

「しかし書かれている記述は古代のものだ。登場する人物も舞台も古代人であり、古代の土地だ。そして発せられるのも古代人の口から出た言葉だ。イエスという男もまた我々にとっては古代人の一人にしかすぎない。解釈は一つのはずだ」

「神は人類を慈しむとともに人類をお鍛えになる方なの。あなたがたの父や母と同じ存在です。あなたがたのご両親があなたが三歳のとき、十代のとき、二十代のとき、それぞれ違った言葉で生活のしつけをするように、神も人類に対して成長に応じたお言葉でしつけをなさるのよ。だから私たちは成長に応じて神の言葉を解釈しなければならないの。二千年前と今とでは人類の価値観や考え方、生活習慣は異なっているでしょう。だから現代を生きる私たちは、それぞれの立場や成長に応じてイエス・キリストの教えが何を我々未来人に伝えようとしているのかをつねに知恵を使って読み解いていかなければならないのよ」

アンドロソフは口唇をねじ曲げながら訊いた。

「何の力で読み解くというのだ。推理力か？」

「霊感よ」

「霊感？」

「目に見えない神の力によって読み解くのよ」

「科学では読み解けぬというのか？」

「そうね。今流行のコンピュータなどという機械のような人間には無理な作業かもね。だからＴＡＭＭＡＮＹと一文字違うだけでＴＡＭＭＡＮＩが民主党の暗示だとわからなかったんでしょう。暗示という武器が人間にはあるのよ。血の通った人間にはね！」

「なるほど。人間の霊感によってのみ可能な作業だというわけか。同志シュワルナゼ。アメリカは科学ではなく、どうやら霊感の力で人を月に送り込もうとしているらしい」

「そのようですね。同志アンドロソフ部長」

呆然としているオルブライトの隣でオズワルドが下卑た笑い声をあげた。

「なんて言ったの、あの人」

「えっ？　ああ部長がさっき話したことか。アメリカはエンジンのないロケットで月に行くつもりだと言ったんだよ。ケネディは精神力で月に行くようだとね」

突然アンドロソフは、シュワルナゼはうなずくと、再び照明を消し、スライド用のプロジェクターの隣に置かれた映写機を作動させた。

スクリーンのほうを向いたオルブライトの目に飛び込んできたのは、TVニュースの映像で見たことのあるフルシチョフの姿であった。

フルシチョフは笑いながら重厚な響きのあるロシア語でしゃべり始めた。スクリーンの下には英語の字幕が映し出されている。

『これを見ているであろうケネディ大統領閣下の特使に心からご挨拶したい。ようこそモスクワに。あなたをクレムリンに招じ入れるには米ソの距離は遠すぎると思われる。したがって我が同胞であるアンドロソフ同志に君の処遇を一任することにした』

その瞬間、アンドロソフは椅子から立ち上がるとスクリーンに向かって敬礼をしてみせた。背後でシュワルナゼは直立不動である。オズワルドもだった。まるで三人の行動を見つめているかのようにフルシチョフは首肯したあと、さらに続けた。

『もともと私がケネディ大統領にゲームを挑んだのは理由がある。それは君たち聖書の民がソ連の指導的立場にいる私に救いを求めていることが判明したからだ。私は救世主になる覚悟を決め、そして悪魔ケネディとのゲームを開始した』

「なんですって⁉ フルシチョフが救世主ですって⁉」

スクリーンの字幕を目で追っていたオルブライトは思わず声をあげていた。

フルシチョフは、そんな反応を当然、予測していたかのようにこう続けた。

『したがって私はケネディを倒すために戦うつもりだ。だが今一つ疑問が生じている。というのも、ソ連領内で地下活動を進めていたバチカンのスパイ、つまり一人の大司教が教会内に刻み込んでいたメッセージによれば、救世主は私ではなく、むしろケネディではないかと思われるフシがある。それを解く鍵がタマニーという単語だったのだ。それを解くのにベストなのはバチカンのスパイの肉親のあなたをソ連に特使として招き入れ、それを解かせることだった。提案してくれたのは、そこにいる同志アンドロソフKGB宗教対策部長だ。驚くことに我々の提案をケネディはすんなりと受け入れ、今、あなたはここにいる。そしてタマニーの謎を解いたからこそ、あなたは私の姿を目にしているのだ。ありがとう。

結果については、のちほど私あてにアンドロソフ部長から報告があるだろう。ともかくキリスト教徒にとっても共産主義諸国にとっても、救世主は、この私だとあなたは証明してくれたわけだ。感謝する。そして特使よ。帰ったらケネディに伝えてくれ。ゲームは終わりだ。悪魔よ！　この世から去れ！　とな』

突然、フィルムがカラカラと音を立て映写機は銀幕を闇に照らし出した。

オルブライトは映像の消えたスクリーンをひたすら見つめていた。

自分が密使に選ばれたのはKGBからの提案だったのだ。そして、フルシチョフにしてもアンドロソフにしても、息子のメッセージを脅威に感じている。

なぜだろう。

ただはっきりと言えることは、答えはあのスライドのなかにあるということだ。息子が教会の机の裏側に彫り込んでいたという、あの文字群を撮影した写真のなかに……。

「ねえ、さっきのスライドに戻してちょうだい。救世主はフルシチョフじゃなくて、ケネディだってことを証明してみせるから。納得したら息子に会わせてちょうだい」

「黙れ！　女！」

アンドロソフは奇声を発するとシュワルナゼに何事かロシア語でささやいた。

映写機に近づいたシュワルナゼは、意味深な笑いを頰の傷のあたりに漂わせながら赤いスイッチを人差し指で弾いた。その瞬間、それまでスクリーンに映っていた英語の羅列が消え、白い画面の中にモノクロの写真が大きく映し出された。そこに十字架刑に処せられた人物がうなだれている。

オルブライトは両眼を細めて上半身を乗り出した。

……あ、あれは……。

さらに二歩前に進み、スクリーンに近寄ってみる。その途端、オルブライトは口を大きく開いたまま「ああ」と声を漏らし始めた。背後のオズワルドは両手を胸の前に組んだまままうつむいている。

モノクロの写真の中で裸のまま十字架に磔にされた大司教がうなだれている。黒く血で染まった体は食事も与えられなかったのであろう、骨と皮ばかりにやせ細っている。

「特使。わかるかね？」

アンドロソフKGB部長の氷のような視線を感じたオルブライトは口を手で押さえたまま、呆然と立ち尽くしている。

「息子は……息子は……」

その哀れな姿を見つめていたオルブライトは、両手を握りしめたままガタガタと震え始めた。しかし不思議なことに涙は出てこない。

……なぜかしら……なぜ悲しくないの？

不思議なことにオルブライトは震える体の内側から、まるでマグマのようなエネルギーが湧きあがってくるのを感じていた。

「特使。これがソ連の答えだ。もう満足だろう。こうして息子には会えたのだから」

KGB部長はそういうと、オズワルドに命じた。

「特使が帰国の途に就かれるようだ。しばらくクレムリン宮殿の地下でゆっくりしていただいたあとで、空港までお送りしろ」

「さ。オル婆ちゃん。行こう」

背中を押されながら部屋を出ようとしたオルブライトは、立ち止まるともう一度、スクリーンをふり返った。

カトリックの大司教としては、この死は本望だっただろう。

しかし人の子としてはどうだろうか。残虐な殺人……いや、処刑以外の何物でもない。

オルブライトは視線をKGB部長の濁った両眼に投げ込むと、低く静かに呟いた。

「部長さん。私は自分の息子を誇りに思っています。そして私はこのまま引き下がるつもりはありません。私はケネディを信じます。彼はフルシチョフよりもはるかに上です。なぜならフルシチョフは私を門前払いしました。しかしケネディは少なくとも私との対話を試みていました。その差は地球よりも重いわ。救世主はケネディの方よ。わかった⁉」

そう言うとオルブライトは憤然と部屋を出て行った。あとを追いかけようとしたオズワルドは、扉を出たところで、ふいにKGB情報部長でありながら米国への亡命を密かに希望しているイワノフに腕を掴まれた。どうやらオルブライトが出てくるのをひたすら廊下で待っていたようだ。

「おい、オズワルド。わかっているな。特使を丁重にお送りするのだ。いよいよ『聖典アストロノミア』移送作戦だぞ。裏切るなよ！」

イワノフ部長のささやく声にうなずくとオズワルドはオルブライトの背中を追いかけた。

「待てよ。オル婆ちゃん。そっちじゃないんだって」

## 2

――十月二十日午前二時、ワシントンD．C．


突然、電話は鳴り響いた。

白くしなやかな指が受話器を包み、やがてブロンドの女性が吐息まじりの声で答えた。

その様子をカウチチェアに座ってぼんやりと眺めていたケネディは、ワイシャツの第一ボタンを外し、ネクタイをゆるめにかかった。

……しかし、一体どういうことなんだ。クリスチャンの私が、なぜ悪魔なんだ。私ほど神の言葉を聞いてきた人間はいないはずなのに……。

「聞こえてるの？　ジョン」

いつものけだるい表情のなかで深紅の口唇がかすかに上下している。彼女は左手の人差し指で電話を指さしたあと、風に舞う花びらのように軽やかな足取りで、こちらに近寄ると丸みを帯びたその腰をケネディの膝(ひざ)の上に載せながら、季節を知った薔薇(ばら)のようにニッコリと微笑してみせた。

「何をさっきからぼんやりしてるの？　電話よ。大統領閣下に」

女性はケネディの耳元で、そうささやくと、

「今日ね、アタシ、ホワイトハウスに電話しちゃった」といたずらっぽい瞳を向けてきた。

「誰にだ？　ソレンセンにか？　大統領補佐官にか？」

「ファーストレディに」

「はあ……」

大きなため息をつくと、ケネディは女性の豊満なボディに両手をからめ、そしてゆっくりとソファの脇に移動させた。と、その途端、電話のベルが、けたたましく鳴り始めた。

この時間、この場所に電話をするとすれば、ソレンセンぐらいなものだろう。しかし、あれほど、夜ここに電話を入れてくるなと注意したにもかかわらず……。ここにいるときの私はアメリカ合衆国大統領でもなんでもないのだ。大統領の椅子から逃げてきた、ただの中年男だ。むずかしい話はすべてスケジュールの中でこなすから、どうか私を身体の弱い孤独な迷える小羊にしておいてくれないか。

ケネディは心の中で叫ぶと受話器を手に取り、額にしわを集めて声を荒げた。

「ここには電話をしてくるなとあれほど言っただろう」

「しかし大統領は何かあれば、二十四時間いつでもここに電話をするよう、今日おっしゃったじゃありませんか」

聞き覚えのある声だった。少しなまりのある英語だ。

もしかすると例の聖書学者か!?

「まさか、ケイ……ドクターＫか？」

「そうです。ジョン」

そこでようやくケネディは、電話番号を書いたメモを渡し間違えたことに気がついた。

あのときすでに心はジュディスの家に飛んでいたというのだろうか。もしかすると、あまりのプレッシャーに潜在意識が無数のカードのなかから愛人宅の電話番号をチョイスしていたのかもしれない。

「用件は？」

「例の聖なるアルファベットの件ですが、気になる言葉が見つかったんですよ」

ケネディはちらりと後ろを振り返った。そこには今やマリリン・モンローの生き写しとして全米のアイドルになろうとしている女優が、いつの間に脱いだのか、ガータベルトをつけた白い脚を組んで微笑を浮かべている。豊満な胸に貼りつこうとしている自分の視線を引き剝がすように向き直るとケネディは低い声で、

「ケイ、マズいな。大っぴらにやり取りはできないんだ」

「やはり核ミサイルですね。何も言わなくとも結構です。いいですか、ジョン。手短に言いますが、どうやら六六六とは、実は英雄を意味しているようです」

「悪魔が英雄？」

「そうです。転落した悪魔がヒーローに変わるのです。というのも、TAMMANI IS 666を思い出して下さい。本来のTAMMANYのYがIに変わっています。なぜだかわかりますか？」

「聖なるアルファベットの中にYがないからだ」

「それもあります。しかし、もっと大事なものがないのです」

「大事なもの？」

「そうです。Vですよ。YからVを取ったらIになる。大統領、あなたは戦争を始めてもV、つまり勝利がないのです。だから断じて戦争をしないと決断すれば、あなたは救世主になれるんです」

ケネディは喉仏（のどぼとけ）を上下させながら、その言葉を反芻（はんすう）した。

……悪魔がヒーローに変わる……!?　ということは、チャンスはまだあるということか……。

しかし、そのためにはケネディが自分自身の運命を変えなければならない。合衆国政府首脳を、戦争をしないという方向にまとめ上げなければ、やはりすべてはキリストの預言通りに進行していくのではないか。

「ケイ、今、君はどこにいるのかね？」

「教会です。今日、電話番号をお伝えしたところです。それともう一つ。十万人集会を抜き打ちでキング牧師が明日開きます」

「なんだって？」

そう言えばエドワードが電話で、キング牧師が近々デモをやるらしいと伝えてきたが、あれは明日のことだったのか。

「しかし突然過ぎる。集まってもせいぜい数百人程度だろう」

「違います。大統領。彼らの地下ネットワークを舐めると痛い目に遭いますよ。というのも……」

若泉からキング牧師の具体的な計画を聞き出すとケネディは受話器をおろし、甘い誘惑が広がる背後を振り返った。こんなところにいる場合じゃない。全員が戦っているのだ。私だけが逃避することは決して許されない。そうだ、悪魔は救世主になれるんだ!!

ケネディは突然、大統領の顔に戻ると、

「悪いが、今日は失礼する」

「なぜ？　あのときファーストレディが私に何と言ったのか知りたくないの？　あなたのことを何て罵ったか知りたくないの？」

ジュディスは身をよじるようにしながら組んでいた脚を上げ、そして大きく開いてみせた。

「わかっているよ、ファーストレディの座は譲らないと言ったのだろう。そして私のことはあなたが思っているようなヒーローでも何でもないのよと罵ったのだろう」

「その通りよ。彼はＦＯＸ（キツネ）だから気をつけて！　だって」

ケネディはベッドの上に無造作に置かれていた背広を手に取ると、右手の人差し指を立てて笑いかけた。

「君はいい。天使にも悪魔にもなれる。しかし私はそうはいかないんだ。しばらく会えないよ」

そう言うとケネディはFOXのように軽やかに、そして素早く寝室を飛び出して行った。

# 3

## ――同日午前七時四十五分、ホワイトハウス

ジャクリーヌのこれ以上ないというほどの冷たい視線をかいくぐるようにして、公邸から執務室に移動したケネディ大統領を待っていたのは、司法長官のロバートと国連大使のスティーヴンソンだった。

「兄さん、夕べはどこにいたのです？　あれほど連絡を待つとコールしていたのに」

ロバートはケネディがシートに腰をおろす前に速射砲のように訊いてきた。

結局、公邸に戻ったのは明け方だったのだ。

「たまには冒険がしたくなる。そういう年頃でね」

「冗談はスティーヴンソン大使の理念をまず聞いてからにしてください」

「わかったよ。大使、始めてくれ」

ケネディは苦笑するとスティーヴンソンの丁寧になでつけられたロマンスグレーの髪を見ながら、はね上がった自分の髪をあわてでなでつけた。

「大統領。確かに妥協を前提にした交渉は売国奴になると言われましたが、その通りです。

しかし国連は活用すべきです。安保理にキューバ問題を付託し、公開でソ連の陰謀を暴いてみせましょう。私にはその覚悟があります」

「兄さん、大使の言うとおりだ。今こそU2の成果を世界に披露すべきですよ。キューバからのミサイル撤去を、いきなり国連決議に求めるのではなく、今何が起こっているのかを国際社会に暴露するという方法も選択肢じゃないかな?」

「なるほど」

ケネディはスティーヴンソンを真っすぐに見つめた。

「勝算はあるかね、大使」

「お言葉ですが大統領、この冷戦において勝利はありえないと考えます。大事なことは一方的敗退を防ぐこと。つまり負けないことです。そのために国連を公開討論の場に仕立てあげ、すべての国の大使やスタッフに見せつけることが我々に残された手段ではないかと思います」

「わかった。それで行こう。具体的なスケジュールはロバートと打ち合わせてくれないか」

「わかりました。早急に」

国連大使が退室するのを待っていたかのようにロバートは、これまで以上に深刻な顔でこう言った。

「しかしキリストが兄さんを悪魔だと名指しで預言していたとはなぁ」

「光栄の極みだな」

ケネディは深いため息とともに、首を軽く振ってみせた。つまり、これは米ソの暗号戦争における敗北を意味しているのだ。なぜなら、この真相をフルシチョフの言うとおり、あと八日後の十月二十八日午前九時ジャストに西側のマスコミに公表した途端、アメリカ合衆国大統領の権威は失墜し、キューバ危機に向けてキリスト教国家間の軍事同盟が成立しない可能性が十二分に考えられる。そうなれば、バチカンの権威の援用も難しくなり、ヘタをすればケネディはキリストから断罪された大統領としてソ連の前に全面降伏せざるを得ないところまで追い込まれてしまうだろう。

「これが狙いだったんだ……。やられたな、フルシチョフに……」

ロバートは、その言葉にうなずくと両腕を組んだまま呟くように言った。

「しかし、すべて数字がフルシチョフの仕掛けだとしたらどうだろう。例のキーナンバーも兄さんが六六六になるように、わざと並べてみせたとしたらどうかな」

「であれば有り難いが、それなら、なぜオルブライト大司教は命懸けでバチカンのラーギ卿にキリストの暗号の手掛りを伝えようとしたんだろうな」

「それもそうだな。しかも亡命を希望している例の兄弟はフルシチョフをひどく憎んでいる。彼らが、あの数字の書かれたメモをデッチ上げたとも思えない……。となれば、我々は六六六の暗号には触れずに軍事的解決を図るしかないのか……」

つまり『聖ヨハネの祈り』は事実上、手足を封じ込められてしまったに等しいのだった。

もし光明があるとすれば、ロシア皇帝の秘宝を入手することだが、ソ連にある実物を持って来て結果を公表するのは、むしろ危険だろう。両刃の剣を振り回すことと同じでヘタをすると、J・F・K＝六六六説を裏付けるだけのことだ。そうなれば、ケネディも合衆国も完全に息の根を止められるに違いない。

「やられたな……」

深いため息をついてロバートがうなだれたときだった。

扉が開くのと同時に駆け込んできたソレンセンが蒼白な顔でこう言った。

「大統領。まずいことになりました。KGBに送り込んでいたCIAの工作員からソ連の武力攻撃が近いという暗号電報が届いたというのです」

「本当か？」

ケネディは思わず身を乗り出した。

「ソ連の攻撃が近いという根拠は？」

「モスクワ発キューバ行きの貨物船のなかに核弾頭五発が搬入されるのを目認したというのです」

「目認!?　工作員がか？」

ケネディとロバートは思わず顔を見合わせた。

「そうです。貨物船の荷役係として潜り込んでいた人物からのものです」

「CIAのマコーンは何と言っている？」

「早急に武力行使のご検討を……と」

「ちょっと待った。その工作員の情報だけで武力行使を迫っているのか？」とロバート。

「そうです。ご兄弟。情報なき情報戦においては末端の情報が主力情報となるのはご承知のとおり。我々がいかにフルシチョフを暗号解読で封じ込めようとも、現実がそれを追い抜いてしまえば一巻の終わりです。おそらく今日午前中のエクスコムでマコーンはこの情報を公開し、大統領に武力行使を呼びかけるはずです。なんとか手を打たないと……」

「わかった。ソレンセン。会議が始まるまで、しばらく一人にしてくれないか。電話も何も入れないでくれ」

「いいでしょう。あと十分後にノックをします。それが私です。今度ばかりは不在は通用しませんのであしからず。それとノーマン・カズンズが要求していた禁断の写真が見つかりました。これがそうです」

ソレンセンは、もう一度皮肉を込めてそういうと、黄色い封筒を差し出したあとロバートとともに執務室を出て行った。

「……核弾頭が五発か……」

二人が退出した執務室でケネディは思わず天井を仰いだ。

平和路線への架け橋が、今、崩れ落ちていく……。

あとは六六六になったJ・F・Kがキリストの預言通り核戦争を引き起こし、最後の審判を自ら引き寄せるだけなのか。

ケネディは訳もなく叫び声を上げそうになったが、思わず右手の中の封筒を握りつぶしそうになったことに気がついて我に返った。その封筒には原爆投下後に一人の政府広報カメラマンが撮影した禁断の写真が入っているとソレンセンから聞いたばかりだった。例のノーマン・カズンズが公開を迫り続けている禁断の写真とやらだ。恐る恐る封を開いて指を入れると、そこに一枚の写真が手に触れた。ゆっくりと、その一葉を引き抜いた瞬間、ケネディの体は雷に打たれたように凝固した。

# 4

**――同日午前八時五分、大統領公邸**

夕べから熱が下がらないために学校を休んでいたキャロラインは、自分に言い聞かせるように呟いた。

「キャロラインいいこと、パパとママは冷戦中ですからね。あなたの出番は、まずパパをやり込めることよ。しかも他の女の人に、せっせと暗号でメッセージを送っているのよ。どう思う?」

今朝ママが見せてくれた暗号表を見ながら、ベッドのなかでくるりとうつぶせになったキャロラインの両頬は赤く、ため息は熱い。

「ママ以外の人にラブレターを書くパパは許しませんからね」

キャロラインは父親がイタズラ書きでペンを走らせたメモを次々と読み上げていった。

「L・O・E……L・O・E……」

父親が引いたラインは何かを求めるかのようにアルファベットをつなごうとしているが、すべて行き止まりになっている。キャロラインは小さく呟いた。

「そうだわ。きっとそうよ」

そして続けた。

「パパは苦しんでいるのね。でもね『星の王子さま』のキツネは言ってたわ。大事なものは目に見えないんだって。だからパパの目に、あの字が見えていないのね。そうだわ」

突然、起き上がると机のうえに置いてあった色鉛筆の箱をつかみ、もう一度ベッドにもぐり込んだ。そして赤鉛筆をつかみ出すと暗号表にVの字を一つ書き込んだ。

「そうよ。パパにVはありえないわ。だから他の女の人との愛は成就しないのよ。このVはママのVだからね」

キャロラインは、しばらく父親の秘密の暗号表をにらんでいたが、やがてうなずくと小さく呟いた。

「これで家族の戦争は終わりね」

# 5

## ――同日午前八時十分、ホワイトハウス

「誰だ⁉」

挑むようにケネディは誰何した。

「私です。十分経過しました」ソレンセンだった。

「名案は浮かびましたか？」

「駄目だ。現実よりも六六六の暗号がそれを追い越してしまうのだよ。主イエス・キリストが悪魔の正体をここに封印しているなら、解決策も同時に暗号化しているのではないかとそればかり考えてしまう」

ケネディは写真を封筒に入れながら何事もなかったかのように答えた。だが、ソレンセンも禁断の写真の件はなかったかのように、

「大統領。六六六のお悩みは、どうか国家機密に格付けていただきましょう」

「どうしてだ？」

「アメリカ合衆国大統領が国家の政策を聖書で占っているとあれば、世界中の人間のあなたを見る目が変わるからです」

「クリスチャンは尊敬してくれるだろうな」

「それ以外の人間からは、あらゆる聖典がホワイトハウスに殺到するでしょうな。こっちを読めと。その中にはマルクスの『資本論』が入っているでしょうね」

ソレンセンは憎まれ口を叩いてみせた。だがケネディは微笑を浮かべながらこう言った。

「では、これも国家機密に加えてもらおう」

「何をです？」

「海上封鎖をやる。核弾頭を積んだソ連船舶の航海の安全を見守るために、合衆国は海上封鎖を行う」

「安全を見守る？」

「冗談だよ。封鎖という以上、イルカ一頭通すわけにはいかない」

「しかし海戦が勃発する可能性が」

「臨検を拒む船舶は拿捕しなければならないだろう。当然、小競り合いは起こる。ただしすべてを大統領直轄で行うことにする。いいかソレンセン。それで事態を収拾するのだ。大丈夫だ。謀略の余地をさしはさまない。しかし、その名前は決して忘れない。我々の敵は、いつの日か許す。これが禁断の写真を見せてもらった結論だ」

「わかりました。それと大統領。申し上げにくいのですが、ロバート、エドワードのお二人から『聖ヨハネの祈り』は、すでに終わらせるべきではないかというご提案がありました。事態は聖書の預言をはるかに超えてしまったというのがその理由です」

「それで」

「それだけです。いや、あともう一つ」

「何だ？」

「ホワイトハウス周辺に黒人が集まり始めています。排除しますか？」

……やはりそうだったか。

ケネディはシートから起ち上がると、デスクのうえに置かれていたクッキーを一枚口のなかにほうり込んだ。

「いや、あるがままに」

「人数はどんどん増えています。それでもですか？」

「抗議行動の弾圧はケネディ政権のルールに反する」

「相手が奥さんでもですか？」

「また皮肉か。ああ、それが愛娘のキャロラインであっても抗議する権利は認めるよ。まあどっちの可能性もゼロだがね。二人とも私の立場をよくわかってくれているはずだ。それより会議だ。あっ、いやいや、その前に即座にアブラム少年の父親たち三人を釈放するよう事を進めてくれ。彼らが暴れ出す前に。すべての責任は私が取る」

「わかりました。そのお覚悟さえあれば、合衆国は当面大丈夫でしょう」

ソレンセンが退出するとケネディはすぐに受話器を取り若泉ケイの連絡先に電話を入れた。三コールめで若泉が出た。ケネディはホッとした表情で切り出した。

「ドクターK。お望み通りアブラムの父親ほか二名の釈放を許可した」

「本当ですか？　残念ながら遅かったですね。彼らは、もうデモを始める気でホワイトハウスに向かっています」

「その通りだ。続々と集結しているようだ」

「解散するようキング牧師に命じろと私に仰ってるんですね」

「いや、そうじゃない。せっかく集まってきたんだ。協力してもらいたい。今から国際赤十字の車を百台以上回すから、君からキング牧師の仲間にこう伝えてくれないか」

そういうと、ケネディは早口でこの緊急事態を切り抜けるアイデアを若泉ケイに伝え、電話を切った。あとは彼らの良心に頼るしかなかったが、それにしても不幸は連鎖しながらやってくるものだ。ケネディは深いため息をついて一人頭を抱え込んだ。

## 6

――同日午前八時二十五分、ホワイトハウス
黒人がホワイトハウス周辺に数万人規模で集まり始めていた。
当初、人種差別撤廃を訴えるための抗議デモだと睨んでいた「ニューヨーク・タイムズ」のワシントン支局特派員カール・アルバートは隣に立っている「ワシントン・ポスト」のボブにささやいた。
「大統領は戦争準備に入ったのではないか？」

紙コップに注がれたホットコーヒーをすすっていたボブは、思わず口唇の端から琥珀色の液体を噴き出した。

「なぜ？　どこがニュースソースだ？」

「いや、私の予感だよ。なぜなら国際赤十字の献血カーが百台規模で集結しているのだ。黒人たちは血を渡しに来たのだ。誰に？　あるいは国際赤十字に？　いや、合衆国政府にか？」

「いや、まんざら根拠のない話でもないよ、ボブ」

後ろにいたNBCの報道記者ニコラスが、ささやくようにしながら割って入った。

「どうもキューバで何かが起きているようなのだ」

「しかし政府からは今のところブリーフィングはないぞ」

「極秘で事を進めているらしいのだ」

NBCのニコラスは、さらに小声で続けた。

「どうも秘密会合がもたれているようなんだ。大統領と主要閣僚のあいだで。それだけじゃない。我が合衆国はソ連から脅迫されているというのだ」

「ミサイルか何かで？」

ボブがささやくように聞いた。

「それが驚くなよ」

ニコラスは口唇の端を曲げながら、一度笑い顔を作った。そして百八十度、悪魔のような形相に変わるとこういった。

「ヨハネの黙示録だ」

「ヨハネ!?」

二人同時に声をあげるのをたしかめるようにうなずくと、ニコラスは続けた。

「そうだ。聖書の暗号を楯に合衆国が脅迫されているというのだ」

「馬鹿な……」と言いかけてカールは両眉をあげた。

「待てよ。婆さんだ。『ワシントン・クロニクル』のあの婆さん、近頃、姿を見ない」

「そういえば彼女が一度、『ケネディは六六六問題で、ある筋からとっちめられている』とか嬉しそうに言ってたぞ。あのときは、ついに老化が極まったのかと思ったが……」

ボブは紙コップの底を左手の人差し指で、コンコンと下からノックしはじめた。

「ともかく何かがホワイトハウスで始まっていることだけはたしかだよ」

カール・アルバートは紙コップを握りつぶしながら舌打ちをすると、三メートル先にあるゴミ箱に向かって投げ入れた。

「ストライク!」

ニコラスはそう言うと、右手のオレンジジュースを一息で飲み干した。そして目を細めながら、

「記者会見を要求しようぜ」

「誰が行く?」

「俺がねじ込んでやる」

ＡＢＣのハワードがひげ面の顔を突っ込んできた。

「ＯＫ！　やろう。大統領の記者会見を要求しよう」

ハワードはそう言うと口笛を吹きながら廊下を大股(おおまた)に歩き出した。

「ソレンセンを攻めろよ。ハワード」

「わかっている」

ワシントン駐在の腕利きのジャーナリストたちは着々とケネディ包囲網を築きあげようとしていた。

# 7

## ――同日午前八時三十分、エクスコム

ジャーナリストが押し寄せる前にソレンセンは、一枚のコピー用紙をプレスに向けて発表しておいた。それが功を奏したのか、ＡＢＣ記者のハワードは『市民の献血に感謝する』というケネディのコメントを手にしたまま呆然(ぼうぜん)と立ち尽くしている。

幸い三人の釈放を聞きつけたキング牧師がデモ参加者に向けて、『肌の色は違っても血は一つだということを合衆国民に見せてやれ！』と献血に協力するよう呼びかけてくれたのだ。そのおかげでケネディ政権打倒のシュプレヒコールは『血は一つ！　血は一つ！』

という平和的なものへと変貌した。

だが、記者は騙せても、政府首脳はそうはいかなかった。

この日のエクスコムはCIAマコーン長官の独擅場と化したのである。

まずKGBに潜伏させていたCIA工作員の名前と顔写真までスクリーン上で明らかにしたうえで、「五基の核弾頭を載せた貨物船がカリブ海を目指している」という極秘情報を披露すると、さすがに居並ぶ出席者は度肝を抜かれた。

「したがってCIAの見解としては一日も早い空爆を！　という結論以外に考えられません。仮にそれが先送りされるのであれば、圧力の高い海上封鎖の実行を求めます」

「圧力の高いとは、どういう意味かね？」

ペンタゴンのマクナマラ長官だった。

「精度の高い、あるいは強硬的なと言い換えてさしつかえないと思います。もっとわかりやすくいえば停止命令に従わない船舶はナショナルフラッグのいずれを問わず撃沈する、ということです」

「撃沈⁉」

その言葉に出席者たちの喉仏が何度も上下するのをケネディは見逃さなかった。

「潜水艦は？」とマクナマラ。

「浮上命令に従わなければ海底の奥深くに永遠に潜っていただく。停止命令に従わない場合も同様です」

「なるほど」

マクナマラ国防長官は勢いづいた。

「CIAの見解に感謝する。続いてペンタゴンは提言したい。これに加えてキューバへの搬入禁止品目にミサイル燃料を加えるほか、食糧と医療物資を除く全物資の搬入を禁止すること。さらに低空偵察飛行を強化したい。これにより偵察効果があがるだけではなく、カストロに屈辱を与え、キューバに潜入しているソ連人を心理的に動揺させることができる。特に夜間、照明弾を投下すれば一層敵対的心理動揺を増幅させることができるだろう」

「待ってくれ」

手をあげたのはロバート・ケネディだった。

「そんなことをすれば撃墜してくれといわんばかりではないか。一機落とされただけで、我々は戦端を開かねばならないところまで追いつめられる！」

「心配性ですな」

マクナマラは笑った。

「司法長官、大丈夫ですよ。彼らは米軍の力を恐れている。我々の報復を極端に恐れている。だからそのような無謀なことはしない。断言できる」

「断言できる？　ハ？　百％ですか？　まるでキューバかソ連の代理人だな」

ロバートは両手を広げながら、

「それじゃあ、今日から国防長官の名前をマクナマラからカストロに変えようか」

「なんですと」

マクナマラはロバートの挑発に眼をむいた。

「まあまあ。こうしてはどうですか」

ソレンセンが二人の間に割って入った。

「同じ挑発行為なら、キューバ国民に向けたビラを搭載した飛行機にすべきですな」

「ビラ？」とロバート。

「ソ連とカストロの謀略を暴くビラですよ」

「うむ。おもしろいな。カストロとフルシチョフを罵(ののし)るビラか」とマクナマラ。

「そんなことより、大統領、その写真をどう思われますか？」

顔をあげるとＣＩＡ長官がこちらを真っすぐに見つめている。

気がつけば、いつのまにか航空写真が手元に置かれていた。それは他の参加者も同じだった。全員がすでに手元に配布されたコピーに錐(きり)のような視線を落としたまま凝固している。

「何だろう……」

ケネディはそれを取り上げ、視線を投げかけた。

「そこに白い建物が写っているはずです」

「ああ、これか」

　ケネディが右手の人差し指でそこを弾いて顔をあげた途端、マコーンはその唇ですべての参加者を凍りつかせた。

「その白い建物が核弾頭用貯蔵庫です。堂々としたものです。五十発以上収納できるスケールです。彼らは着々と事を進めています」

「貯蔵庫!?　連中はすでに完成させていたのか……核の貯蔵庫を!!」

　ケネディは絶句した。

「そうです。しかも、すでに何十発か運び入れられている可能性が高い。そうなれば明日にでもミサイルに搭載が可能です。いや、ヘタをすれば、もう搭載されているかもしれません。大統領、武力行使のご決断を」

　ＣＩＡ長官のマコーンの声が会議室の空気を圧倒した。

# 第七章　見えない星座

## 1

――十月二十日午後一時三十五分、ワシントンD．C．

教会に続く道路の片隅にあるマンホールの蓋が外されている。

ただ黒く丸い縁だけが地下に手招きをしている。ちょうど右手に見える古儀式派の教会は、今や取り壊されようとしている。先日、二人の牧師が惨殺された教会だ。縁起が悪いと思ったのか、それとも神聖な場所で残忍な殺人が行われたことに対して、神に失望したのか、教会の持ち主が、あっという間に解体工事を依頼したという。

歩きながら若泉ケイは改めてまわりを見回した。

このあたりは教会が多いらしく、裏手の空爆を受けたようなマンションのさらに東側にも教会があった。それにしても午後一時すぎにホワイトハウスに入れた電話では、まるで別人のようなケネディが出たことに正直驚かされた。十万人デモを無事収束した御礼もそこそこに、ケネディはこう言ったのだ。

「ケイ。申し訳ないが、暗号の話なら電話ではできない。KGBから盗聴されている可能性があるのだ。書簡か、会って話すしかない。だが当分、会えそうにないんだ」

……国家機密……。六六六の暗号が国家機密に属した……。

若泉は胸中で、ケネディの言葉の裏側を探ろうとしたが、すでに答えは明白だった。そう、それは『戦争が始まる』という暗示だろう。

つまりケネディは、六六六の道に向かって真っ逆さまに転落を始めたのだ。

でなければ、次に会う日程を打ち合わせたはずだ……。

若泉は教会の前までくると、そこに子どもたちが絵本を持ってたむろしていることに気がついた。

「ハーイ。ドクター」

現実に合衆国で起きていることなど何も知らない、その中の一人が手をあげて、スキッ歯を見せながら近づいてきた。

「ドクターK。いいこと教えてあげる」

身寄りのない、その黒人の男の子は輝く瞳をこちらに向けてバッジを見せた。

それは労働者と農民のシンボルである鎌と槌を交差させ、さらにその中央に剣が刺さったデザインをあしらった赤いバッジだった。

……ソ連の……しかもKGBのバッジ……。

若泉は努めて笑顔をたやさず、少年の頭を撫でながら聞いた。

「これ、どうしたの？」

「おじさんにもらったの」

「どこで？」

「ここで。ドクターKに『救世主の塔』がよろしくって」

若泉は思わず背筋に冷たいものが流れるのを感じた。

どうやらKGBが自分を追跡し始めたようだった。

「わかったわ。じゃあクリス。これ、記念にあげるわ。昔々、こんなバッジを喜んで作っていたソ連という国がありましたって言えば高く売れるかもしれないわ」

「やったあ」

クリスは礼を言うと、友だちの輪の中に行き、自慢を始めた。

子どもたちに危害を加えるつもりなら、すでに実行していただろう。自分がエドワード・ケネディのオフィスやホワイトハウスに出入りしていることを、どうやら『救世主の塔』は突き止めたのだ。とすれば、間違いなくターゲットは自分。あるいはエドワード・ケネディ。いや、大統領もだろう。

そうくるなら、こっちにも考えがあるわ、救世主の塔！

若泉は腕時計をチラと見やると、拠点にしている教会のドアを開けた。

そのときだった。

「ドクターKだな！」

突然、男の影が襲いかかってきた。

## 2

男の手が右肩に触れた瞬間、若泉ケイは、その手を左手で抑え込むと、右肩を外から回して、そのまま一気に体重をかけた。合気道の二教（二ヶ条）と呼ばれる基本技だ。

「ぐあっ！」という悲鳴と共に男は床に崩れ落ちた。

「離せよ。ケイちゃん。俺だよ、俺……ケンスケだよ。堂島研輔……」

若泉ケイに左腕を固められて身動きできないのか、男は下から険しい表情でこちらを見上げている。しばらくその顔を見つめていた若泉は、弾かれたように爆笑した。

「愚かだねぇ。相変わらず」

手首を振りながら立ち上がった男の顔を見つめたまま若泉ケイは懐かしそうに笑った。

「まさか研ちゃん、アンタだったとはね。施設を出て行ったあと、いつアメリカに？」

それはＣＩＡの堂島研輔だった。堂島と若泉は広島の戦災孤児収容施設で一年あまり共に過ごしたのだ。

「話せば長いさ。短めに言えっていわれりゃ、こういうことだ。広島の大学教授の養子になって、ＭＩＴ（マサチューセッツ工科大学）に留学して気がついたらＣＩＡに入省してた。で、さらに気がついたら大統領の六六六の暗号ゲームに参加させられて、君もそのゲームの参加者だったってことをちょっとした噂で知ったのさ」

「ホワイトハウスもCIAの盗聴器だらけってことだね。で、何の用?」

若泉ケイは机が並ぶ教会の椅子の一つに座ると、堂島も隣に座るように手招いた。

「暗号ゲームから手を引け」

「なんでさ」

「ソ連のスナイパーが狙っているのは大統領じゃない。君だ」

「私は、そんな大物かね」

「俺は君の正体を知っている。今、この件でいえば、君は間違いなく大物の一人だ。だから手を引け」

「CIAも暇だね。それを言いにわざわざここへ来たの?」

「そうだ。昔のよしみでね」

堂島はそう言うと、背広のポケットに手を入れて広島の孤児収容施設の写真を若泉ケイの前で見せた。それは二人にとっては温かな思い出を蘇(よみがえ)らせてくれる小さな建物だった。

「懐かしいねぇ。アンタがいじめられちゃあ、私が出てって助けたものね。でも、なんで弱かったの、あんなに」

「僕は争い事が嫌いだった。父は医者でね、母も音楽家だった」

「それが今や戦争の仕掛人になったっていうことか」

「君に言われたくはない。君と僕はコインの裏表だ。そんなことより手を引け。良いな」

堂島はそう言うと首の骨を鳴らしながら、「君が大統領に接近した理由も知っている。大統領所有のニュートン・メモだろう」

「何それ？」

若泉ケイは両腕を組んだまま隣に座った堂島の顔を見た。

「なぜ大統領からニュートン・メモが公開された途端、大統領にまとわりつき始めたんだ？」

「なるほど。アンタ、私に忠告に来たんじゃないね。本当はニュートン・メモの秘密をかぎつけるためにやって来たんだ。なるほどね」

「それもある」

堂島は両眼を閉じたまま呟くように言った。

「あそこに出てくる００、０００はユダヤの生命の樹だろ。００はアイン・ソフ、つまり無限。０００はアイン・ソフ・オウル、すなわち無限光のことだ。無限は闇。無限光は光。初めに光ありきだ。すべては光から始まった、のあれだ」

堂島はそう言うと若泉を見た。

「ケイ！　一つ訊く。あれに出て来るＲＴＣとは何だ？」

「知らないよ。ニュートンの家でも盗聴してくりゃいいじゃない」

堂島は突然、机を叩いた。

「ふざけるな。世界の明暗がかかってるんだぞ」

「静かにしな。ここは教会だよ。ＲＴＣは何かの略称だろうね。ＣＩＡは？」

「Central Intelligence Agency だ」

　堂島が真顔で答えるのを見た若泉は呆(あき)れながら、

「相変わらずバカ真面目だね。アンタ。じゃないよ。ＣＩＡの見解はどうなんだってこと？」

　堂島は舌打ちすると、

「Rule of Tanakh Creator」と吐き捨てるように答えた。

「何それ」

「『Tanakh』（タナハ）は旧約聖書のことだ。『Torah』（トーラー）、すなわちモーセ五書。『Nevim』（ネイビーム）すなわち預言者。『Chetuvim』（ケトゥビーム）イコール諸書。タナハは、この三つをあらわす暗号だ。つまりＲＴＣとは『旧約聖書を生み出した神の法則』の略だ」

「どういう意味さ」

「だからニュートンは旧約聖書を媒介にした宇宙の法則解明に挑んでいた。ＣＩＡはそう見ている」

　堂島は真っすぐ前を見ると、さらに続けた。

「つまりニュートンは神の法則に挑戦して敗れた。だから『不可能』だと殴り書きをした。それ以上のことはＣＩＡにもわからない」

「じゃあ、ダークスターは？」

「君も知っての通りだ」

そう言うと堂島は、ニュートン・メモのダークスターの位置を念のため、最適と考えられる座標を定めて10×10＋1の神の箱の中に当てはめてみたが星座00は『LCHTT』、星座000は『AUERSSEIADU』『NEAAN』など、すべて意味をなさなかったとメモを見せながら語った。そしてこう付け加えた。

「おそらくニュートンもあの黒い星を神の箱に当てはめてみたが、結局、我々と同じ意味不明な言葉しか現れずに失望した。そこで、あの方法では『不可能』だと書いたのかも知れないな」と笑いかけてきた。

「ここまではわかった。で、我々はニュートン・メモをあきらめた。だが、君のことだ。まだあきらめていないと踏んだのだ」

堂島は本題を切り出すことにした。

「君はどこまで摑んだのか？」

「知るかバカ！」

若泉ケイはそう言うと堂島の肩を押しながら「ささ、もうCIA様のお帰りだ」と立ち上がった。

「待てよ。ニュートンは何を不可能だと結論づけたか？　どこまでわかったんだ？」

「あのさ。ニュートンは異端の人だろう。異端じゃ開かないんじゃないの。神の箱は？」

「君と神学論争をしているヒマはないんだ。ニュートン・メモのRTCは何なんだ？　正直に言えよ！」

両眼に光を宿しながら迫っていた堂島研輔は、ふいに皮肉っぽい口調で言った。

「しかしイエス・キリストは愛を説いたっちゅうのに、その一方で我は血縁者を引き裂くなんて矛盾したことをのたまっているのは、どういうつもりかね」

それは新約聖書の「ルカによる福音書」の一節のことを指していた。

『あなたがたはわたしが地上に平和をもたらすために来たと思うのか。そうではない。言っておくが、むしろ分裂だ。今から後、一つの家に五人いるならば、三人は二人と、二人は三人と対立して分かれるからである。父は子と、子は父と、母は娘と、娘は母と、しゅうとめは嫁と、嫁はしゅうとめと、対立して分かれる』（ルカによる福音書第12章51—53）

この一節のことだと察知した若泉ケイは呆れたような口調で、

「アンタ、それを教会で言うのかい？」

「事実だから仕方ないだろう。分裂をもたらすのがキリストだと聖書に書いてあるんだから。だからね、ケイ。君たちもキリストの法則から逃れられないんだよ」

堂島は内ポケットから写真を取り出すと、それを机の上にトランプのカードを切るように並べてみせた。

それは若泉ケイが教会で面倒を見ている子どもたちの写真であった。いつの間に撮影したのか、全員バスケットボールに夢中になっているときのものだ。

「こいつら皆、法を犯している。こいつはミゲル・カント。メキシコから不法に密入国した男のガキだ」

次に堂島が指を置いたのはイランから逃れてきた少年だった。

「こいつは、アミールレザー。あろうことかイラン国王に反逆した男の息子だ。親父はホメイニ師の側近で百年の禁錮刑。こいつはアブラム。キング牧師の仲間の一人息子で親父はどういうわけか、この間釈放されたが、当局はまだ監視している。それにこいつ」

堂島が人差し指で弾いたのはジョンの顔だった。

「親父は死んだことになっているが、なぜか今も政治犯でＦＢＩに指名手配を喰らっている。そのガキが、なんでここにいるのかね」

「なるほど、脅迫しに来たってことか……アンタ」

「そういうことだ」

堂島研輔は不敵に笑ってみせた。

「ＦＢＩにこいつらの情報を流すか、それとも大統領に近づかない、と約束するか。どちらを選ぶ？　ケイ。俺は今日、選択を迫りに来たんだよ」

思わず息を呑む若泉ケイの顔を覗き込むと堂島はニヤリと笑った。

「あなたがたはわたしが地上に平和をもたらすために来たと思うのか。そうではない。言っておくがむしろ分裂だ。一つの家に五人いるならば三人は二人と、二人は三人と対立して分かれるからである。イエスはいいことを言うな。さすが神の子だ。ドクターＫのファミリーも分裂するか？　ええ？」

「ふざけるな！」

若泉ケイは思わず堂島の背広の肩口をつかもうとした。

「やめろよ、ケイ。君もガキどもを匿った罪でＦＢＩに逮捕されるんだぞ」

堂島は若泉ケイの右手を払いのけながら立ちあがった。

「これで交渉成立だな。君はこれ以上、大統領に近づくな。わかったな」

かつて孤児として同じ施設で育った堂島研輔が、今は自分を脅迫する立場に立っている。堂島の意外にも厚い背中を見送りながら、若泉ケイはアメリカ合衆国が決して一枚岩ではないことを改めて思い知った。

## 3

「なんだって、大統領に近づくなだと？」

ジョンはナイフを舐めていた舌を危うく切りそうになった。

「そうなのよ。ＣＩＡの変なのが来てね、もう近づくなだって」

「まさか俺がヤバい筋の人間だって脅されたんじゃないだろうね」

ジョンはナイフを腰のベルトに差し込みながら悲しそうな目で若泉ケイを見つめている。

「違う。違う。大統領と今、会うとマズいからって。なんだかホワイトハウスがゴタゴタしてるらしいのよ」

「だったら良いけどさ」

バスケットコートの裏手に積まれたドラム缶から飛び降りると、少年は薄い笑いを浮かべた。


それは昨年のことだった。

ジョンは十三歳にしてナイフ使いの名人だった。父親が一時期サーカス団にいてピエロと美女の三人でナイフ投げを演じていたため、彼自身も幼いころからサーカス小屋のテントの周りでナイフをおもちゃ代わりに弄びながら暮らしてきたというのだ。しかし近所の不良少年の両膝に二本のナイフを突き立てて倒したあと、火のついたクラッカーを耳の穴に落として立ち去ったのを偶然、通りかかった牧師に見られたため、ナイフは取り上げられていた。ナイフのないジョンは、翼のないコンドル同然。それまで恐れて近寄ろうとしなかった不良たちが次々と報復に出てきたため、顔中アザだらけのうえ、右膝に突き立てられたナイフのせいで当時、足を引きずりながら歩いていたのである。

「ジョン！　ナイフは人に突き立てるもんじゃないよ。自分の心を集中させて、的を狙うこと。精神修行のスキルでやらなきゃ。貸してごらん」

ジョンから、ナイフを受け取ると若泉ケイは左手に握りしめたまま顔のそばで構えてみせた。一匹の蜂が大木の周りを飛び回っている。見れば、スズメバチである。

その途端、「フッ！」と息を吐きながら若泉ケイの左手が空を切った。

次の瞬間、羽を切り裂かれたスズメバチがフラフラと揺れながら落下すると、芝生の上でもがき始めた。

ナイフが大木の上で揺れているのを見たジョンは、口笛を吹くと、「まぐれだね」と笑い声をあげてナイフに駆け寄った。その途端、ジョンは絶句したまま立ち尽くした。大木に突き刺さったナイフの先で羽を貫かれた二匹のスズメバチがもがいていたのだ。以来、ジョンは若泉ケイの前でナイフを見せることはなくなった。

去年の出来事を思い出していた若泉ケイは、ふと我に返った。さっきはジョンを傷つけまいとゴマかしてみたものの、やはり大統領とのパイプを切断されたのは痛かった。だが、このとき若泉ケイの頭の中に一つの疑問が湧き起こっていた。

そういえば堂島研輔は、ＣＩＡはニュートン・メモの、あのダークスターを念のため、神の箱に落とし込んだという。しかも無意味な言葉の羅列にしか過ぎなかった。それに、あそこに出ている00、000はセフィロートと関係がある……。もしかすると鍵(かぎ)はニュートン・メモが握っているのだろうか。

若泉ケイはぼんやりとそんなことを考えながら、バスケットコートで始まった子どもたちのゲームを見つめていた。

# 4

## ――同日午後二時、エクスコム再開

「ともかくも奇襲の利を生かすんだ、司法長官！　空爆を決定するのなら今しかない！」

　エクスコムの午後の全体会議。しかし始まって十秒もたたないうちにマコーン、マクナマラ、アチソン、テイラーら空爆推進派は、場内の空気を支配しにかかった。あれからケネディは海上封鎖でなんとか会議を押し切ったが、午後の会議になった途端、恐怖感の虜になった閣僚たちが逆上し始めたのだ。たった二時間の休憩の間に彼らは彼らなりに自分と家族のことを想像し、ある者は実際に家族にワシントンからの脱出を電話でささやいていた。

　そういう修羅場のような会議では声の大きい者が三人いれば、流れはあっという間に出来上がるものだ。

　彼らにとって幸いだったのは、大統領がマスコミの目を引きつけるために黙々と公務をこなし続けていることだった。ソレンセンの話では今頃、彼はコーエンの見舞いに行っている頃だろう。その証拠に今日は弟が議長代理を買って出たではないか。

　そのロバート・ケネディの手には、彼ら空爆推進派が提出した大統領空爆開始の草稿があった。

ロバートは黙読を続けている。

『……核の時代は、必然的に、大きな危険のある時代です。最も恐ろしいのは、公然と冷酷に世界支配を目指す力によって、自由を守る我が国の決意と意志が踏みにじられることです。もしも合衆国がそれを黙認して彼らの陰謀を成功させてしまったならば、その危険は計り知れないものになったでしょう。……しかし、今回の空爆作戦はすみやかに執行されるため、大きな戦争はないでしょう。自由を愛する我がアメリカは、自国の安全が脅かされることを決して認めないのです』

やがてロバートは顔を上げ三人を交互に見た。

「なるほど面白い。後世、この草案は高い評価をもたらすであろう。ただし人類が生存していればの話だが……」

そう言うとロバートは、突然、この草稿を全員の目の前でビリビリと引き裂いてみせた。

「何をする！」「狂ったか！」

マコーンとマクナマラが同時に叫ぶように言った。だがロバートは静かに口を開いた。

「私は今朝、大統領に会った。彼はこう言った。大統領として、空爆命令をそう簡単に出すことはできない。そもそもアメリカには奇襲の伝統はない。まず警告が必要だ。警告をしなければ、ソ連人にもキューバ人にも数千人単位の死傷者が出る。たとえ主義主張は異なっても、人類にとっては貴重な生命だ。キューバに深入りしすぎているソ連に、撤退を考える時間を与えてやってもいいだろう」

ロバートの声には、いつも以上に重々しい響きがあった。まるでケネディ本人がそこに座っているかのように見えたのだ。

さらにロバートは凄みを利かせながらこう言い放った。

「ペンタゴンに告げておく。まずホワイトハウスに空爆することだ。そのあとキューバに出撃せよ」

この発言のあと、封鎖論に異を唱える者はいなくなり、エクスコム全員がほぼ封鎖に納得したようだった。ロバートは真一文字に結んだ口唇を再び開いた。

「ソレンセン」

「なんでござんしょ」

うつらうつら船を漕いでいたソレンセンが驚いた表情でこちらを見た。

「不謹慎な！」

誰かがボソッと呟いた。だがそれに構わずロバートはこう命じた。

「いいかね。我々合衆国は、まず第一の手段として海上封鎖を宣言する。すぐに大統領のテレビ演説用スピーチを書きあげてくれ。できれば二日後の二十二日にやりたい」

その言葉にうなずくと、ソレンセンはファイルケースの中から一枚の紙を取り出し、それを滑らせた。

「もうできてますよ。だってそうでしょう。不謹慎な連中に、ここを空爆してから出撃されたんじゃかなわない」

ロバートはソレンセンがフルシチョフからの挑戦状が届いたあとから、こうした事態を予測してコツコツと練り上げていたのだろうと推測しながらスピーチ原稿に視線を這わせた。

そこにはこんな文言が躍っていた。

『……我々は、攻撃を目的としたこの軍備増強をこれ以上進ませないために、船舶でキューバに持ち込まれようとしている、あらゆる攻撃的軍事物資を締め出すことを決定しました。今後は船の種類、国籍に関係なく、キューバに向かう船で攻撃兵器が積んであるとわかれば、送還されることになります。

私はフルシチョフ首相に呼びかけます。もうこんな向こう見ずな挑発行為をこそこそやるのはやめ、核ミサイルであれ、なんであれ、人類に脅威をもたらす兵器をすべて片付けていただきたい……』

「いい出来だ。これを大統領に見てもらおう。OKならばテレビ演説は二十二日午後七時ジャストにやる」

ロバートは会議に入って初めて微笑を浮かべてみせた。するとマクナマラは挙手もせず口を切った。

「では、司法長官にお伺いする。ソ連が最終兵器を潜水艦で輸送した場合どうするのか？また海中から核ミサイルを我が国に向けて発射した場合、海上封鎖だけでどう対抗するのか？」

ロバートは虚を衝かれたような顔をしてマクナマラを見た。

確かに海上封鎖は考えていたが、彼らが主張してきた海底問題までは想定していない。なぜなら海底封鎖をきっかけに戦争が始まったなら、それは密室でのやり取りになってしまい、世界の民衆にソ連の無謀な行いをアピールしにくいからであった。ロバートは一呼吸おくと、微笑を浮かべながらペンタゴンのトップを睨みつけた。感情が一線を越えた時のいつもの癖だった。

「ではマクナマラ長官は、どうお考えかな」

するとロバートが自分に屈したとみたマクナマラは口辺に皮肉な微笑を湛えながら、

「私ならソ連が送り込んできた全潜水艦に浮上命令を出します。そのためにはこちらも潜水艦をカリブ海近海を中心に巡回させなければならん。イザとなれば爆雷か魚雷で威嚇する」

マクナマラ長官の指摘はもっともだった。この機を逃すまいとソ連は潜水艦を送り込んでくるに違いない。それさえも先手を打っておかねば、もし海中から核ミサイルを一斉に発射されたなら、合衆国は間違いなく滅亡する。

「なるほど、私もマクナマラ長官の意見に同意する。ご提案については私から大統領の承認を得ることにしよう。作戦名は……」

ロバートは一度、言葉を切ると、やがて力強く言い放った。

「対潜水艦作戦、すなわち『ＡＳＷ作戦』だ」

マクナマラはエクスコムで初めてロバート・ケネディの言葉にうなずいてみせた。

## 5

## ——十月二十一日午前八時、ホワイトハウス

「いやあ大変でした」

ソレンセンは執務室に入って来ると外出から戻ったケネディ大統領に歩み寄った。手には先ほどロバート・ケネディに手渡したスピーチ草案がある。とりあえず精度を上げるためウィルソン、ルーズベルトの第一次、第二次世界大戦宣戦布告演説を参考にして、朝の三時までかかって草稿をつくったという。

それを大統領に手渡しながら、草案作りには意外な盲点があったとソレンセンは笑ってみせた。たとえば、六六六の暗号と同じで海上封鎖や海底封鎖がキューバのミサイル撤去にどう役立つのか？ それが説明できないのだ。もちろん海底封鎖は軍事機密のカバーをかけるので公表はしない。

やがて草案に目を通したケネディはうなずくと口を開いた。

「なるほど、その通りだな。ソレンセン。封鎖案を最終決定する前に、空軍戦術爆撃司令部と話し合っておこう。限定空爆は困難を伴うということを確認すればいい。そうすればキューバにミサイルを撤去させるためには海上封鎖しか方法がないということを国民にわ

かってもらえる」

それから三時間半後の午前十一時三十分。ソレンセンの要請によってウォルター・スイーニー空軍戦術司令官が大統領執務室を訪れた。

「大統領。空爆によってミサイル全部を完全に取り払う方法はありません」

執務室の椅子に座るなり、スイーニー司令官はこう切り出してきた。

「と言いますのも、地対空ミサイル基地、ミグ爆撃機基地の空爆を成功させるためには、合計七百回の出撃が必要です」

「七百回⁉」

ケネディは思わず身を乗り出した。それは空爆推進派が唱えてきた計画をはるかに上回る出撃回数だった。

……やはりそうか。

ケネディはあやうく罠に嵌るところだった。

スイーニーは続けた。

「大統領、たとえ七百回出撃したとしても、キューバのミサイルを叩けるのは全体の九十%に達するかどうか、というところでしょう」

「残る十%は？」

「先を争うように宙を舞い、合衆国や同盟国に牙を剝くはずです」

ケネディはふうと大きくため息をついてみせた。

「あやうく予測データに騙されるところだった」

ＣＩＡやペンタゴンの言葉をうのみにするほどケネディは愚か者ではないな、とむしろスイーニーは感服した。並の政治家なら、確認もせずに推進派の流れに巻き込まれていたはずだ。そういう意味ではアメリカ国民は若き大統領を選んだことで、むしろ正しい選択をしていたのだ。

スイーニーが心の中でうなずいていると、やがてケネディは白い歯を見せながら、

「わかった。空爆案は放棄する。封鎖案でゆくことにするよ。もちろんテレビでだ。全米に向けて演説する。明日午後七時からだが、スイーニー司令官、万全を期すためにもテレビ演説以降いつでも空爆ができるように準備を怠らないでほしい。というのも警戒しなければならないのは、空爆推進派のサボタージュだ。彼らに空爆というスタートラインの前でつねに準備運動を続けさせてもらいたいのだ。イザというときのため、和戦両様で行く」

スイーニー司令官は思わず立ち上がり、敬礼をしていた。

「Yes, Mr. President」

## 6

### ――モスクワ時間翌二十三日午前三時（ワシントン時間十月二十二日午後七時）

「ケネディが重大発表をやる！」

駐アメリカ大使のドブルイニンから、この情報を訓電で受け取ったソ連のフルシチョフは、クレムリンに緊急幹部会を招集した。

彼らはモスクワ時間で翌二十三日未明に行われる演説を緊張の渦のなかで待ち続けた。

「いよいよ戦争に突入だな」

フルシチョフの言葉に全員がうなずいた、そのとき。スクリーンに映し出されたのは、月に行こうと叫んだあの愚かな若い合衆国の大統領だった。

彼はテレビカメラに向かうと、目線をやや上にあげ、真一文字に結んだ口唇を静かに開き、ゆっくりとした調子で語り始めた。

「こんばんは、国民の皆さん。かねての約束どおり、我々はソ連のキューバでの軍備増強を細心の注意を払って監視してきました」

ケネディは一度言葉を切ると、カメラを見つめた。そしてチラと原稿に視線を落としたあと、ソ連の謀略を暴露し始めた。

「ここ数週間に得られた疑うべくもない証拠によって、あの島国に、攻撃用ミサイル基地が次々に建設されていることが明白となりました。これは、ソ連が西半球を核攻撃できるような戦力を持つことを目的としています」

ここからはキューバにミサイル基地があることの危険性を合衆国国民に認識してもらう必要がある。そこでケネディは語気を強めた。

「キューバに中距離核ミサイルがあれば、ワシントンD.C.、パナマ運河、メキシコシティら主要地をはじめアメリカ合衆国東南部、中央アメリカ、カリブ地域を射程内におさめることができ、現在建設中のものが完成すれば、その範囲はより広いものになります」

さらにケネディはソ連の違法性を明確にするべく一語一語はっきりと発言した。

「これは明らかに西半球の平和と安全を脅かすものであり、国連憲章にも、一九四七年のリオ条約にも、九月の議会決議にも、私が九月四日と十三日に発した警告にも違反します。そこで我々は、攻撃を目的としたこの軍備増強をこれ以上進ませないために、船舶でキューバに持ち込まれるあらゆる攻撃的軍事物資を締め出すことを決定しました。船の種類、国籍に関係なく、キューバに向かう船で攻撃兵器が積んであるとわかれば、送還されることになります」

これで合衆国国民は恐怖よりも怒りに打ち震えることだろう。今度はケネディは一転して柔らかな表情を作り、クレムリンに向けてメッセージを発信し始めた。

「私はフルシチョフ首相に呼びかけます。もうこんな向こう見ずな挑発行為をこそこそやるのはやめ、すべて片付けていただきたい。こんな行為は、両国の安定した関係、ひいては世界平和をも脅かすものです。今、世界を破滅の淵(ふち)から救えるのは、あなただけです。国外にはミサイルを置かないという宣言に戻り、すべてのミサイルをキューバから撤去していただきたい。そして、現在の危機をさらに進行させるような行動は一切慎み、平和的な解決を追求していただきたい」

ここで言葉を切ると、ケネディはアメリカ国民に結束を呼びかけるように強い口調で続けた。

「我々は、不必要ともいえる核戦争の危険をおかすつもりはない。そのような戦争では、いかなる勝利の果実も口中で灰と変わるでしょう。しかし、いざとなれば、我々はそのような危険にひるむものではありません」

そう言うと、いよいよケネディはスピーチの締めくくりに入った。

「この先、忍耐を強いられる状況が何ヶ月続くかわかりません。しかし、私たちの目的は、力による勝利ではなく、正義の実現なのです。この目的が達成されますよう、神のご加護を。ご清聴に感謝します。おやすみなさい」

ワシントン時間午後七時十七分、こうしてケネディの演説が終了した。

「馬鹿な男だな。奴は……」

突然、フルシチョフが高笑いを始めた。なぜならケネディの演説には、どこにも「空爆」や「侵攻」という言葉は使用されていない。

「面白い男だ。これで世界が平和になると思っているのか」

フルシチョフがもっとも安心したのは、ケネディが六六六の秘密を公にしなかったことだった。

あれを合衆国に有利にデッチ上げていれば、世界にキリスト教連合が完成したことだろう。だがケネディは、それをやらなかった。なぜなら奴は自分が六六六であることを知ったのだ。あるいはキリスト教徒のくせに何もわからなかったのか。どっちにせよ、これで完全に戦う意思はないと見るべきだろう。もちろんキューバのミサイルは撤去せずにすむ。むしろ、一刻も早くミサイル基地を完成させて、発射可能な状態にしてやるのだ。

「本当に馬鹿な男だ。私の真のゲームはミサイル・ゲームのような小さなものではない。六六六の暗号ゲームこそ壮大なる真の戦いであることに、まだ気づいてはいないのか……。何がキリストの預言だ。天気予報の方がまだ当たるぞ。いいかね。必ず西側の宗教理念を潰し、バラバラにしたあと世界共産圏を造り上げてみせる」

それは究極のワンワールド構想であり、世界共産化の際に立ちはだかる宗教、とくにキリスト教そのものを崩壊させる禁断の作戦であった。特に聖書に記された暗号によって大本山のローマ教皇とアメリカを分断し、しかもラテラノ条約によって中立という形で彼を釘づけにしておく。なぜなら宗教を否定するソ連の最大の敵は「核」に勝る「権威」の所有者であり、世界の人口のうち三人に一人が信じるキリスト教のトップ・ローマ教皇その人だからである。つまりキューバ危機の本質とは双方自滅の恐れのあるミサイル・ゲームではなく精神世界を支配しているキリスト教を崩壊させるために仕掛けた暗号ゲームの方だったのだ。だが、どうやらアメリカは、いやケネディは暗号ゲームから降りてミサイル・ゲームの方にシフトしようとしているらしい。

フルシチョフは不敵な微笑をスクリーンの向こうのケネディに送りつけると、早速アメリカ駐ソ大使に向けて、テレビ演説に対する回答書簡を手渡すことにした。

彼が用意した原稿には、実に挑発的な文言が躍っていた。

『大統領閣下。貴殿のスピーチの内容は了解した。

率直に申し上げて、貴殿が述べている手段は、平和と国家の安全に対する重大な脅威となる。合衆国は国連憲章に違反し、公海上での航行の自由を認める国際原則を侵し、キューバとソ連邦両国に対して公然たる攻撃行動をとっている。

当然のことながら、キューバ共和国が自国の防衛力を増強するのに必要な軍備に関して、合衆国政府がそれを支配する権利など我が国としては認めることもできない。合衆国政府よ、分別を示しなさい。世界平和を破壊する貴殿の行為を放棄されんことを私は強く希望する。

ニキータ・フルシチョフ』

ケネディの呼びかけに答えるどころか、フルシチョフは一刀両断にアメリカを否定したのである。

こうして合衆国大統領のテレビ演説はまったく逆効果となった。

## 7

**――十月二十三日午前一時十分、ホワイトハウス**

公邸に戻ったケネディの疲れはピークに達していた。というのも、早速モスクワの大使館から真夜中の電報がホワイトハウスに届けられたのだ。情報によればフルシチョフはテレビ演説を逆利用し始めたようだ。すでに核ミサイル撤去の意思がないことを表明したのだ。

ケネディは受話器を取ると、急いでロバートの自宅のダイヤルを廻した。

電話に出たロバートの声は心なしかうわずっていた。

「兄さん。オルブライト女史が行方不明なんだ」

「なんだって?」

「どうやらフルシチョフには会えずじまいで、KGB本部から別の場所に連行されたようなんだ」

「マズいな。全力を挙げて居場所を突き止めてくれ。フルシチョフを黙らせるためにも『聖典アストロノミア』が一刻も早く必要になった。奴は核ミサイルを使う気だ。あと五日以内に『聖典アストロノミア』が必要だ」

「わかった。ともかく、今、ソ連にある我が大使館からも猛抗議をさせている。解放の時間はそう遠くないはずだ」

「頼んだぞ」

受話器をおろしたケネディの胸中をどんよりとした鈍い雲のようなものが横切っていく。得体の知れないドス黒い勢力が動いている。この世界で……。

## 8

――同日、ニューヨーク国連安全保障理事会

フルシチョフの挑戦状の期限である十月二十八日まで、あと五日。

あのテレビ演説によって事態は改善すると考えていたケネディは、その甘さを嫌というほど思い知らされていた。というのも、あれ以来、まるで坂道を転がるようにアメリカは核戦争に向かって突き進んでいるのだ。

六六六の暗号にケネディが執着している間に着々とソ連の老獪な指導者はキューバで核ミサイルを組み立てていたのだ。しかもテレビ演説後は一転してホワイトハウスと国連、そしてカリブ海上で軍事的緊張と緩和の揺さぶりを激しく仕掛けてきたのである。

まず、カリブ海から遠く離れたニューヨークの国連で米ソは激突した。

ケネディと綿密な協議を重ねてきた国連大使スティーヴンソンは国連安全保障理事会で

写真解析員と情報分析員を隣に座らせたまま、大スクリーンにU2の写真をクローズアップして核ミサイルの証拠写真を暴露してみせたのだ。

「これが真実だ。ソ連は、すでにキューバに核ミサイルを持ち込んでいる！」

だが、これに対してソ連国連大使のゾーリンは凄まじい勢いで反論を試みた。

「とんでもない。これはニセモノだ。CIAが証拠を偽造したのだ」

彼は机を叩きながら叫ぶように、逆にアメリカを非難したのである。

これに対してスティーヴンソンは、すぐさま反応した。

「それなら国連調査団に現地調査をやらせろ！」

叫ぶようにそういったあと、スティーヴンソンは一転、静かな口調でこう迫った。

「では、一つ、簡単な質問を許してもらいたい。ソ連大使。君たちがキューバに中距離ミサイルと基地を配置、あるいは配置中であることをゾーリン大使は否定するか。イエスかノーか。通訳を待たなくてよい。イエスかノーか」

「待ってくれないか。私はアメリカの法廷に出ているのではない」

「いや、国際世論の法廷に出ているんだ」

「それならなおさら、検事のような質問に答えたくないな。いつかお答えしよう。いつか……」

「わかった。それがあなた個人の答えなら、私は地獄が凍りつくまでソ連大使としての答えを待つ。いつまでもな！」

スティーヴンソンの迫力に、会場に押し寄せた各国国連大使やスタッフは、それこそ背筋の凍る思いがした。なぜなら、このやり取りこそが、最後の審判へのセレモニーではないかという不安に駆られ始めたのである。そして、その不安は的中した。

二日後、キューバ上空で暗黒の惨劇が起きたのである。

## 9

### ――十月二十五日午前六時、キューバ上空

核戦争まであと三日。

この日、午前六時の段階でキューバ上空の偵察飛行に飛び立ったのは、空軍少佐ルドルフ・アンダーソン操縦のロッキードU2型機であった。

ソ連の戦闘機が到達することのできない二万メートルの高空に舞い上がると、キューバの奥深く潜入して超高性能カメラでいつものように写真を撮影するのである。いわば米空軍の切り札ともいうべき偵察機である。

銀色に輝く翼とともに上空に吸い込まれていったルドルフ・アンダーソンは、この日に限って奇妙な感覚に襲われていた。それは何か巨大な手がU2ごと摑(つか)みにくるような、そんな言い知れぬ不安感であった。だが周囲には何も変化はない。いつものように見渡す限

り碧い海が広がっている。

「六万フィート上空異状なし」

基地司令塔に向かって短く告げると、やがてアンダーソンが操縦していたU2は、キューバ上空にさしかかった。


一方、キューバ派遣ソ連軍のレーダー部隊隊員、ヴィクトル・プチリン大佐は基地に缶詰めとなっていた。この日、朝から大雨が降っている。いつものように、U2型偵察機がフロリダを離陸したときから徹底的に追尾していた。二十四時間勤務で食欲もなく、ジュースを飲みながらの必死の追尾だった。U2の高度は二万メートル、当時のソ連軍のレーダーの能力限界ぎりぎりの高度だ。

レーダーで東の方向に飛行するU2を追尾しながら、プチリンは怒りを抑えきれず、思わず吐き捨てるようにつぶやいていた。

「奴らは頭上を思うがままにハエのように飛び回ってやがる。畜生、なんでこちらは武器を使えないのだ、情けない」

それは高射砲部隊長ダニロフも同じだった。彼は毎日、U2に嘲笑されているソ連とそこにいる自分に対して、もどかしさを感じていた。とくにこの日は、彼の愛国心が真っ赤に燃えながら自分を包んでいる気がしてならなかったのだ。おそらくそれは戦場にいる者たちがときどき見る幻視体験のようなものだったのだろう。しかしそれはダニロフにとっては天の啓示以外のなにものでもなかった。

すでに我慢の限界に達していたダニロフは、無線に向かって押し殺すようにささやいた。

「U2の撃墜許可を！」

ちょうどソ連軍司令部にいた二人の副司令官も同じ心境だったらしく、まるでその言葉を待っていたかのように堂々とこう言い放った。

「撃墜を許可する！」

「了解」

司令部からの許可を受けた高射砲部隊長ダニロフは再び無線に向かって、叫ぶように言った。

「いいか。上空をウロついている、あのU2を撃ち落とせ！」


それは一瞬のことだった。

アンダーソンの目の前に、突然、青白い火花が走り、これまで訓練でも味わったことのないような衝撃がU2の機体に走ったのだ。

アンダーソンは操縦桿（そうじゅうかん）のレバーを引きあげようとしたが、力が入らない。と、そのときだった。眼前の雲間から娘のソフィアの顔があらわれ、微笑を浮かべているのが見えた。

ソフィアの後ろに妻のエリー。そして父親のリチャード・アンダーソンが、こちらを見ながら手を振っている。そうだ。この任務が終われば、地上に戻れるんだ。

アンダーソンが自分に言い聞かせたときだった。

突然、操縦桿から炎が噴き上がり、稲妻のような光とともに轟音がU2の機体を引き裂いたのだ。そして自分の腰から下が一瞬にして吹き飛んでいくのがはっきりとわかった。

……神よ。

アンダーソンは祈った。

……アメリカと人類、そしてソフィアに勝利を……！

と、その瞬間、アンダーソンの乗ったU2は、まるで寿命が尽きたスバルのように粉々に砕かれながら地上へと降り注いでいった。

## 10

——十月二十五日午後四時すぎ、エクスコム

やや遅めの昼食を終え、始まったエクスコム会議。

公務の合間を縫って見舞いに行ったケネディの胸ポケットには三時間前に手渡されたコーエン博士のメッセージが入っている。まだ封を切っていない、そのメッセージをデスクの上に置くとケネディは口を切った。

「今回の危機は我が国だけではない。国際社会全体の危機だ。だから国連事務総長を介入させようと思う……」

その言葉が終わろうとした、まさにそのときだった。

「U2が!」

マクナマラがテイラーから手渡されたメモを振りかざしながら、突然、叫び声を上げた。

「U2が撃墜された! 低空で偵察していたところを発砲された」

ロバートは耳を疑った。

「U2が撃墜された?」

「そうだ……」

マクナマラは震える指でメモを掲げながらうなずいた。

「どうなったんだ?」

「司法長官。墜落した」

ロバートは信じられないという表情で、マクナマラに確かめた。

「パイロットは? 死亡したのか?」

するとテイラーが叫ぶように答えた。

「キューバ東部のバネスで撃たれました。ルドルフ・アンダーソン少佐です。殺られました。機体は粉々です。明らかにSAM(地対空ミサイル)基地からの発射です」

参加者は全員息を呑んだ。

キューバ危機が始まって以来、ついに最初の犠牲者が出たのだ。ホワイトハウスがもっとも恐れていたことだった。

　ケネディは蒼白な顔で呟いた。

「ルドルフ・アンダーソンの家族は？」

「妻と娘、そして父親の三人です。娘のソフィア・アンダーソンは肺の難病で入院しています。今、おそらく移植手術の最中だと思いますが……」

　答えたのはマクナマラだった。ケネディは両眼をつぶったあと、ささやくようにこう言った。

「遺族には手厚い保護を。いいか。みんなルドルフ・アンダーソンの遺族をこれから自分の家族だと思ってくれ」

　だがマクナマラは、その言葉が終わらぬうちに激高しながら、

「奴らの挑発でしょうな。となればキューバへの空爆を実施するほかはありません。タイミングは二十七日か二十八日がいい。もちろん封鎖は続行。偵察は継続。Ｕ２への攻撃がさらに続くなら決然と対抗措置をとる。これは戦争だ！」

　しかし、ケネディは少し首を傾けてみせた。

「事はそう簡単じゃない。なにしろ人が死んでいるのだ。Ｕ２を飛ばそうにもキューバのＳＡＭ基地を全部破壊しなければ、明日も安心して飛ばせんだろう」

　そのときＣＩＡのマコーン長官が挙手をした。

「大統領。これはフルシチョフが書簡で言っていることに反しています。明らかに我々に対する挑戦ですよ。もしこれが続くのなら、我々がＳＡＭ基地を攻撃して、今、大統領自

身がおっしゃったようにすべて破壊するべきです」

　だがケネディは両手を胸の前で広げてみせた。

「いいかね、誤解しないでくれ。たった今、ルドルフ・アンダーソンの家族のことに触れたように私は、これ以上の犠牲者を出す気はない。もし、そのSAM基地を破壊したとしても他の基地から攻撃を受ける。つまり我々は、もうU2を飛ばすことはできない。そういうことだ」

　すると、さしものマクナマラが静かな口調でこう言葉を投げた。

「ちょっと気分を変えよう。みんな少しU2のことは忘れようじゃないか」

　マクナマラも今話し合われていることの恐ろしさに気づいたのである。なぜなら、これは核戦争への誘惑そのものだったからだ。やれば、やられる。やらなければ、やられる。どっちにせよ、事態は刻一刻、深刻さを増しているのだ。

　だが、ケネディはその言葉を無視するように続けた。

「どうだろう。今夜、U2が撃墜されたと発表すべきだろうか」

　バンディが我が意を得たりという表情でうなずいた。

「そうすべきでしょう」

「そうだな。いずれキューバが発表してしまうのだ。何も言わずに報復するか、それともその報復をさらにやりにくくしてしまうのかの選択だ。じゃあこうしよう。『我々の飛行を守るために必要な行動が取られる』という声明を出そう」

ここは軍事ではなく政治がコントロールしなければならない局面だった。

と、そのとき秘書官がメモをケネディに届けに来た。見ればそこにこう記されていた。

『コーエン博士。容態急変後、死亡』

息を呑んだ瞬間、背筋に激痛が走った。苦悶の表情を浮かべそうになったが、なんとかそれをこらえてケネディは続けた。

「……とにかく、とにかく原稿を準備してくれ。それとコーエン博士が今……亡くなられた。謹んで哀悼の意を表したい」

その瞬間、出席者の顔から、一斉に血の気が引いた。不幸は連鎖する。そして神はアメリカ合衆国を見放された……。世界が破滅に向かって崩れ落ちていく音が全員の耳に響いた。

なぜなら、コーエン博士はキューバ問題と直接関わってはいなかったが、イスラエル問題の専門家としてエクスコム会議のメンバーも一目も二目も置いていたからである。もしかすると、今後キューバ危機が引き金となって、イスラエルとの関係に変化が生ずる可能性すら予想された。

まるで悪魔がワシントンでパレードを始めたかのようだ。

そして、そのパレードを目の前で目撃したかのように、マクナマラは興奮した口調でまくし立てた。

「大統領。これはもしかすると、ソ連が持ち込んだ見えない兵器の影響じゃありませんか？」

たしかにコーエン博士は二ヶ月前に関係首脳メンバーをはじめとするメディカルチェックを受けた際に、何ら異常が見つからなかったのだ。

そのときCIAのマコーンが口を切った。

「会議前、CIAの化学兵器分析班から報告がありました。終了後にお話をしようと思っていましたが、コーエン博士の訃報に接し、今、大統領にお伝えいたします。コーエン博士は明らかに毒殺です。しかも自宅のリビングに置かれていたガムポットの中に微量な毒薬が注入されていたようです」

「何者かが侵入したということだな」

ロバート・ケネディが険しい顔でマコーンを見た。

「その通りです。しかも、この毒の一部に野兎病菌が混入されていました」

野兎病菌とは、野ウサギが保菌しているもので、触れたり、体内に入ると三〜七日の潜伏期間を経て頭痛、倦怠感、発熱、嘔吐などの症状があらわれる。

「しかし野兎病菌であれば、抗生物質が効くはずだが」

ケネディの言葉にマコーンは首を振った。

「ハイブリッドなのです」

「ハイブリッド？」

全員の声が一致した。

「野兎病菌のほかに三種類の神経剤をシャッフルしたもので、A-一九六〇、A-一九六一ほか、もう一種類の毒薬を使っています。このもう一種類が何なのかを解明しなければ解毒剤は開発できません」

ロバート・ケネディは両眼を見開きながら、

「つまり我が国には、今のところ対処の方法がないということか？」

「そういうことです」

マコーンがうなずくと、マクナマラが怒りで顔を赤くしながら叫んだ。

「すべてソ連の謀略だ！　許さんぞ！」

全員の背筋を戦慄（せんりつ）が走った。目に見えない兵器が水の中に入れられていないか、テーブルの上のコップにさえ疑いの視線が向けられ始めた。ケネディは動揺を鎮めるように身を乗り出しながら、

「わかった。ペンタゴンと、FBIでプロジェクトチームを結成し、全力を尽くして解明してくれ」

たしかに、これまでソ連は用意周到に六六六の挑戦状や『救世主の塔』を送り込んできた。つまり、合衆国に見えない戦争を巧妙に仕掛けているのだ。しかもこのとき、ケネディら合衆国首脳はこの正体不明の毒薬が一九七二年から八八年にかけて、ソ連の国立科学研究所で開発された悪魔の毒薬『ノビチョク』の前身となる化学兵器であることは知る由もない。

全員が疑心暗鬼に駆られ始めていたが、やがてそうした心を押し殺すように今度は怒りに震え始めた。

だが、今、ソ連の挑発に乗っては危険だ。

ロバートとケネディが互いに視線を交わし、なんとか空爆派を黙らせようと意思をかよわせている間に、その場の空気を支配にかかっているマクナマラが、ついにこう宣言した。

「とにかく、こうなれば明日の早朝、キューバの地対空ミサイル基地に報復攻撃をかけるんだ」

「待ってくれ」

ケネディは断固とした口調で主張した。

「今後偵察機がキューバ上空で撃墜されたら、SAM基地を攻撃することには賛成する。しかし今回の撃墜に関しては私は行動を起こしたくない。なぜなら、すべてはフルシチョフが予告してきた三日後の十月二十八日に決まるのだ。そのときは海上封鎖か空爆かではない。核戦争か否かだ。だが、コーエン博士は、かつて私にこう言った。我々が抱える問題は、人間が作り出したものだ。だから人間が解決できる。もしできなければ、相手は悪魔に魂を売ったのだ。それが判明するまでは最善を尽くす。いいね」

そして緊迫した空気を打ち破るようにこう言った。

「さあ、アンダーソンのお嬢さんの手術の成功を祈ろう。そしてルドルフ・アンダーソンとコーエン博士の死に黙とうを捧げよう」

気分を変えねば、ここでたちまち戦闘が起きそうな気配だった。落ち着けば、打開策が必ず出てくるはずだ。

やがて閣僚たち全員による手術の成功への祈りが終わり、一分間の黙とうが始まった。

……神よ、なぜ私を、合衆国をお見捨てになるのですか？　どうか、もう一度、私にチャンスを与えてください。

ケネディは、まずキリストに祈りを捧げたのち、アンダーソンとコーエンの冥福を祈った。

ふと、黙とうのさ中、脳裏に誰かの声が響いたような気がした。おそらくソレンセンが秘書官から何事か耳打ちされているのだ。

そのときだった。

ソレンセンの明るい声がエクスコムに響き渡った。

「大統領、アンダーソンのお嬢さんの手術が奇跡的に、奇跡的に成功したそうです」

その途端、合衆国首脳は小さな命が救われたことに思わずガッツポーズを取った。

そうだった。神はまだ人類を見捨てたわけではなかったのだ。奇跡はきっと起こるのだ。

祈りを終え、両眼を開いたケネディの視界にコーエンの手紙が飛び込んできた。エクスコムが始まる前にデスクの上に置いたものだ。今となっては、本当に遺書となってしまったその手紙には、果たして何が書かれていたのだろうか。

……コーエン博士。今、あなたの助けが必要だ……。

静かに封を開いたケネディの目に見覚えのあるコーエンの文字。

気力を振り絞って書き込んだであろう癖のある例の字が震えるようにして並んでいる。

『親愛なる大統領。

NASAのディビッド博士が切り札です。なぜなら見舞いに来てくれた彼がこう語ったのです。「キリストの暗号は告発ではない。解決そのものである。見えない星座の秘密を解くことだ」。大統領、彼に会うべきです。今こそ赤い悪魔に反撃を！　知恵による反撃を！』

……知恵による反撃を！

たった数行であったが、これまでケネディの脳裏からすっぽりと抜け落ちていた作戦が、そこに記されていたのだ。

なるほどコーエンは、あくまで暗号による事態の解決を望んでいたのだ。そして、その切り札がオルブライト大司教の父親といわれるNASAのディビッド博士だという。

ディビッド博士は何かを知っている。

見えない星座の秘密を……。

次の瞬間、ケネディの脳裏に小さな光の粒が弾け飛んだ。

……やはり、ディビッド博士だ。もしかすると星座0に最後の審判を回避する秘策が隠されているのかもしれない！　そうだ。きっとそうだ!!

上巻了

本書は小社刊の『救世主の条件　上　キリストの暗号』（二〇一一年十二月刊行）に大幅に手を加えて文庫化したものです。本書はフィクションです。

# 救世主の条件 上

中見利男

平成30年 8月25日　初版発行

発行者●郡司 聡

発行●株式会社KADOKAWA
〒102-8177　東京都千代田区富士見2-13-3
電話 0570-002-301（ナビダイヤル）

角川文庫 21098

印刷所●旭印刷株式会社　製本所●株式会社ビルディング・ブックセンター

表紙画●和田三造





ISBN978-4-04-106763-5　C0193

# 角川文庫発刊に際して

角川源義

第二次世界大戦の敗北は、軍事力の敗北であった以上に、私たちの若い文化力の敗退であった。私たちの文化が戦争に対して如何に無力であり、単なるあだ花に過ぎなかったかを、私たちは身を以て体験し痛感した。西洋近代文化の摂取にとって、明治以後八十年の歳月は決して短かすぎたとは言えない。にもかかわらず、近代文化の伝統を確立し、自由な批判と柔軟な良識に富む文化層として自らを形成することに私たちは失敗して来た。そしてこれは、各層への文化の普及滲透を任務とする出版人の責任でもあった。

一九四五年以来、私たちは再び振出しに戻り、第一歩から踏み出すことを余儀なくされた。これは大きな不幸ではあるが、反面、これまでの混沌・未熟・歪曲の中にあった我が国の文化に秩序と確たる基礎を齎らすためには絶好の機会でもある。角川書店は、このような祖国の文化的危機にあたり、微力をも顧みず再建の礎石たるべき抱負と決意とをもって出発したが、ここに創立以来の念願を果すべく角川文庫を発刊する。これまで刊行されたあらゆる全集叢書文庫類の長所と短所とを検討し、古今東西の不朽の典籍を、良心的編集のもとに、廉価に、そして書架にふさわしい美本として、多くのひとびとに提供しようとする。しかし私たちは徒らに百科全書的な知識のジレッタントを作ることを目的とせず、あくまで祖国の文化に秩序と再建への道を示し、この文庫を角川書店の栄ある事業として、今後永久に継続発展せしめ、学芸と教養との殿堂として大成せんことを期したい。多くの読書子の愛情ある忠言と支持とによって、この希望と抱負とを完遂せしめられんことを願う。

一九四九年五月三日

# 角川文庫ベストセラー

# 角川文庫ベストセラー

# 角川文庫ベストセラー

## 女王様と私　歌野晶午

さえないオタクの真藤数馬は、無職でもちろん独身。ある女王様との出会いが、めくるめく悪夢の第一歩だった……ミステリ界の偉才が放つ、超絶エンタテインメント！

## ハッピーエンドにさよならを　歌野晶午

望みどおりの結末なんて、現実ではめったにないと思いませんか？　もちろん物語だって……偉才のミステリ作家が仕掛けるブラックユーモアと企みに満ちた奇想天外のアンチ・ハッピーエンドストーリー！

## 家守　歌野晶午

何の変哲もない家で、主婦の死体が発見された。完全な密室状態だったため事故死と思われたが、捜査のうちに30年前の事件が浮上する。歌野晶午が巧みに描く「家」に宿る5つの悪意と謎。衝撃の推理短編集！

## 生首に聞いてみろ　法月綸太郎

彫刻家・川島伊作が病死した。彼が倒れる直前に完成させた愛娘の江知佳をモデルにした石膏像の首が切り取られ、持ち去られてしまう。江知佳の身を案じた叔父の川島敦志は、法月綸太郎に調査を依頼するが。

## ノックス・マシン　法月綸太郎

上海大学のユアンは、国家科学技術局から召喚の連絡を受けた。「ノックスの十戒」をテーマにした彼の論文で確認したいことがあるというのだ。科学技術局に出向くと、そこで予想外の提案を持ちかけられる。